信仰与决裂

◎廖献红 著

广西人民出版社

图书在版编目（CIP）数据

信仰与决裂 / 廖献红著 . — 南宁：广西人民出版社，2022.6
ISBN 978-7-219-11353-0

Ⅰ. ①信…　Ⅱ. ①廖…　Ⅲ. ①报告文学—中国—当代
Ⅳ. ① I25

中国版本图书馆 CIP 数据核字（2022）第 044877 号

XINYANG YU JUELIE
信仰与决裂
廖献红　著

策　　划　温六零
项目统筹　周　莉
责任编辑　覃结玲
责任校对　梁小琪　覃丽婷　文　慧
美术编辑　牛广华

出版发行　广西人民出版社
社　　址　广西南宁市桂春路 6 号
邮　　编　530021
印　　刷　广西民族印刷包装集团有限公司
开　　本　787 mm × 1092 mm　1 / 16
印　　张　18.5
字　　数　230 千字
版　　次　2022 年 6 月　第 1 版
印　　次　2022 年 6 月　第 1 次印刷
书　　号　ISBN 978-7-219-11353-0
定　　价　56.80 元

目录 contents

引言

罗湖桥上的碎纸片

效仿岳飞给五个儿子取名，是周公谋后来最引以为豪的事。

周公谋早年读了很多书，深谙中国传统文化。他自小十分崇拜南宋抗金英雄岳飞，喜欢听也喜欢讲岳母在岳飞的后背刺上“精忠报国”的故事，对岳飞的五个儿子——岳云、岳雷、岳震、岳霖、岳霆的名字甚为赞赏。周公谋虽是国民党元勋，但中年后仕途并不得志。1915年至1933年，18年间，他的五个儿子陆续在上海呱呱坠地。这时期的上海正处于中国政治风云的中心。他的孩子出生时，几乎都碰上重大的政治事件。他效仿岳飞给孩子们取名，孩子们的名字除了含有家族字辈“民”字外，还分别含有“风、云、雷、震、霖”等字。这些字从字面上看都跟天气有关，却蕴含着周公谋的政治抱负及对孩子们的期待。

长子周民风，生于1915年1月，辛亥革命结束的第四年。中国大地已掀起一股强劲的革命风暴，政治体制的革故鼎新，为之一新的社会面貌，让国人看到希望。周公谋希望儿子也能成为革命风暴中的一分子。后来民风加入中国共产党，自己改名为“一峰”。

其他四个儿子相继出生后，周公谋给孩子们分别取名民云、民雷、民震、民霖。他期盼孩子们未来都能像岳飞的几个孩子一样，跟随父亲，继承父业，精忠报国；他更希望在这乱世之中，有一声震撼大地的春雷，下一场甘霖，使中华大地得以复苏，守得云开见月明，人民得到安乐。

自从孙中山先生逝世后，周公谋失去了一位革命导师和引路人。因生性耿直，与几大幕僚政见不一，多年来，周公谋在尔虞我诈的国民党中央备受排挤和打压，他将希望寄托在儿子们身上。

在那个动乱的年代，周氏五兄弟受到家庭的荫庇，度过了安稳而富足的童年，且都进学校接受了很好的教育。儿子们逐渐长大后，父子之间却因信仰不同而产生严重分歧。儿子们出于民族大义，决心牺牲一切去消灭国民党反动势力，并与他这个国民党元勋划清了界限，彻底决裂。他夹在所处的阵营和家庭中间彷徨于无地，感觉自己的人生一败涂地，被效力的党派排挤，被家人抛弃，痛苦不堪。

国民党全线溃败后，他随一拨大员逃到了香港。多年后，周公谋越发感到孤单，再回望那段历史时，越发感觉到历史是一部生动的教科书。在这部教科书的引领下，不仅他的五个儿子，他也成了受益的学生，慢慢蜕变与成长。

1956年1月25日，毛泽东在最高国务会议第六次会议上宣布："国共已经合作了两次，我们还准备进行第三次合作。"随后，毛泽东还提出"和为贵""爱国一家""爱国不分先后""跑到海外去的人，凡是愿意回来的，我们都欢迎，都以礼相待"等。这些话在流落香港的国民党高官中引起了极大的反响。然而，台湾国民党当局对于中国共产党这些友善的召唤却十分恐慌。在香港的国民党特务放出狠话：凡是当过高官的国民党人，决不许投共回内地，否则按叛国处理。尽管如此，仍有不少逃到我国台湾、香港地区及美国的国民党官员偷偷回来，有诗云：

绿瓦红墙映日辉，天安门上彩云飞。
中南海阔胸襟大，游子纷纷海外归。

周公谋从报纸上看到这些消息后，回家的念头愈来愈强烈，但却瞻前顾后，迟迟没有行动。1957年，妻子胡君品愤然离开他，独自回到内地，留下周公谋孤身一人在香港漂泊。国民党断了其薪俸，为了活下去，他到香港竹林禅院做了居士，虽每天念经、吟诗和会友，但仍无法排解心中的苦闷。

最终他下定决心回内地，经一番周折，当回内地的手续全部办好后，时间已来到1964年春。71岁的周公谋形只影单地出现在深圳罗湖桥上。罗湖桥下这条宽不过50米、水深不足5米的深圳河，之前是横亘在很多国民党高官面前的一座不可逾越的“高山”。现在周公谋终于来到桥头了。

15年前，他与一拨国民党要员从这座罗湖桥出境，逃到香港。他清楚地记得，当时这是一座简陋的木质桥，在桥面上有一条红色的油漆线代表着内地与香港的分界。当时桥的四周一片荒凉，杂草丛生，桥下的小河发出一阵阵恶臭。

15年后，他又一次站在桥头，与之前的心境完全不同。他终于要从这条连接香港与内地的唯一通道回到内地。现在桥上还有加设了铁棚的桥顶，桥梁两侧增设了铁护栏，并铺上了人行道；附近的小山岗被推平了，荒滩草地不见了，目之所及是一根根新建的烟囱。四处呈现出一番热火朝天的建设场景。

过了罗湖桥，这边的每一寸土地都属于新中国，属于共产党领导下的人民。此时此刻，周公谋兜里揣着国民党政府军事委员会少将参议、国民党中央设计委员会委员、国民党革命勋绩委员会委员、国民党元勋等证件，这些所谓的官衔证件，如今连救命稻草都算不上，通通成了废纸。

他慢慢地将手中的“还乡证”撕成碎片，随后将碎纸片抛向空中。一同撕毁的，还有证明他官衔的一些证件。细碎的纸片在空中飞舞，像一只只白蝴蝶飘落在河中，很快便随河水漂走了。

这时，中国边防战士发现他怪异的举动，跑了过来，问：“老先生，你撕掉‘还乡证’了？这可是来去自由的凭证，回香港时，没有这张证可不行哦。”

几个香港人路过他身旁，大声问："你把证撕掉了，明天怎么回香港?"

周公谋再也不将悲恸深藏心底了，他冷笑着低声道："死，我也要死在内地，不做他乡之鬼!"

"这老头疯了。"几个香港人说罢，摇摇头走了。

周公谋不再说话，像泥塑般站在桥上，目送远去的江水，似乎在思考和总结自己的前半生，有关自己与一家人的记忆，像放电影似的，画面一帧帧地闪过。良久，他默默地提起行李，头也不回地向火车站走去。

人面临绝境就要寻找通途。此时此刻，这座桥，在周公谋的心里，就是通途……

在周公谋和他的儿子们身上发生了怎样的故事？我们先将镜头切换到50多年前的壮族小山村，因为故事要从那里讲起。

第一章

热血青年

一

1908年的一天，鸡叫了三遍，天还未亮。广西榴江县（今鹿寨县）的一个农家小院里，橘黄色的马灯赶走灰白的晨雾，一家人早早起床，为出远门的15岁的孩子送行，千叮万嘱，依依惜别。

一条由南往北的崎岖驿道被笼罩在浓浓的雾气中，驿道上隐隐约约闪现两个身影，一前一后，一高一矮，行色匆匆。两人穿着草鞋大步踏在石子路上，对尖利的石头毫不在乎。中年妇女周黄氏挑着担子，担子一头是粗布棉被、草席，另一头是装着衣物的包袱。紧跟在她身后的少年，是她的独子——周公谋，那时候他的名字叫周彦才。

周彦才左右两肩各挎着一只胀鼓鼓的布兜。左边布兜装着头晚祖母塞进来的红薯、芋头，还有少量的炒米等干粮，右边布兜装的是书本、笔墨纸砚。母子俩不言不语，专心赶路。他们从小山村出发，前方是100多公里外的桂林府中学堂（今桂林中学）。周彦才知道，前方是另一个世界，是获取文化知识的新奇之地。

当红彤彤的太阳跳出山坳时，母子俩已走上了桂柳驿道。四周群山连绵，山峰耸立，坡陡道窄。途经的兰麻至里定这一段大山路最为难行。“兰麻里定，好人走出病”，这句话在当地妇孺皆知，道出了行此官道甚是困难。然而，母子俩没有停歇，翻过一座又一座山岭，日夜赶路。

周家靠勤俭持家，把自家的田地、山林、果园经营得风生水起，在当地也算是个殷实人家。周父头脑精明，虽然是乡野农耕之人，但非常有远见，看到儿子自幼聪颖过人，认定儿子怀有奇才。待儿子到了入学堂启蒙之年，他按家族“彦”字辈，给儿子取名为“周彦才”。果然，在村中私塾念书时，儿子学业出众，常提出一些新问题，使得师爷张口结舌，不知如何回答。周父暗自思忖，哪怕变卖田产，也要把儿子送出去学文化知识，日后有机会还要往更高的地方送。他很早就凑足了学费，打点好盘缠，眼看桂林府中学堂开学在即，不巧自己却染上伤寒，浑身乏力，连行走都困难，更不要说挑担了，送儿子去上学的重任便落在妻子周黄氏肩上。

母子俩经过两天长途跋涉，直到星星布满天空，皎洁的月亮冲破云层，将月光洒向满是桂花树的桂林街头，他们才抵达学校。他们喝两口冷水，就着布袋里的干粮，简单地吃了晚饭。吃饱喝足的母子俩在教室的廊檐下，解开挑来的草席和被子就地休息。这一晚，周彦才睡得特别沉。

第二天一大早，周黄氏醒来，为儿子交了入学费用，安排好食宿，把一双亲手做的布鞋套在儿子脚上，叮嘱道：“才儿，要勤学，要争气啊，别让人瞧不起我们‘乡巴佬’。”周黄氏说完便将穿得破烂不堪的草鞋扔在路边，光着一双大脚一步步走回山村。

与母亲道别后，周彦才独自漫步校园，打量这个陌生的环境。他眼前有一栋中西结合的两层建筑，歇山式大屋顶，小青瓦屋面，一楼玻璃木格窗一开到顶，宽敞透亮。虽然远离家乡，但这里的环境，周彦才一下就喜欢上了。

周彦才来到桂林上学时，朝廷已经废除科举考试制度，推行新式教育，让学生学习数理化等学科。就这样，周彦才与众多学子一样，摆脱了科举的束缚，开始学习新式实用的知识，这为他此后在广阔大地之中有更多选择和施展空间奠定了基础。

周彦才为人谦和，才思敏捷，很快便在学校里如鱼得水。他早已察觉校园里有一股看不见但却可感受到的“风”。后来，他知道这是一股反清革命思潮。他自小便看不惯村里的黑恶势力，同情苦难民众，于是很认可学校的这股“风”。他迅速接受了此时在青年学子中传播的反清革命思想，常常与同学们一起讨论朝廷的腐化衰败。这股风起云涌的革命思潮，很快引起教育当局的注意，常常有督学到校监督训话。

有一天，放学吃过午饭，周彦才又和同学像往常一样，在操场上大声批判清政府腐败无能，刚好被一个督学撞见。督学召开学生大会训诫他们，气势汹汹地指定周彦才到台上做记录。当督学斥骂革命党人杀人放火、祸害社会时，周彦才怒不可遏，嗖地站了起来，与督学争辩。

督学看到与他争辩的是个身材矮小的学生，于是满脸鄙夷地说：“你这个乡巴佬，不要在这里胡搅蛮缠，认真做记录……”

周彦才听到“乡巴佬”这个词，愣了一下，他对这个词太敏感了。母亲送他入学时叮嘱过，要出人头地，要光耀门庭，不能让人瞧不起“乡巴佬”。他当即怒从中来，涨红了脸，随手操起桌上的石砚向督学砸去，将督学泼了个大花脸。

督学对这飞来的“横祸”毫无准备，惊叫一声便向后倒去，连同椅子一起跌翻在台上。他赶紧爬起来，指着周彦才说：“你，你，你要造反不成……快抓起来，关起来……”他身旁的一名随员赶紧跑过来扶他，另一名随员手忙脚乱地找来毛巾为他擦脸。

这时台下数百名同学一齐喊道：“揍他，揍他……”数十名牛高马大的同学冲上台去要轰走督学，场面顿时失控，引发了一场不小的风潮。

这是桂林府中学堂有史以来第一次由学生引发的风潮。第二天，当局为了杀鸡儆猴，派出警察将周彦才和几名激进同学逮捕了。

进了巡捕房，同学们一点也不沮丧，反而津津乐道地说起这场风波。好在校方在朝廷里有一定背景，找人说了情，几天后，被捕的同学被放了出来，此事也就不了了之。

经历过一场风潮和几天的牢狱之灾后，年轻的周彦才更坚定反清的信念。被捕后，周彦才与同学们有机会暗中接近桂林的秘密革命党人。在一次秘密碰头会后，革命党人激昂地动员，周彦才当即破指写血书，立志反清。后来，周彦才总算从桂林府中学堂毕了业。在秘密革命党人的帮助和周旋下，他来到上海，考进了著名的复旦公学（1917年改名为复旦大学）。

周彦才进入复旦公学后，觉得天更宽、地更阔了。他有更多机会接触到更多的革命党人和进步思想。他发觉，这些革命党人都有扎实的理论知识，学识非常渊博。他就像一只空着的布袋，只要有机会，就会如饥似渴地与这些饱学之士交流探讨，将许多进步思想和知识装进脑袋里。

在复旦公学读书期间，周彦才思想更加成熟。那时袁世凯已经窃取了辛亥革命的果实，当了临时大总统。后来，袁世凯又派兵南下，挑起内战。孙中山号召讨袁，发动了二次革命。周彦才眼见这一盘乱棋，甚为失望，但他作为一名大学生，无法有力地抗争，只得奋发读书。

毕业后，他结识了一位忘年挚友。“去日本求学吧！看看那儿的发展，可以让你的思想更开阔。”这位挚友对聪明且求知欲旺盛的周彦才说。这让周彦才喜出望外，连说好。自然，去日本留学得征求家人意见。于是他回乡将打算告知家人。族里的人觉得不可理喻，但周父却非常有远见，很支持，认为这是光宗耀祖的事，很快，100块大洋的路费，他痛快地给到儿子手里。

就这样，周彦才与一批青年学子东渡日本，踏上了求学之路。抵达日本后，在友人的举荐下，周彦才幸运地进入了日本名校早稻田大学政治系攻读硕士研究生。这里是革命党人集中的地方。深秋的日本，樱花虽谢，枫叶正红，景色十分迷人。周彦才没有沉湎于日本的风景名胜，而是如饥似渴地学习。在日本学习期间，周彦才凭借对追求真理的热情，加入了孙中山先生在日本东京组织的中华革命党（1919年宣布改组为中国国民党），从此有机会学习孙中山先生的著作，聆听他的教诲，吸收更多革命思想。

后来，他慢慢领悟孙中山先生倡导的“天下为公”的内涵，发现其意深邃而宽广。他在上海读书时便读到了《礼记·礼运》，知道“天下为公”的原意：天下是公众的，天子之位，传贤而不传子。这是一种美好社会的政治理想。孙中山领导的辛亥革命，不正是要结束这种“天下为私”的不合理状况吗？

彼时，年轻的周彦才受孙中山先生的启发，对“天下为公”体悟得更加深刻了。于是，未经家人同意，在日本留学期间，他擅自将父亲给自己起的名字“周彦才”改成了“周公谋”。他暗下决心，用一生的光阴追随孙中山。孙中山提出的“天下为公”的政治抱负，受到所有革命党人景仰。而革命为民，为天下民众谋幸福，却是周公谋这位年轻革命者立下的抱负。

这一年春节，周彦才以周公谋的名字给远在广西山村的父母写了一封家书，诉说其在日本遇见了孙中山先生，以及自己改名的因由和想法。质朴的周父对儿子的政治理想大加赞赏，但因儿子所取的名字不带“彦”字而满怀惆怅。周黄氏更是为儿子擅自改名而闷闷不乐，但转念一想：当初送儿子上桂林府中学堂，不正是让他勤勉苦读、光耀门庭吗？喝了“洋墨水”的儿子一定是在做正确的事。现在儿子有自己的人生抱负，理应高兴才对。夫妇俩相互说服和开导，很快就释怀了，彼此安慰道：“儿子志向高远，我们应该多多支持才是。”

自此，“周公谋”一名在家乡叫开了。“公谋来信了”，“公谋几时回家”，“我儿公谋跟随孙中山了”……在广西榴江县，周公谋便成了有勇有谋、为公而谋的代名词。

在日本的周公谋，虽然也难得见到孙中山先生，但每当听说先生从中国来到日本，他就抽空跑到先生身边，为先生打点工作上的事务，还跟先生学习革命理论。他在先生的书房里，还常常读到《黎明》《改造》《新潮》等日本进步书刊，上面刊载有先生的文章。他深深为孙中山先生伟大的人格及政治抱负所折服，更加坚信孙中山的思想就是中国摆脱旧世界枷锁的真理之光。

二

1917年，俄国十月革命的胜利，震惊了世界，也给中国革命带来了曙光。1919年5月4日，为了反对巴黎和会侵犯中国主权，3000多名北京学生奋勇举行了声势浩大的示威游行，喊出了“外争主权，内除国贼”“废除二十一条”“誓死力争，还我青岛”等口号，震惊中外，掀起了一场中国人民反对帝国主义、封建主义的爱国运动，史称五四运动。

五四运动的爆发，也点燃了广西各族人民的爱国热情。梧州市的学生首先致电北京学生会，支持北京学生的正义行动，因而梧州成了广西学生响应、支持五四运动的发源地。

1919年5月27日，梧州学生联合救国团宣告成立，这是广西第一个以救国为宗旨的学生爱国团体，在广西学生界中有很大影响力。在梧州学生团体的推动下，柳州、桂林、南宁也相继成立了学生救国团体，组织和领导学生开展反帝爱国运动。

周公谋从日本早稻田大学硕士研究生毕业回来，首站来到梧州，受到学生联合救国团的热烈欢迎，学生联合救国团请他在梧州各地作了几场爱国演说。每场演说，周公谋都是激情满怀，通报了北洋军阀与日本政府签订卖国协定的内幕以及在日本的中国留学生纷纷罢课回国以示抗议的情况，激起学生们的愤慨。最后周公谋大声呼吁：

帝国主义如同一伙豺狼，已经闯入黎民百姓的家门，让我们奋起反抗，敢于斗争，这是我们唯一的出路……

这一年，柳州的春天来得较晚。柳侯公园、雀儿山公园里的百花，直到4月底才慢腾腾地盛开。与革命烈焰熊熊燃烧的大都会北京、上海相比，这里显得有些冷清。刚从日本留学归来的周公谋，在梧州的演讲中显出了昂扬的革命激情，被正在筹建的广西省学生联合会选为代表，委派去柳州开展反帝爱国运动。周公谋抵达柳州后，四处进行演讲，宣传五四运动，他还以留日学生的亲身经历，揭露日本欺侮和侵略中国的种种恶行，激发学生爱国反帝的热情。

那个时候的周公谋意气风发，他的演讲主题鲜明、语言流畅、逻辑清晰，具有极大的鼓动性和号召力，很受学生欢迎。不久，在周公谋、章凌信、何其忠等人的奔走鼓动下，以柳州中学校、柳江道师范学校、柳江道女子师范学校这三所学校为核心，成立了“柳江道学生救国联合会”。

这一天，阳光明媚，柳州市1000多名学生聚集文庙，举行了声势浩大的“柳江道学生救国联合会”成立大会，从此拉开了柳州市有组织、有计划的学生爱国运动的序幕。大会推选章凌信为会长。随后，周公谋大步走上台，作了慷慨激昂的演说：

同学们，团结起来，去抗争！去斗争吧！把这些在中国土地上作威作福的豺狼赶出去。坚决与双手沾满血债的帝国主义、封建王朝、卖国政府斗争到底！中国民众将会迎来一个属于自己的国家……

周公谋的激情讲话，激起学生反帝爱国的热情，“赶走帝国主义，打倒卖国贼”的口号声响彻云霄。大会一致通过给北京学生会的通电，全力支持北京学生的正义行动，要求北京当局立即释放被捕学生，惩办卖国贼。会后，章凌信、周公谋等人立即组织学生走上街头，开展爱国演讲活动，进行抵制日货的斗争。

浩浩荡荡的学生游行队伍，高呼着“外争主权，内除国贼!”“打倒卖国贼!”“抵制日货！振兴国货!”“拒绝和约签字!”等口号，沿着庆云路、苏杭路等城内主要街道进发，向民众宣传爱国思想。天空中飘着雪花般的传单。许多群众被这热烈场面所感染，纷纷加入到队伍中来。

学生们齐声唱道：“同胞，同胞，以何事相邀。大家来抵制日货，誓死不挠!”口号声、歌声，此起彼伏，震天撼地。

学生和市民的抗议浪潮让当局惊恐万分。他们企图用武力来扑灭已经燃起的爱国烽火。于是一大批巡捕持枪或持棍冲到街头，阻止学生和市民游行。

当队伍行至苏杭路上两家贩卖日货最多的商店——大同春药房、理昌绸布店门口时，店铺老板站在店门口用偏激的语言来讥讽和污蔑学生。他们的言语激起了学生们的愤慨。游行结束后，学生救国联合会立即派出宣传员到这两家店铺开展爱国宣传。大同春药房的老板等人闻声出来谩骂。学生见状提出立即检查他们的货物。顽固的药房老板坚持不给检查，还说“没有日本货，中国人有病无药治，寒冷无衣穿……”这类话，顿时激起学生的愤怒。几名学生冲进店内，见装有日本药品的器具便拿出来砸。药房老板如同被砸了脑袋一样，拿起板凳见人就打。混乱中，店内的货架被打坏了。药房老板见状急红了眼，爬到楼上将镪水从楼上倒下来，烧伤了7名学生。

被镪水泼中的学生倒在地上，他们强忍剧痛，颤颤巍巍地站起来，用拳头将商家的玻璃柜台砸得稀巴烂，拳头顿时血肉模糊。其他学生见状，怒不可遏，把货架上的所有货物捣毁，并迅速将被烧伤的7名学生送往医院救治。此时，另一队学生在理昌绸布店也与商人发生了冲突。

这场由学生掀起的爱国运动因此进入了白热化阶段，反帝爱国的烈火燃遍了柳江两岸。

之后，周公谋又在广西各地举办了几场支持北京学生爱国运动的宣传和演讲活动。

当时，广西各地青年学生的反帝爱国热情高涨，从梧州、柳州迅速扩展到桂林、南宁、贵县、陆川、平乐、灵山等地。南宁在6月30日召开有3万多人参加的国民大会，讨论救国方法。南宁商会还决议抵制日货，爱国的店员和商人积极参加学生组织的示威游行。各界人士持着写有“抵制日货，振兴国货”“勿忘国耻”等字标语的横幅，将日货运至新商埠大马路将其焚毁。

周公谋积极参与这些运动，之后人生又迎来了一次转机。

第二章

少将参议

一

1921年初春，桂林乍暖还寒，嫩绿的树梢、娇黄的迎春花，无不显示出春天的气息。

原本在广州大本营大元帅府担任孙中山秘书的28岁的周公谋，再次得到孙中山先生的提携，被委以重任，回到桂林（当时桂林尚未设市）出任桂林县县长及周边四县的督办。与此同时，总统府原秘书长马君武，被孙中山任命为广西省省长。

时间转眼来到秋天，桂林街头的树叶又一次变黄了，桂花香味浓郁。开过几天的小黄花，米粒一般，风一吹，便纷纷扬扬地飘落，地上、屋顶尽是一片金黄。1921年11月，各路北伐大军集结桂林待命。孙中山将以大总统兼陆海军大元帅身份，携夫人宋庆龄，率革命政府要员一行，从广州出发，乘船沿西江而上，于12月4日抵达桂林，准备誓师北伐。

周公谋身为桂林县县长，早在一个多月前便忙开了。为欢迎孙中山的到来，桂林县成立了“欢迎孙大总统筹备委员会”，负责统筹协调迎接事务。周公谋任筹备委员会主任，成员由桂林各界76个机关团体的200多名代表组成。

当时，在码头及沿街两旁插满了彩旗，从雁山柘木镇到城区的主要街道两侧，每隔30多米就搭有一座欢迎牌楼。商家和住户都在门前悬挂国旗，处处张灯结彩，恭候孙中山先生及其夫人宋庆龄的到来。

12月4日这天，不少居民在自家门口摆放一盆清水，表达对“官清如水”的孙中山的敬重。县长周公谋率领桂林机关职员、学校师生、各界人士代表等3万多人列队站在大街两侧，喜气洋洋地欢迎孙中山夫妇。在将军桥新搭的一座欢迎彩棚前，孙中山先生下了车，换乘轿子（当时桂林城还没有开辟马路，汽车不能驶入）。

当市民见到孙中山及其夫人后，齐声高呼革命口号，群情沸腾。这情景，对于当时人口不到8万的桂林城来说，盛况空前。孙中山夫妇深切感受到了广西人民对革命政府之真诚拥戴和对北伐统一国家的强烈愿望，对此深感欣慰。

孙中山抵达桂林不久，便在独秀峰下的王城成立北伐大本营。桂林城随即成为当时全国的革命中心。多年后，人们在独秀峰东麓修建了一座纪念碑，它肃穆巍峨，直冲云霄，碑面刻有“中山不死”“主义常新”等大字，就是桂林人民为纪念伟大的革命先行者孙中山先生所特意建造的。

1921年12月7日，在桂林军政学七十六团体欢迎会上，孙中山先生作了题为《三民主义是建设新国家之完全方法》的演讲。紧接着12月9日在桂林学界欢迎会上，他作了题为《知难行易》的演讲；12月10日在桂林对滇、赣、粤三军官佐作题为《军人精神教育》的演讲。这些演讲，周公谋总是认真聆听，深深为孙中山先生的革命理想所折服。孙中山在桂林的日子里，周公谋不离左右，细心周到地照顾，聆听教诲，执行指令。

1922年2月27日，广东北伐军在桂林大本营举行了誓师典礼，孙中山在典礼上说：“民国存亡，同胞祸福，革命成败，自身忧乐，在此一举。救国救民，为公为私，惟有奋斗，万众一心，有进无退。”这些话语，深深地打动了在场的所有革命者，更加坚定了他们为民众谋幸福的抱负。多年后，每每回想起这些话语，周公谋仍热血沸腾。

一日，周公谋陪同孙中山先生游览桂林七星岩。岩洞内黑暗无光，有一群打着赤脚、衣衫褴褛的孩子手持火把为游人导游。见到孙中山一行谈笑风生地走过来时，孩子们便请求为他们导游，挣点小费买吃的果腹。警卫们为了孙中山先生的安全，拒绝了孩子们的请求，正要将他们全部轰走，孙中山先生却和颜悦色地对警卫们说："不要驱赶他们，就让他们打火为我们导游吧！"接着他笑眯眯地亲切地对孩子们说："来，来，大家排好队啊……"他说着便吩咐秘书逐个给孩子们派赏钱。

一群孩子举着火把在前面引路，把七星岩照得亮如白昼。孙中山先生很高兴，边走边勉励孩子们说："你们今天拿火把导游，等你们长大了也要参加革命，拿枪打敌人，革命成功了，你们就可以过好日子了。"孩子们听了，似懂非懂，神情激动。

周公谋陪孙中山先生一起去伏波庙瞻仰伏波将军像及其战袍盔甲、大刀、马鞍等遗物。孙中山先生对陪同在左右的周公谋一行人说："伏波将军英勇无畏，你们要向伏波将军学习。"周公谋听了，和大家一起恭敬地向伏波将军像行了军礼。

跟在孙先生身后，周公谋目睹了一位革命领袖如何体恤下情，他看在眼里，记在心上。他思忖：革命要想成功，群众拥戴是基础。革命的终极目标，就是让百姓过上好日子。

就在北伐风起云涌之际，前方传来了坏消息。1922年3月16日，湘军总司令兼湖南省省长赵恒惕不让北伐军过湖南。这是包括孙中山在内的所有人万万没想到的。北伐计划受阻，随后坏消息又接踵而来。3月21日，粤军参谋长兼第一师师长邓铿从香港返回广州，在广九车站突然遇刺，两天后身亡。一系列的变故，让孙中山不能继续留在桂林商讨北伐事宜了。3月26日，他在桂林大本营组织召开了紧急军事会议，认为陈炯明居心叵测，广东方面难以应对，于是当即决定回师广东。4月8日，大本营由桂林又迁至广州。两天后，孙中山和夫人启程离开桂林。

临别时，孙中山紧紧握着周公谋的手，感谢他的周密组织和细致安排，勉励这个壮家青年继续为国民革命努力工作。

随后在桂林当县长的日子里，周公谋浑身有使不完的劲，铭记孙中山的教导，四处传播三民主义思想，体恤百姓疾苦，为百姓做实事，赢得了百姓的拥戴。

周公谋的进步和显赫的政绩，让远在广州的孙中山满心欢喜。1924年春，孙中山将周公谋调到广州，任命其为广州革命政府陆海军大元帅大本营兵工委员。

毗邻香港的东莞县，交通发达，商贸兴盛，是支撑革命政府的财税重镇。而此时，买办阶级、地主阶级、封建豪绅及其武装的商团、民团以至地方土匪，遍布各地城镇乡村。香港当局千方百计指使一股股反动力量进行颠覆活动，妄图扑灭革命火种。东莞，这样一个经济、政治、文化重镇，特别需要一名干练、能文能武的将才主政。这一时期，有两位老部下给孙中山推荐了好几位青年才俊，见过面、谈过话后，孙中山均觉得不合适。谁去担任东莞县县长更为合适呢？孙中山将身边的年轻人排查了一遍，正在思忖之时，恰巧周公谋前来向他汇报工作。

“这个县长人选，不正是远在天边，近在眼前嘛!”孙中山自顾笑着说。

“孙先生刚才说了什么？公谋一时没注意。”周公谋如丈二和尚摸不着头脑。

孙中山起身，绕过宽大的办公桌，来到周公谋面前，拍了拍他的肩膀，慈爱地说：“现在啊，要委派你去东莞县主导当地的革命工作，你愿意吗?”

周公谋立即立正，铿锵有力地作答：“一切听从先生安排，做好一切准备，为国民政府效忠，在所不辞。先生的谆谆教导，公谋铭刻于心!”

“好了，就这么定了。东莞所处的地理位置非常重要。现在那里没有得力的人来领导，人心涣散，我很不放心。希望你去后，能够改变这种状况。回头我再召开一个会议，通报一下。”孙中山笑盈盈地对周公谋说。

“是。我一定尽到我的职责，请先生放心。”

周公谋接到任命后，便开始做准备了。10天后，他坐上开往东莞的汽车，上任去了。

周公谋任东莞县县长的两年时间里，不仅积极与军阀和城乡各种反动势力周旋，还与潜藏在革命阵营内的右派分子、阴谋家斗争。他不负孙中山厚望，将东莞的革命工作及财税入库工作做得风生水起。

二

但是，这样的顺境并没有持续太久。

正当周公谋仕途顺利，人生逐步进入佳境时，1925年3月12日，孙中山先生不幸病逝于北京。全国人民深切哀悼，各地隆重举行追悼大会。孙中山的逝世让军阀势力更加猖獗，帝国主义列强趁机对中国百姓变本加厉地压迫。蒋介石趁群龙无首时攫取了军事大权，借机培养亲信。国民党内响起一片“倒蒋”声。耿直的周公谋曾以忧党忧国之心，犯颜直谏，向国民政府直书孙中山的革命理论观点与策略主张。然而，以蒋介石为代表的国民党中央没有理会周公谋，他们不仅漠视他的主张，而且还将其视为“倒蒋”派加以打压，排挤在权力中心之外。

国民党内部因派系和权力之争，“倒蒋”运动以失败告终，蒋介石对周公谋进行打压，但又不敢贸然铲除像周公谋这样有资历的元老，于是给他安排了一个国民政府军事委员会少将参议的闲职。

自此，周公谋只能游走在权力边缘，失意、失落、苦闷、惆怅。不久他领着全家老小回到上海。当时，周公谋32岁，与大夫人育有一儿二女，长子周民风已是10岁的小学生了，两个女儿周素梅、周素新也很聪明伶俐。儿女绕膝，生活安逸，周公谋失落的心得到慰藉，赋闲舒适的生活逐渐磨灭了他青年时期的革命斗志。

1925年5月，爆发了震惊世界的五卅运动。1927年4月，蒋介石发动四一二反革命政变，疯狂屠杀共产党人，断送了孙中山开启的国共第一次合作的大好局面。整个上海陷入了白色恐怖之中，上海的街道被革命者的鲜血染红了，紧接着，各省的反动派开始“清党”，大规模地对革命者们进行搜查和枪杀。

1931年9月，日本帝国主义侵占东北，国民政府却下令“不予抵抗”，致使侵略者长驱直入。1938年10月广州沦陷。面对时局的大动荡，周公谋虽然是军事委员会少将参议，但手上并无兵权，对国民政府的不抵抗政策很不满，常常满腹牢骚，也只能写下诗词抒发感叹和悲愤：

国难感怀

板荡河山阅数年，范韩壮志已如烟。
陶腰肯向侯门折，秦镜谁将相府悬。
狐鼠横行真可痛，貔貅苦斗甚堪传。
人心尚有荆驼恨，应把举亡付两肩。

闻广州失陷

珠江一月黑风高，铁骑胡笳撼怒潮；
锦绣南都惊陷落，书生知谈匣中刀。

《闻广州失陷》后来刊载在《逸史》杂志创刊号上。从这些诗可以看出周公谋当时的心境。即便在这个烂透了的国民政府里身居高位，但他还是深深地爱着这个国家。如今这个政府居然连广州也保不住了，真是烂到根子里去了。想到这，他深深地吸了口烟，剧烈地咳嗽起来。他虽留学日本，但从不亲日。在日本留学时，他曾亲眼看到日本人欺侮中国留学生，激起中国同胞的愤慨。他看透了日本帝国主义的侵略本性，他是国民党中坚定的抗日派。但眼下国民党内部山头林立，互相倾轧，他感到无能为力，他仅是个少将参议，手上并无实权。

然而，他的大儿子周民风却像他青年时一样具有革命斗志，背着他悄悄走上了革命道路。

第三章

走上革命征程

一

周公谋得知大儿子周民风参加进步活动，是因大儿子参加一二·九运动而遭国民党当局逮捕之后。

周公谋记得，大儿子刚到上海惠灵中学上高中时，就跟随大学生去声援十九路军一·二八淞沪抗战，还喜欢看《前哨》《北斗》《一角丛书》等刊物，上面常有左翼作家对马克思主义的介绍和对时政的评论。一次回家，在饭桌上，周民风讲起国民党各派系政客争权夺利，无心抗战，企图妥协。周公谋制止道："吃饭，你小子念好你的书便是，这不是你讨论的事情。"

谁知周民风把筷子一扔，气愤地说："我是中国人，这是中国的事！东北已经丢了，难道国民党还要把上海拱手让给日本人吗?!"

1932年5月5日，国民政府与侵华日军签订《淞沪停战协定》，以出让上海主权的承诺换取停战。中国军队从上海撤军，把上海定为所谓的"非武装区"，但日本军队却仍在上海驻扎。这遭到中国共产党和全国爱国进步人士的坚决反对。国民政府竟然对共产党人和进步人士进行镇压和迫害。周公谋跟随孙中山多年，何尝不知忠奸善恶，可当他看到只有17岁的儿子已表现出强烈的爱国热忱和对国民党的愤慨，他还是感到惊讶和担忧。

1935年12月9日，北京大中学生数千人冲破国民政府军警的封锁，举行抗日救国示威游行，提出"反对一切中日间的秘密交涉，立即公布应付目前危机的外交政策""停止内战，立刻准备对外的自卫战争"等六项要求。声势浩大的示威游行队伍遭军警镇压，受伤者甚多，被捕者达七八十人。这是中国共产党领导的一场大规模学生爱国运动，史称一二·九运动。

12月23日，天空中飘着小雨，异常寒冷。这天晚上，在上海复旦大学经济系读书的周民风和学生会的几个同学聚集在一起，商量策划声援北京一二·九运动的行动方案，并具体安排了第二天的游行请愿行动。次日清晨上课前，突然一阵钟声响起，号召全校学生紧急集合，到上海市政府请愿。

周民风和复旦大学同学刘纯暇是这次游行请愿行动的发起人，他们与左右两边的同学紧紧地手挽着手，走在最前排。游行队伍在上海街头一路行走，其他学校的同学见状，纷纷加入。在上海市政府门前，周民风打头阵，举着拳头，高呼口号，向上海市市长吴铁城递交请愿书，要求南京国民政府停止内战，积极抗日。

上海市政府派出一名官员与学生们对话。这名官员侃侃而谈蒋介石“攘外必先安内”的方针，规劝学生潜心读书，抗日的事由政府管，等等。

官员的一番无稽之谈，立即引起学生的反感。学生把字条揉成团抛向该官员，官员展开纸团看了字条上的字，就像看见一条长虫似的，脸色立马变得铁青。但他扬起头时，却装出一副笑脸，生硬地说：“今天不安排回答问题，同学们先回去，我们将会以信函的方式另行回复。”他还要求教育系统建立“剿共”情报机构，健全“三青团”（全称为“三民主义青年团”，系国民党下属的青年组织）、国民党在学校的组织网络，等等。他的这番言辞，完全无视国人“停止内战，一致抗日”的呼声，激起学生们更强烈的义愤。

这时，有人高呼：“到南京去！向国民政府请愿去！”于是各大学很快建立起“抗日救亡联络组”，1000多名学生聚集在火车站，但火车站站长奉命停开火车，学生们束手无策。周民风非常焦急，找站长理论，想说服站长支持学生的抗日请愿活动，但站长表情冷漠，耸了耸肩，摊开两手，表示没办法。周民风又急忙找到上海交通大学的学生领袖，让他找懂得火车技术的同学想办法。几经摸索鼓捣，上海交通大学机械专业的几名学生还真把火车开动了。

火车徐徐向南京方向驶去。与此同时，上海社会各界也声援请愿学生。廖仲恺的夫人何香凝闻讯后，立即携带大批面包、饼干到上海北站慰问，并挥泪作书："谨赠同情爱国之心，并请为国自爱。"学生们深受鼓舞。

大批学生赴南京请愿，再加上学生和市民的抗议浪潮，使当局惊恐万分。他们企图用各种手段来压制——拆掉前方的铁轨，断绝沿途的吃喝供应，扣留群众声援送来的食品。

火车被迫停下来的这天，正下着入冬以来的头一场大雪。强劲的西北风搅着棉絮似的雪花扑打着学生们的脸，天地迷茫一片。天色慢慢地暗了下来。学生们一整天都没吃什么东西，连水都没喝上一口，又饿又冻。

此时，周民风仰着头，任凭漫天飞舞的雪花飘落在自己的脸上，钻进自己的脖子里。他站在铁轨上，挥着手臂对大伙儿喊："同学们！我们复旦大学的学生在上海刮起了一场风，无论前方的路怎样艰难，我们都要坚持下去。只要我们坚持，就能让政府听到民众的呼声！"说完，他带头跳到冰冷的水沟里寻找被扔掉的铁轨，组织学生将一截截铁轨捞起来放到路基上，尽一切努力修复铁路。机械工程系的学生还去把火车后面的铁轨拆下来铺到前面去。当大雪停下时，火车总算继续往前开。

在这场运动中，周民风从当局对爱国学生运动的阻挠、打压中，更清楚地认识到国民政府的黑暗与腐败。他们眼里只有私欲，没有民族和人民的利益。周民风为之气愤之余，也为父亲在这样一个政府劳心卖命而深感不值。

经过几个日夜，火车终于开到无锡西面的双龙镇。这时，国民政府派来的3000多名宪兵追了上来。两个宪兵挟持一名学生，1000多名学生被押到无锡“开会”。一名官员在会上假装说“政府正在做抗日准备”。

抗日请愿队伍最终被强行解散。不久，周民风与从北平南下的几名学生领袖被秘密逮捕，分别被关押在淞沪警备司令部牢房和租界巡捕房，国民党当局扬言要杀一儆百。

二

远在广西鹿寨小山村的周民风的祖母周黄氏得知大孙子被捕后，心急如焚，从老家赶到上海，并打电话命令她的少将儿子，要想方设法把她的大孙子救出来。当时周公谋在南京，得知大儿子被捕，老母亲已到上海，急忙从南京赶回上海四处活动，找关系施救。

虽然周公谋不知道大儿子是否加入共产党，但大儿子对国民党反共媚日的愤懑情绪，他早就看出来了。他一心想让大儿子远离政治，因为他觉得政治是危险的，这不，大儿子被抓进了警局。若不尽快捞出来，有可能会遭到不测。他的心情并不比老母亲轻松。

正在周公谋万般无奈之际，一个人的名字在他的脑海中闪现——杨虎。这个当年与他在广州革命政府工作的同事，曾和他一起效忠孙中山。后来，孙中山逝世后，杨虎见机行事，追随蒋介石并与之结为拜把兄弟，得到蒋介石一路提携，现任淞沪警备司令部司令。周公谋忠量了一下，决定去找这位曾经的同僚求情。

此时，淞沪警备司令部办公楼宪兵林立，戒备森严。周公谋依仗国民党元老的身份来到了淞沪警备司令部，顺利找到了杨虎，直接说明来意。

刚开始，这位昔日的同僚热情地接待了他。可当谈到放周民风一马时，杨虎立即打起哈哈：“令公子有血性，挺爱国嘛。他可不是我们逮捕的，可能是外国租界抓的……”杨虎的言谈举止无不显示出居高临下的气势。这些年，他跟着靠阴谋起家的蒋介石，大肆捣毁上海总工会和镇压工人运动、清除共产党。他下令逮捕杀害了大批共产党人和进步人士，其中包括被秘密枪杀的中共江苏省委书记、陈独秀的长子陈延年等人。此时的杨虎，早已不是当年和周公谋一起追随孙中山、出生入死的兄弟了。

周公谋立即拱手，谦卑地说：“小孩子不懂事，还望杨兄多多包涵。我托了好几个朋友查了一下，证实人是杨兄主管下的淞沪警备司令部抓的。”

杨虎看到周公谋已把情况摸得如此清楚，他只好承认，并开出释放条件：“据在下了解，周民风可是这次学生运动的组织者之一。放人可以，先让令公子写一份悔过书吧。你啊，也要管教好孩子，教育他们安心读书，日后报效党国。抗日的事嘛，政府能管好。”

周公谋一心想尽快将儿子捞出去，忙替儿子答应一定好好写悔过书。

当周民风在巡捕房里接过狱警递过来的纸笔，听说要写悔过书才能放人时，他唰唰写了八个大字：“爱国无罪，抗日有责。”

“悔过书”转交到杨虎手上。杨虎大为光火，呵斥道：“不好好悔过，不准放人！”

周公谋顿时满脸灰败，儿子不配合，同僚不给面子，再觍着脸求下去，毫无意义且太有失风度了。他调整好情绪，厉声说道：“犬子的确年少不更事，杨兄息怒。我枉为国民政府一介少将，既然杨兄不给这点薄面，我只好告辞了。”说完他便转身离去。

周公谋愤然回到家，周黄氏看到儿子没有把孙子带回家，哭喊道：“风儿啊，奶奶好想你呀……”

周公谋因母亲的哭喊而感到烦心，生硬地说：“你想那个小子做什么，他都不要你这个奶奶，不要这个家了……”

周黄氏愈发生气，说：“你好歹也在政府里当个官，一个儿子都捞不出来！你不要儿子，我还要孙子！我自己寻他去！”说着，她就要往门外冲。孙子们急忙拦住她，不让她往门外走。

周公谋喝了口茶，放下茶杯，换了妥协的口吻求母亲：“上海那么大，你去哪儿寻他？明天一早我再去活动活动，想办法救人。先吃饭。”周黄氏哭哭啼啼地坐到了饭桌前。

周公谋胡乱扒了几口饭后，就回书房了。他将有可能帮他的人一个个捋了一遍，又打了几个电话后，总算有了一丝眉目，他立即兴冲冲地出了门。

他叫了一辆车，很快来到上海市市长吴铁城的府上。由于吴铁城也曾在广州大本营大元帅府担任过参军长，与周公谋都曾伴随孙中山先生左右，因此他对周公谋还算客气。两人坐在沙发上一边喝茶，一边回忆往事。周公谋对当下身为上海市市长的吴铁城并没有多少钦羡，但此时为了救儿子，一些奉承的场面话，他还是会说的。

“铁城兄，这些年干得风生水起嘛，都坐到了中国最大城市的最高位置的宝座上了，恭喜荣升啊！”

“哪里，哪里，公谋兄的日子也逍遥嘛，哈哈……今日吹的是什么风，把公谋兄吹到寒舍了？”

“你还真说对了，无事不登三宝殿，今天还真有一事烦劳铁城兄帮一把。”

“请说，还有什么事要让公谋兄亲自跑一趟的？”

周公谋看到吴铁城还算真诚直率，就把相求之事说了一遍。

吴铁城听后，满口答应释放。周公谋见吴铁城仍念旧情、讲义气，于是继续求情道："还有那几个学生，他们都还是不懂事的毛孩儿，烦请铁城兄卖个人情，顺带将他们一起放了。"

"那可不行，我总得对南京那边有个交代……"

周公谋压低声音道："放一个是放，放两个也是放嘛，还请铁城兄高抬贵手。"

吴铁城为难地说："这恐怕不好弄……"

周公谋继续恳求道："孩子们血气方刚，不懂事，这次就饶过他们。回去我和他们的父母说，一定要好好管教他们。"

或许是吴铁城也觉得，这些手无寸铁的学生，只不过是一时冲动而已，翻不起什么大浪，于是他决定送个人情，答应道："这得公谋兄好好管教管教啊……"

周公谋没想到吴铁城如此爽快，立刻起身，发自内心地感谢道："谢谢！太谢谢铁城兄了！"

就这样，在吴铁城的"关照"下，与周民风一同被捕，分别被关押在不同地点的几名学生领袖全都得以释放了。

谢过吴铁城后，当天晚上，周公谋就急忙将脸上、手上都是伤的儿子带回家。

三

周黄氏看到被救回家的大孙子浑身是伤，既心疼又害怕，一把将孙子搂到怀里，满眼泪水。受雇在周家多年的姆妈，与孩子们相处就像家人似的。她掏出手帕，给周黄氏拭去眼泪，捧出药箱给周民风的伤口敷药。她耐心地规劝周民风“改邪归正”，不要再让全家为他担惊受怕。

可周民风哪里听得进，他十分担忧与他一同“进去”的从北平南下的同学的安危。上海这把“火”是他带头烧起的，万一有同学遇到不测，他如何对得起他们的家人。想到这，他心事重重，一声不吭。姆妈看出周民风的心思，告诉他说，他父亲已将他的同学也一起救出了。周民风这才身心放松地敷药。

周公谋威严地坐在太师椅上，看到大儿子对自己不理不睬，他想说的话又全咽回肚子里了。

周公谋还记得，共产党和国民党本是同志，是兄弟，共同推进国民革命。十多年前的1924年1月，国民党一大召开，事实上确立了联俄、联共、扶助农工的三大革命政策，标志着第一次国共合作正式形成。可这大好的局面几年后却被蒋介石、汪精卫葬送了，他们疯狂屠杀共产党人。他周公谋，作为国民政府的一名高级官员，此时有什么理由责怪儿子呢？

周公谋坐在太师椅上，闭目思量着。民风10岁那年，他把胡君品娶进门。民风的母亲王国英被逼回广西老家，因过度忧愤，未满40岁就去世了。这成为他们父子之间一道不能触碰的伤疤。他不愿看到儿子卷入政治，再和共产党扯上关系，与自己渐行渐远。

待周民风敷药后，周公谋开了腔：“风儿啊，我希望你能踏踏实实读书做学问，不参与政治。你看看，这次多危险啊，要不是吴市长他……”

周公谋的话还没说完，周民风立即面色冷峻地打断他：“我也想好好读书。可偌大的中国，哪里能摆下一张安静的书桌？东北沦陷，热河失守。长城抗战勇士们的鲜血换来的是一纸丧权辱国的城下之盟《塘沽停战协定》。现在日本人搞‘华北自治’，割裂我们的国土，国民政府又再次退让！中国已到了危亡的关头，每一个热血青年都应奋起抗争。我错在哪里?”

“在家里就不要谈政治了吧。”周公谋自知理亏，无言以对，用祈求的语气欲结束谈话。但周民风不依不饶，继续说道：“我参加的是抗日救亡爱国运动，不是你们国民党争权夺利的所谓政治活动。国民党背叛孙中山的三民主义和三大政策，镇压学生，是没有好下场的!”周公谋看着儿子一副理直气壮的样子，心想：这孩子看来是难以管束了。

周民风随后被父亲关在家中。他坐在书桌前，再次捧起学长马少裘送给他的《共产党宣言》等马克思主义书籍，细细地阅读、思考。他想到：辛亥革命虽然推翻了清王朝，建立了中华民国，但并没有改变中国军阀混战、遭受外敌侵略、积贫积弱的状况。孙中山历经数次挫败，认识到“今后之革命，非以俄为师，断无成就”，提出了“联俄、联共、扶助农工”的“三大政策”。可恨的是，在国共合作、胜利北伐的半途，蒋介石在上海叛变革命，大肆屠杀共产党人和工人，轰轰烈烈的反帝反封建革命被扼杀了。以蒋介石为代表的国民党右派上台后，为争地盘、争权位，新军阀中原大战，派系斗争宁粤分立，内斗不断。而对咄咄逼人的日本侵略者，国民政府却一味退让妥协。山河破碎，民不聊生，只有以马克思主义为信仰的中国共产党始终高举着反帝反封建的大旗，给苦难中的工农大众带来希望。他又想到：在知道马少裘是中共党员后，他郑重地提出了加入共产党的申请。马少裘向上级请示后，对他说：“党组织认为你符合加入的条件。但目前你在学生运动中冲在第一线，党也需要你承担更多的组织引领工作，如果你是党外进步青年的身份，对你比较有利。”他又说：“不管入党程序何时履行，现在你已经是党的一名战士了。”

想到这，周民风倍感振奋。他必须设法尽快出去，向党组织汇报。他时刻注意着外面的动静，机会终于来了。这天傍晚，周公谋出门访友，周民风在房间里喊二弟周民云来到门边。周民云已上初中，隐约知道一些共产党干革命的事，他偷偷找来钥匙将门打开。周民风一把将周民云拥在怀里，郑重地说了两声“谢谢”，然后急忙将几件换洗衣服塞进一个袋子，就要出门。

这时，他四岁多的四弟周民震跟在后头，握住他的手，仰头问：“大哥，你这是去哪里？我也去！”

周民风蹲下身，搂住周民震，亲昵地摸摸他的头，轻声说：“小牛（周民震的乳名）啊，你还小，还不懂，大哥去的地方，将来你长大了也会去的。”

周民风说完，头也不回地出了门。

四

全家人再次有周民风的消息时，是在上海淞沪会战开始时，听说他被炸成重伤。

1937年8月13日，周民风加入了上海抗日志愿宣传队。他正慷慨激昂地给市民作抗日演讲，中国空军的一架飞机在轰炸日本海军旗舰时受损偏航，导致炸弹误落在上海大世界街道上，顿时惨叫声震天，伤亡者无数。

与周民风在上海弄堂长大的王桂林得知周民风被炸后，赶忙跑到周家，告之周家人这一消息。这一消息让周家上下慌乱不已，他们赶紧跑到当时收治伤员的广济医院，逐个病房查问，但都没见到周民风。最后，他们找到了当时的死伤人员收容所，意外发现了一双熟悉的皮鞋。

这双皮鞋，周民风的二妹周素新太熟悉了，皮鞋是她在周民风生日那天送给他的。于是，她断定在草席上躺着的，全身满是绷带、奄奄一息的伤员就是大哥。此时周民风的头部被纱布密密地包住，受伤严重，微弱地喘着气。周家人赶紧将他送到医院救治。

此时的上海已经乱成一团。天上飞机轰鸣，地上炮声隆隆，街上士兵川流不息，许多商店已关门，市民们则扶老携幼往外地逃难，火车站、汽车站挤满了慌乱的人群，秩序混乱不堪。

面对这种局势，周公谋非常焦急，他打算举家搬迁至桂林，远离上海这个即将沦陷之地。全家大大小小怎样才能买到票，怎样才能挤上车，都是难题。周公谋又跑到南京找关系，最后总算托人找到一辆军用火车同意载着全家人到长沙，然后再坐汽车转到桂林。

周民风的伤势稍有好转，就继续外出活动，经常几天不见人影。一天，他总算回家吃了一顿晚饭。餐桌上，周公谋严肃地对他说："风儿啊，我看你还是不要参与政治为好，这样太冒险了。"

周民风扒着碗里的饭，说："贪生畏死勿入斯门。"

"你说什么？"周公谋怔住了。

"贪生畏死勿入斯门。"周民风神情坚毅地一字一句又说了一遍。

周公谋这下听清楚了，这句话是孙中山先生亲手写下并亲自贴在广州黄埔军校大门口的。"贪生畏死勿入斯门"是下联，上联是"升官发财请往他处"，横批是"革命者来"。

"孙中山的教诲，蒋介石之流能做到吗？挂羊头卖狗肉！"周民风又补充了一句。

"不要意气用事了，眼下时局的残酷和复杂，是你想象不到的。"周公谋知道儿子对腐败专制的当局的憎恨，他感到无奈。

"出生不由自己，但人生道路是可以选择的。我已是成年人了，我自己的路由我自己选。"周民风放下碗，扭头望着窗外。窗外是一棵梧桐树，枝繁叶茂，以前他每天都在鸟儿清脆的叫声中醒来，可这段时日鸟儿都不见了。

“不许胡闹，过几天车子搞到了，你和弟弟们回桂林暂避一下，其他事日后再说吧。”

“苟利国家生死以，岂因祸福避趋之！国难当头，我要尽我的一份力，到前线抗日！我不会像寄生虫那样生活，虚度一生。”扔下这句硬邦邦的话，周民风离开了家。

1938年2月，周民风经学长马少裘介绍加入了上海地下党，那时他已从上海复旦大学毕业，党组织指示他要成为一名职业革命家，全身心投入地下党的工作。周民风决定离开这个富裕舒适的家，跟着中国共产党走革命之路，去谋求民族解放、人民幸福。为与国民党官宦家庭彻底脱离干系，在加入共产党之前，周民风改名为“周一峰”。

从此，周一峰断绝了与周公谋和家庭的一切联系。抗战胜利后，周素新、周民云、周民雷分别在上海、南京读大学，他们非常想念大哥，大哥离家多年，不知是生还是死，于是他们千方百计打听他的消息，但毫无音讯。后来他们在上海的国民党报纸登了寻人启事，因怕特务追查，所以借用了和周一峰关系最好的同学王桂林的名字登报。几个月后，周一峰居然给王桂林回了信，报了平安，但仍坚决表示与身为国民党官员的父亲决裂，也决不联系。后来，周民风与王桂林只通了两次信后又再次中断了联系。

第四章

《共产党宣言》的火种

一

淞沪会战打响之后，周公谋举家撤离上海，辗转到长沙后，又来到桂林避难。这时期，国民政府已迁至重庆，周公谋仍挂任国民政府军事委员会少将参议。回到桂林后，他与李济深等在军委会驻桂办事处，为抗日战争奔走出力。

这个时期的桂林是全国大后方的文化城，很多著名的文人、学者齐聚这里。他们当中，就有著名的李四光、严济慈等，还有国内第一位全文翻译《共产党宣言》的陈望道。

这时期，周公谋两个儿子周民震、周民霖分别上小学五、六年级，回到桂林后进入八桂小学就读。当时高雅精博的文化氛围，昂扬的抗战激情，加速了他们的成长。这个夏天，桂林市教育局举办全市小学生抗战演讲比赛，周民震被学校选为代表参加比赛。周公谋非常重视儿子的这次比赛，替儿子修改演讲稿，痛斥日本帝国主义的野蛮行径，呼吁中华儿女奋起挽救国家。有父亲的指点，周民震在演讲中慷慨激昂，情感动人，不负全家人厚望，获得第一名。

二

这一年的暑假，周民震和周民霖的母亲胡君品领着他们回到100公里外的鹿寨壮族小山村度假。过惯了城市生活的周民震、周民霖，面对着野趣横生的山野，兴奋得整天和村里的孩子疯玩。祖母周黄氏看着孙子满山跑，担心惹出什么事来，但反复叮嘱也无济于事。

这天晚上，周黄氏心生一计，趁两个孩子给她捶背时，故意神秘地说：“乖孙仔，我告诉你们一个秘密，你们千万不要对别人讲。”这话立刻引起了兄弟俩的好奇心，他们忙发誓不会泄密。周黄氏悄声说：“屋边有个小阁楼，那是你们大哥读大学时回家过年常待的地方，那里一定有好玩的东西。他好多年没回来了，我从不让人上去。”

第二天一早，周民震、周民霖兄弟俩不再外出疯玩了，他们扛来一把梯子，爬上了尘封多年的小阁楼。小阁楼上到处都是蜘蛛网，又脏又黑。黑暗中，他们看到一张书桌和椅子上面堆满了书报和杂志。

弟弟周民霖说：“找找看，有没有好看的小人书。”

他们翻遍了所有书，也没有找到一本他们想要看的书，全是些大部头，比如瞿秋白的《赤都心史》《饿乡纪程》等。他们把书翻了翻，便扔下了，根本不感兴趣。多年后，他们长大了，回忆当年在小阁楼上看到的书，才明白那些书讲的是俄国十月革命后的故事。

正当失望时，周民震忽然发现一本特别的书，兄弟俩赶紧凑到光线亮的地方看：黄色的封面，红色的书名。周民霖大声读道：“共产党宣言。”周民震赶忙让周民霖小声点，小心让人听见。当时“共产党”三个字简直就是“危险”“恐怖”的代名词，但这三个字使他们感到很亲切、很神秘。

他们的大哥周一峰此时正在江苏一带打日本鬼子，家人隐约知道一点，但他是共产党，这一点家人对外是守口如瓶的。在桂林时，在中统当特务的堂哥，经常给他们讲中统是怎样抓共产党人，如何拷打上刑，甚至暗杀处决。兄弟俩每次听了，都感到惊骇，幼小的他们总是站在被害者共产党人这边。这个时候，看到这本小小的册子，他们对邪恶的堂兄更加鄙视，对勇敢正气的大哥产生敬佩。

他们按捺不住激动的心情，小心翼翼地将书封上的灰尘抹去，郑重地打开它，小声地读着上面的字——

一个幽灵，共产主义的幽灵，在欧洲游荡。为了对这个幽灵进行神圣的围剿，旧欧洲的一切势力，教皇和沙皇、梅特涅和基佐、法国的激进派和德国的警察，都联合起来了……

兄弟俩磕磕绊绊读了几行字，浑身打着激灵。周一峰比他们俩年长十七八岁。他们记得还在上海居住时，大哥好几次从外面回来，都是带伤的。有一次大哥伤好后，趁父母不在家，让二哥民云偷偷开锁放他出去时，民震握着大哥的手说要跟着大哥一起去。大哥说，他去的地方，民震长大也会去的。当全家撤离上海时，大哥没有一起走。民震问了父亲，父亲不答还斥骂，说小孩子别管大人的事。民震觉得很委屈。后来是二哥民云悄悄告诉他，说大哥是打日本鬼子的共产党。这让民震和民霖觉得大哥又增添了一层神秘感。

“共产党”这三个字就像星星一样悬挂在他们的脑海里。可是，偷偷讲了这么多年的“共产党”，究竟长什么样，是干什么的，他们一无所知。他们打量身边的人，看不出谁是共产党，这给他们带来了无穷的想象。

今天，在这个阁楼上，他们发现了这本小册子。莫非，大哥就是这本小册子所说的“幽灵”吗？这本书应该会给他们答案吧，毕竟《共产党宣言》这个书名的意思，他们还是能看懂一点的。特别是看到书封上的“共产党”三个红色大字，他们就像见到大哥一样，一股亲近、崇敬之情油然而生。

此时，远在江苏苏中根据地抗日的周一峰并不知道，他的两个弟弟在家乡天真地把他留下的“禁书”当成他这个“大哥”了，还郑重其事地将它请下阁楼，放在堂屋的八仙桌上。

兄弟俩继续翻开书页，读到最后一段话——

共产党人不屑于隐瞒自己的观点和意图。他们公开宣布：他们的目的只有用暴力推翻全部现存的社会制度才能达到。让统治阶级在共产主义革命面前发抖吧。无产者在这个革命中失去的只是锁链。他们获得的将是整个世界。

全世界无产者，联合起来！

看完后，周民震激动地站起来，说道："让统治阶级在共产主义革命面前发抖吧！好大的气魄，难怪大哥坚定地走了这条路。"周民霖到底年龄小些，他有点不解，但也随声附和说："对对！今后就走大哥的路！"

他们正专心致志地看书时，在桂林当特务的堂哥忽然走进门来。他一眼便看到八仙桌上的书，他翻看封面，不怀好意地说："嘿嘿，难得的'好书'呀，是老师给你们看的吧！"

兄弟俩急忙将头摇成拨浪鼓，说："不，不是的。"

"不是？想骗我，讲讲是哪个老师给你们的书？其实我早就晓得了。"

"你晓得个屁！"周民霖愤愤地揭穿他。

堂哥皮笑肉不笑地说："八桂小学的地下党员名单都在我手里，不过看你们讲得对不对。姓廖的教导主任是吧？陈捷老师？张军老师？"

兄弟俩冷笑了两声，笑他手段太低劣了，学校根本没有这些老师。

堂哥伸手要拿走这本书，周民震紧紧抓住不放。

堂哥说："给我有用处，回桂林请你们吃马肉粉。"

周民霖大声说："不给！我们才不要吃什么马肉粉呢！"

周黄氏正在侧屋的厨房里做饭，突然听到堂屋有动静，忙跑过来，很快便明白眼前发生了什么。

她气愤地说："这本书是民风的，他现在抗日去了，你去抓他呀！你们这些特务就会躲在后方抓共产党，有本事上前线打鬼子呀！"

堂哥尴尬得急忙赔笑，局促地说："我只不过是怕这本书会给弟弟他们惹麻烦嘛，我帮收走安全点。"

周黄氏冷冷地揭穿他："算了吧，你想拿去害别人，邀功请赏是不是？要领赏，多杀几个日本鬼子去，我给你赏钱！"周黄氏从孙子手中拿过书，说："行了，你也别收走，我们也不留，烧掉就是。"周黄氏说完便拿着书走进了灶房，堂哥这才悻悻地走了。

周黄氏当然没有立马烧掉那本书。她是识字的，她虽身在山村乡野，但思想比较先进。夜深了，在房里昏黄的油灯下，全家人睡着了，她拿出那本书翻看。

第二天一早，周民震走进厨房，见奶奶在灶口边正要点火烧书，他边喊边扑过去，书刚烧掉一角，被他抢下来了。"别烧，是大哥留下来的！"

周黄氏没有坚持，说："这本书你们还看不懂，留下惹事。"

周民震问："奶奶，你昨晚看懂了吗？"

周黄氏欲言又止，伤感地说："罢了，风儿好多年没有音讯了，留下它当作一个挂念也好！"

从灶口救下来的书，周民震和周民霖兄弟俩如获至宝。尤其是昨天听到奶奶与堂哥的对话杀气腾腾，兄弟俩觉得这本书更加神秘了，大哥更值得崇拜了。

短暂的暑假就要结束了，兄弟俩要跟母亲回桂林上学了。这本书藏在哪儿合适呢？兄弟俩发起愁来。带去桂林是绝对不行的，放回阁楼吧，又怕丢失。兄弟俩最终决定把它放进一个小陶瓷缸里，再埋到洛清江边的一棵小树下。哪天大哥回来，他们再挖出来还给他。

这本书，让年少的周民震和周民霖对“共产党”开始有了点朦胧的认识，也为他们日后接受革命思想撒下了种子。几年后，兄弟俩参加了柳州龙城中学的地下党组织，谁又能说不是这粒种子结出的果呢?

浩渺的洛清江流域广阔，滋养着沿河两岸，星罗棋布的村舍点缀在山河间。随着季节的变换，村庄被桃花、李花、油菜花映衬着，被甘蔗、果树等包围着，如一幅江南水粉画。如果时局稳定，社会安宁，这地方恰似陶渊明笔下的世外桃源。

自从意外读到那本《共产党宣言》后，民震和民霖兄弟俩时常站在河岸边看着往来的船只，想象某一天，他们的大哥民风会突然从一艘船上跳下来。

第五章

潜入国民党保安一旅

一

全家人不知道的是，周一峰此时受江苏地下党组织的派遣，潜入国民党保安一旅担任民运干事。

1938年9月，全面抗战已整整一年，大都会上海沦为“孤岛”。与上海仅一江之隔的苏北更是风云变幻，时局维艰。

苏北沿江一带土地肥沃，人口稠密。特别是南通、如皋、海门、启东（简称“通如海启”）地区，襟江临海，人文荟萃，历来是兵家必争之地。日军入侵后，迅速占领了临江及公路沿线的主要城镇。临江腹地由国民党反共顽固派、国民党江苏省政府主席韩德勤及地方部队所控制。

为加强领导抗日救亡斗争，建立敌后抗日民主根据地，中共江苏省委在地下党组织遭破坏多年的通如海启地区组建了中共江北特区委员会。成立不到一个月的江北特委向省委报告，急需一批有独立开展工作能力的干部到国民党地方部队去工作。

谁适合潜入国民党武装部队呢？

负责联系江北特委的江苏省委宣传部部长兼外县工作委员会书记张登的脑海里闪现一个名字——周一峰。

当时上海地下党隶属中共江苏省委领导，他们知道，爱国学生在上海声援一二·九运动时，坚定沉着的周一峰是杰出的学生领袖。他不但有坚定的政治信仰，有一股火热的战斗激情，而且组织能力很强。对，就选他！

于是，江北特委书记唐守愚带着政治交通员范龙专程去上海，在外滩与周一峰、洪泽两个上海地下党员秘密接头。

这天黄昏，外滩上成群的海鸥发出“呀——呀——呀——”的鸣叫声，为战火笼罩下的滨江水域带来了些许生机。

唐守愚看着眼前这位英俊沉稳的年轻人，一字一句地说：“我了解到你在学生运动中表现很出众，组织能力强，革命意志坚定。我代表组织正式通知你，到江北去，迎接新的战斗。”

周一峰将腰板挺了挺，铿锵有力地作答：“谢谢组织信任！什么时候出发？”他显然已经迫不及待了。

唐守愚温和地拍了拍他的肩膀说：“好样的，今天就出发！你的任务是潜入如皋县常备二团，宣传抗日民族统一战线政策，团结爱国官兵，推动国民党部队在抗战中积极发挥作用。争取掌握一部分武装，积蓄力量，等待时机，创建抗日民主根据地。有问题吗？”

周一峰坚定地说：“困难是会有的，但我一定会竭尽全力完成任务，请组织放心！”

唐守愚继续说道：“常备二团内部比较复杂，我们做的是地下工作，你要学会保护好自己。以后有问题直接找我。”

周一峰与唐守愚书记虽是初次接触，但看到唐书记谦虚温和，对他十分关切，他感受到了组织的关怀和温暖，浑身充满了力量。但接下来的任务一定是艰巨的，这不同于搞学生运动。一个文弱的青年书生，在国民党部队中开展工作，能站住脚吗？难度可想而知。

唐守愚交代完任务，和周一峰、洪泽登上了驶往江北的小轮船。迎着风，周一峰开启了他戎马倥偬的征程。

轮船在江中颠簸，站在轮船甲板上，周一峰眺望黄浦江面，此时他心潮澎湃。这是他加入中国共产党后，第一次离开上海，离开他所熟悉的学生运动，奔赴更广阔的战场，要完成党交给的任务，要实现组织赋予的使命，就必须义无反顾地勇往直前！他不由得想起高尔基的《海燕》：

——暴风雨，暴风雨就要来啦！

这是勇敢的海燕，在怒吼的大海上，在闪电中间，高傲地飞翔；这是胜利的预言家在叫喊：

——让暴风雨来得更猛烈些吧！

二

抵达江北后的周一峰，通过叶胥朝的关系，打入了如皋县常备二团薛承宗部。

叶胥朝是大革命时期的共产党员，曾创办过平民夜校，组织过农民协会，建立了江苏最早的党支部——中共江园支部。大革命失败后，他被捕入狱，但未暴露党员身份。出狱后，他以国民党左派的身份在如皋县广结人脉，开展活动。

薛承宗原是如皋县保安大队大队长。日军侵占如皋城后，保安大队溃退到如皋县东乡。他以抗日保家为口号，拼凑队伍，保存实力，组建了如皋县常备二团。后来他投靠韩德勤，参加了复兴社，队伍扩充为两个团，升级为江北保安一旅。

薛承宗与叶胥朝是老交情了。常备二团刚刚组织起来时，叶胥朝向薛承宗提出，要成立政训室，宣传抗日、招收青年才俊。薛承宗同意了，但提出政训室主任由自己的同乡、亲信李邦权担任。

周一峰在这个时期进入了如皋县常备二团政训室任民运干事，兼任政训室政治老师。作为中共党员，他在薛承宗部“孤军奋战”。他时刻不忘特委交给他的任务，在政训人员中发现、培养、团结进步分子和爱国青年，他因谦虚诚恳、宽厚正派，很快吸收了一批骨干。他积极推动建立团部图书室、连队俱乐部，购买《论持久战》《西行漫记》《大众哲学》等进步书刊供官兵阅读；他组织政训骨干在日常工作中向广大士兵宣讲抗日民族统一战线、新三民主义，宣传“停止内战，一致对外”。

在政训课堂上，周一峰善于利用蒋介石的抗战说辞，提及“地无分南北，年无分老幼，无论何人，皆有守土抗战之责任”，宣讲《中国共产党抗日救国十大纲领》，宣讲“坚持抗战，反对投降；坚持团结，反对分裂；坚持进步，反对倒退”的精神要义。他看到士兵大多是贫苦农民出身，没有文化，不懂时局，就用讲故事的方式讲政治。从袁世凯签订“二十一条”讲到巴黎和会的强权外交；从五四运动讲到一二·九运动；从1931年9月18日日本关东军制造事端嫁祸中方，侵占东三省，讲到1937年卢沟桥事变，全面抗日战争爆发。周一峰深入浅出、饱含激情的讲述，揭露了日本帝国主义亡我之心不死；指出了妥协投降没有出路，只有奋起抗战、团结抗战，才是救国救民的正确选择。

士兵们在课堂上听得群情激愤，情不自禁地振臂高呼：“小日本滚出中国去！”“打倒日本帝国主义！”“枪口对外，一致抗日！”

课堂外，周一峰还是一个篮球爱好者。在球场上较量一番后，他和士兵们打成了一片。

当时周一峰是少校军衔，月薪50元。不少士兵家境贫寒，只要周一峰知道他们遇到经济上的困难时，都会把自己的津贴拿出来资助他们。周一峰真心实意关心基层士兵疾苦，以及在政训工作中体现出来的学识和人品，使他赢得了士兵们由衷的钦佩和尊敬，为他打开局面奠定了坚实的群众基础。

与此同时，周一峰始终没有放松与常备二团中上层军官的接触和联络。这不仅是为了争取信任，站稳脚跟，更重要的是为了加强统战，推动抗日。

政训室主任李邦权是一个接受过高等教育、拥护团结抗日的开明知识分子，但他虚荣心强，好揽权，一心想扩大自己的势力和威望。在周一峰来政训室之前，李邦权便制定了《政工守则八条》。该守则第一条就是拥护抗日，还有加强官兵一致等内容。周一峰看到《政工守则八条》后，立即对李邦权大加称赞，并借此经常与其交谈。周一峰分析抗战形势和前景，探讨国共合作建立统一战线的政策，主动协助其细化落实《政工守则八条》中有利于团结抗战的相关条款，积极开展部队政训工作和民运工作，大大提高了政训工作成效，提高了政训人员在部队的威信，也大大提升了政训室的地位。为此，李邦权觉得周一峰有见识有水平，是他工作上的得力助手，对待周一峰的态度也有所转变，不再那么居高临下了。再加上李邦权布置的工作周一峰都能圆满完成，两人的关系就更近了。李邦权多次在薛承宗面前夸赞周一峰，并积极举荐周一峰任三营指导员。

三营营长陈昆是西北军行伍出身的大老粗。论打仗，他很勇猛；论战术，他也有一套。陈昆对薛承宗忠心耿耿，薛承宗对他也很信任。但陈昆对下属粗暴，士兵怨气大。周一峰被提拔任三营指导员，与陈昆搭档后，就主动帮助他改善官兵关系。周一峰给他讲官兵平等、军民合作才能提高战斗力的道理；帮助他改进作风，提高其在士兵中的威信。陈昆经常看到周一峰在驻地开展民运工作，办农民学校、组织军民联欢会，教导官兵不扰民、多助民，部队与周边群众的关系改善了，官兵的纪律性也有很大提高。他觉得周一峰是他的好帮手、好搭档。

1939年春，如皋常备二团改编为保安一旅。此时，流传着“周一峰救了童弢的命”的说法。原来，队伍扩编，急需增补枪械。对于买枪这样重要的事，薛承宗当然要派最信任的人去。于是，他便派童弢带上一班人马去天长、六合购买枪支弹药。

童弢是薛承宗在国民党镇江军政人员训练班的同学，当时是常备二团副团长，两人关系很铁。周一峰当时是三营指导员，也被点名随童弢去办这件差事。

性格孤傲、飞扬跋扈的童弢一贯看不起像周一峰这样的文职人员。一群人到了天长县码头，童弢命令周一峰和另一个士兵在船上看行李，他与一伙人上岸看货。结果，他们一上岸，就因言语冲突与当地自卫团武装打了起来。

听到枪声，周一峰立即觉得事情不妙，朝着枪声响起的地方赶去。周一峰跑步赶到时，童弢一行人已成了俘虏，被当地自卫团绑得严严实实。

“你是什么人？想干什么？”周一峰正要往里冲时，被拦在门外。

“我们是国民党保安一旅的，为了抗日，来买枪械。请你们以团结抗日大局为重，不要为难我的兄弟们。”

“就凭你们这样的还抗日？你们国民党跟强盗有何区别？”

“我们团长鲁莽了，但我们确实是抗日武装。多担待，多担待。”周一峰一边友善解释，一边拿出证件证实自己的身份。

周一峰处变不惊，有礼有节，讲话也顺耳，给足了对方面子，让对方佩服。对方在确认他们来自保安一旅后，也不想把事情搞僵，于是，童弢与被扣押的十多人得以释放，避免了一场流血冲突。对方协助他们顺利买到了枪，还交了朋友。

回到保安一旅后，士兵们纷纷议论说，周指导员不怕死、讲义气，够朋友。

“周一峰救了童弢的命”很快便在保安一旅传开了。童弢也因此对周一峰刮目相看，一心想提携周一峰，报答他的出手相救。凭着与薛承宗的关系，他力荐周一峰到一团当政训室主任。

周一峰勤奋干练，处事机敏，善待士兵，广交朋友，在保安一旅如鱼得水。他从民运干事升为营指导员、团政训室主任，大大提高了合法身份地位，改善了工作条件。这距他离开上海还不到半年时间。

在此基础上，周一峰积极谨慎地物色培养对象，先后发展保安一旅朱国成、贾震、汤宗（汤以根）、季玲（季玲贞）等一批政训人员和进步人士加入中国共产党，建立了保安一旅秘密党组织。这些同志在新四军东进时，成为创建江北抗日民主根据地的中坚力量。

三

1939年4月，蒋介石为维护其独裁统治，在国民党内部颁发了《限制异党活动办法》，妄图从政治上和组织上限制共产党和民主进步势力的发展。这期间，薛承宗的政治态度明显右转，对政训人员越来越不放心了。形势变得严峻起来。

一天夜里，周一峰睡得很不踏实，从江面上吹来的风凉飕飕的。此时他正在泰州参加薛承宗组织的企图向政训人员灌输“防共限共反共”思想的集训。为了与国民党反共顽固派坚决斗争，争取动摇派的同时又不暴露政训人员中的中国共产党党员的身份，周一峰在集训前，专程向江北特委作了集训期间斗争策略的汇报：团结抗日的拥护，反共分裂的抵制；正面不作驳斥，私下及时“消毒”。

可没有料到的是，在集训后期，薛承宗突然宣布，所有参训人员都要加入国民党、“三青团”。夜已深，周一峰辗转反侧：如何既不暴露自己的身份，又不加入国民党？如果不加入，就会被怀疑；若加入了，自己的信仰又如何安放？他觉得这事太重大了，得向江北特委请示。周一峰连夜赶赴特委驻地马塘，简明扼要地汇报了自己深思熟虑后的建议：“为了保护党的隐秘战线，便于日后继续开展工作，地下党员和进步骨干能不能集体参加入党入团仪式？”

唐守愚觉得周一峰的分析很有道理，应从长计议，保存党的骨干力量，于是同意了其建议。不久，中共中央针对蒋介石这一阴谋，通知各地区地下党组织：凡在国民党部队和政治机构中工作的共产党员，在国民党强迫其属下人员集体入党入团时，可一道加入。

周一峰是苏北地下党组织中第一个碰到这个问题的，他的建议完全符合中央精神。唐守愚称赞他应对突发事件时冷静睿智，政策水平很高。

1940年5月以后，新四军不断向苏北挺进。薛承宗为了防止所谓的“异党异军活动”，加强对部队的控制，在保安一旅实行联保连坐制。他声称只要一个团有一个政训员是共产党，团政训室主任就要连坐。

一时间，保安一旅里人心惶惶。但由于地下党支部隐蔽工作做得好，地下党员组织纪律观念强，公开活动只宣传抗日，所以反共顽固派没抓到把柄。可渐渐地他们把怀疑的目光转到周一峰身上。周一峰工作认真负责，遇事心思缜密，处事沉稳果决，没有不良嗜好；他拿了军饷，还去帮助下层士兵，他图什么？太完美了就可能有问题。而且他对宣传抗日统一战线十分积极。虽然他也集体加入了国民党，但是他们怎么看都觉得他像共产党。

一天晚上，童弢邀请周一峰去看戏。周一峰正在读《论持久战》，便借口疲劳推辞了。晚上9点多钟，周一峰正半躺在床上看书，突然传来一阵急促的敲门声。周一峰起身开门，童弢的勤务兵兴冲冲地说：“团长请你去一趟。”

周一峰觉得奇怪，问：“戏这么快就演完了？”他一边说一边拿着衣服往身上套。

勤务兵面无表情，闪烁其词地说：“去了你就知道戏演没演完。”

周一峰见平时点头哈腰的勤务兵像变了个人，他头脑飞快地运转，想着可能会发生什么情况、如何应对。他边走边想，不久便来到了团部。

一进门，周一峰便看到屋顶上架着一挺机关枪，他装作一脸惊讶地说：“童团长，这整的是哪一出戏呵？”

童弢用戒备的眼光看着周一峰说：“今晚戏院里发现了新四军传单，你是否发现可疑人员？”

周一峰判断，目前保安一旅地下党支部的工作是掌握武装，配合新四军东进，若没有部署，不会有人干这种事情，估计是当地抗日群众组织干的。他紧绷的弦松了下来，假装关切地反问：“我们都在集中整训，我晚上也没出门，什么情况啊？”

童弢追问：“你有没有听说叶胥朝、潘遂初是共产党？”

周一峰打了个哈哈，说：“不是你听旅长说叶胥朝因共产党嫌疑被捕，后被保释出狱了？他同旅长关系好，是不是共产党，旅长应该清楚嘛。至于潘遂初，我不认识，就不清楚啦。”

过去童弢确实和周一峰吹过牛，说他和旅长关系好，就连叶胥朝坐牢的事都告诉他。现在周一峰提起这事，他只能哼哼，没法再追问下去，长叹一声说：“好吧，共产党宣传太厉害了，简直是无孔不入。全体人员要提高警惕，在集训期间也要轮流派人到茶楼、酒店巡逻，监视行踪可疑之人，旅馆要检查。潘遂初如再来，要派人监视他。”

周一峰听后忍俊不禁。他知道潘遂初经常来团部，是来和童弢搓麻将的。他心想：这要想诈我也不是这么个诈法。

童弢就是个兵痞，他的脑子怎么比得过周一峰？他只好话锋一转，直接把底牌亮了出来：“你周一峰天天讲抗日民族统一战线，什么意思？”

周一峰笑而不答。

童弢恼羞成怒地道："你笑什么？答不上来吧。你太像共产党了，你是要用共产党的统一战线来统一我们。"

这话不是闹着玩的，气氛一下子凝重起来。

周一峰笑着说道："你开玩笑的吧？我不答，那是因为我没必要回答。"他让士兵取来一份政训室制定的《政工守则八条》，往桌上一拍："看看吧！李邦权主任是怎么说的？《政工守则八条》第一条就是拥护抗日民族统一战线。"周一峰继续振振有词地说："我是根据李邦权主任制定的守则进行宣传的，我以为你是知道的。再说薛旅长不是要抗日保家吗？蒋委员长也说要国共合作共同抗战。我们政训人员宣传统一战线，就是要动员全民族抗日，何错之有？"

童弢心里不爽，但无言以对，只好作罢。

从这件事可看出保安一旅上层对周一峰已经很不放心了。

第二天，周一峰借口去旅政训处办事，向特委书记唐守愚汇报了此事。此时周一峰已任中共江北特委委员，参与领导工作，两人研究了对策。鉴于保安一旅地下党组织已经健全，已能独立开展工作，唐守愚决定让周一峰率几名地下党员择机撤离保安一旅。

1940年8月初，周一峰向继续留在保安一旅的地下党员传达了组织的决定，安排好配合新四军东进作战的任务，离开保安一旅驻地如东岔河，经南通县刘桥联络站陈瑛家，由交通员连夜护送到如皋西乡，在卢港同中共江北特委委员钟民、洪泽、陈伟达、梁灵光等人会合。

至此，周一峰将党交给他的潜伏在保安一旅的任务画上了圆满句号。

周一峰走后，保安一旅的同仁十分怀念他。后来也参加了革命的张晓天，用京剧《追韩信》的曲调编了一首唱词："听说一峰他去了，不由我晓天心内焦……"留恋之情，溢于言表。大家也跟着哼唱，眼里都涌出了依恋的泪水。就连保安一旅旅长薛承宗也不无感慨地和手下人说："一峰虽与我等政见不同，但友情还好，他走应该告诉我们一声，也好备杯水酒给他送行啊！"以至于新四军进驻通如海启地区后，薛承宗在我党统战政策下保持中立，提出要让周一峰回保安一旅工作，这是后话。

第六章

黄桥决战前后

一

1940年5月，新四军挺进纵队控制了镇江扬中、扬州江都地区间的长江通道，加速东进，挺进苏北。

这时的苏北敌后地区都为国民党所统治。蒋介石消极抗日、积极反共，委任反共顽固派韩德勤担任江苏省政府主席，兼任鲁苏战区副总司令。在蒋介石的支持下，韩德勤依靠其嫡系部队八十九军和独立第六旅等武装实行苛政重赋，鱼肉人民，并与日伪暗通款曲，狼狈为奸。

1940年7月底，新四军建立了以黄桥为中心的抗日民主根据地，与韩德勤协议划定防区，联合抗日。韩德勤背信弃义，不顾人民的愿望和共产党团结抗战的呼吁，处心积虑地向抗日根据地进攻。9月初，韩德勤调集八十九军一一七师、独立第六旅、保安一旅等各部，分左、右两路军向黄桥进犯。

想要在苏北打开团结抗战的局面，必须从韩德勤手中夺取苏北抗战的主导权。新四军苏北指挥部司令员陈毅向中共中央报告："解决苏北问题，应先向省韩下手。"黄桥决战，就是新四军与韩德勤主力的交锋。

这天，保安一旅九连政训员、地下党员朱国成获得情报后，乘侦查新四军布防情况之机，在卢港悄悄与已撤离保安一旅的周一峰接上头，汇报了保安一旅的部署情况。周一峰思考片刻，寥寥几笔，现场绘制了一张"新四军布防图"——当然是假的，让朱国成拿回去交差。周一峰对地形极其敏感，具有较高的军事素养，这为他日后成为新四军的一名优秀指挥员奠定了基础。

果然这一招奏效了。作为顽军左路军先头部队的保安一旅刚进犯到营溪以南，就钻进了新四军布下的口袋阵。周一峰发展的另一个地下党员杨行健率领九连于战场上起义，其他官兵因有“不打内战”的思想基础，无心恋战，一触即溃。新四军乘势攻击，一举歼灭保安一旅两个团，薛承宗落水而逃。其他各部，或进军迟缓，或调头逃窜。新四军取得了营溪战斗的胜利。这是黄桥决战的前哨站。

这一战，是周一峰组建的保安一旅地下党组织配合新四军打的一个漂亮仗。战后，地下党员朱国成、杨行健和周一峰聚在一起，热泪盈眶。他们的努力，在这场战斗中起到了至关重要的作用。

新四军俘获了保安一旅副团长及其下属200多人后，陈毅司令员指示周一峰给被俘官兵做思想工作。当官兵们看到新四军的“长官”是原先他们熟悉的“周主任”，既觉得惊诧又觉得亲切。

周一峰对他们晓以大义和利害，说：“新四军是共产党领导的抗日队伍，到苏北来，是为了和国民党部队联合抗日，是为了在敌寇占领的后方保护老百姓，动员更多人参加抗战。新四军不打中国人，但对韩德勤这样积极‘破坏抗战’、专门搞摩擦打内战的反共顽固派，我们会迎头痛击，坚决斗争。”他又说：“这一仗，是韩德勤唆使你们进犯新四军防区，才遭到反击。新四军坚决不先放第一枪。”

周一峰入情入理的教育，被俘官兵们听了入耳入心。随后，新四军把被俘官兵全部放了回去，缴获的枪支也全部还给他们。共产党这种仁义之举，让保安一旅上下深受震动。官兵们对“团结抗战、中国人不打中国人”的认识更深了。抵制韩德勤、厌恶内战的气氛，在保安一旅越来越浓烈。薛承宗也在营溪战斗中尝到了新四军恩威并施的厉害，看到官兵们有“不愿打、不敢打”的情绪，在后来的黄桥决战中他保持中立。

1940年10月初，韩德勤指挥26个团共3万兵力南下，妄图歼灭新四军苏北部队于黄桥地区。韩德勤以其嫡系八十九军和独立第六旅为进攻主力，组成中路军。泰州驻军李明扬、李长江等部为右路军，保安一旅等5个地方旅为左路军，左、右路军成为掩护主力之两翼。由于保安一旅和李明扬、李长江均持中立观望态度，新四军决定集中兵力攻击中路，首歼韩部嫡系。激战4天，新四军以5000余兵力歼敌11000多人。顽军八十九军和独立第六旅几乎全军覆没，军长淹死，旅长自杀。韩德勤率残部千余人向兴化逃窜。

黄桥决战，是新四军东进苏北后，消灭韩德勤主力部队的一场大战。它的胜利，改变了苏北的战略态势，为全面开辟苏北抗日根据地，建立抗日民主政权奠定了基础。

二

黄桥决战之后，新四军乘胜继续东进，向通如海启地区进军。因为只有控制通如海启地区，才能控制长江通道，与新四军江南部队相呼应，威胁日军并切断苏北顽敌和江南顽敌的联系。

当时，虽然韩德勤主力部队被打垮，但通如海启一带还有国民党地方部队几万人。为避免内战摩擦，力促团结抗日，新四军苏北指挥部积极与国民党地方武装开展谈判。陈毅司令员委派周一峰、钟民、梁灵光作为代表，与当地实力最强的保安一旅进行谈判。当时他们三人都是中共如皋中心县委成员。江北特委作为中共地下组织在抗日根据地建立后已完成其使命，之后抗日根据地相继建立了如皋、南通中心县委等公开的中共党组织机构。

这天上午，秋高气爽，微风拂面。周一峰和钟民、梁灵光与薛承宗在保安一旅驻地见了面。

周一峰说："薛旅长，我们又见面了，想不到吧。在黄桥战役中，你很明智啊，否则保安一旅就被全歼喽！"

薛承宗怔了一下，无言地点点头。

梁灵光拿出一份《大同报》，上面刊有一篇国民党几个元老联合署名的文章，呼吁当局停止内战，一致对外，同共产党等一切力量联合起来抗日。他说道："兄弟阋于墙，煮豆燃豆萁，内耗的结果，就是渔人得利。日本人长驱直入，大片国土沦陷。这种结局，想必不是薛旅长愿意看到的吧？"

薛承宗沉思着，他虽懂得民族大义，但很看重自己的实际利益。他既担心地盘被占，又害怕蒋介石向他施加压力。周一峰知道他的心思，把话挑明了："新四军不会占你地盘，但你要助我东进，助我抗日。"他又说："韩德勤反共势力已大大削弱，苏北抗日主要靠新四军。保安一旅若再与新四军为敌，就是以卵击石，自身难保喽！"

这时，薛承宗站了起来，说："一峰贤弟，我想请你回保安一旅，助我一臂之力。"

钟民也站了起来，说道："我们会考虑你的请求。为表明双方诚意，今天我们签一份合作抗日协议吧，你看如何？"薛承宗面露难色。这时，周一峰把手伸了过去，说道："黄桥战役你已经配合了，继续中立是你最好的选择。薛旅长是明白人，合作愉快！"事已至此，薛承宗只好与周一峰握手。

不久，陶勇、刘先胜率领的新四军第三纵队一枪未发，就挺进了通如海启地区。

南通，原本在华东地区就像遗落在上海边上的一个小沙丘，无人问津。而此时，在华东乃至整个中国，南通日渐显露声名。因为新四军在这里打出了一片敌后抗日根据地，一面军旗插在了长江入海口东岸，恰似一簇熊熊燃烧的火焰！南通江海通衢，交通便利。掌握了南通，东可控制江海通道，西可屏障北上陆路。特别是通如海启地区的发展，连通了新四军江南、江北两个根据地，推进了中共中央开辟苏北、发展华中抗战的战略任务。

没隔多久，组织考虑到薛承宗的请求，决定派周一峰驻马塘，任新四军办事处主任，并负责保安一旅统战工作。当周一峰神采奕奕地再次来到保安一旅时，政训室的老部属们欢呼雀跃。周一峰以坚定的政治信念、真诚坦荡的品格，影响带动了一批爱国青年走上革命道路。

1940年底，国民党顽固派贼心不死，又掀起新一轮反共高潮，在宝应、曹甸一带摆出要与新四军决战的架势。为了策应曹甸战斗，陈毅司令员命令新四军第三纵队主力由如东的掘港开赴海安待命。此时，驻石港的国民党徐承德部，表面接受新四军和平改编，暗地却与韩德勤勾结。徐承德见新四军第三纵队主力北上，认为有可乘之机，企图趁天黑向兵力空虚的通如海启抗日指挥中心所在地掘港进犯。一场恶战即将爆发。

1940年12月26日晚，保安一旅特务营指导员胡维寅气喘吁吁地出现在周一峰面前，神情异常紧张地说："周先生，快走吧，他们马上要来抓你！代旅长詹长佑已和徐承德勾结，今晚就要进攻掘港了。"

周一峰面对这一突发情况，经过一番思考，摸清了顽军进攻的具体时间。他急中生智，故作轻松地对胡维寅说："谢谢你及时通知我脱险。其实我军早已获知情报，正严阵以待呢。"

送走了胡维寅，周一峰立即组织马塘抗日民主政府的干部、党员疏散转移。随后，他只身一人直奔掘港。周一峰疾步奔走15多公里，先将顽军的动向通知了驻守环镇的新四军部队，然后又赶往掘港，将这一重要情报及时告知了留守在此地的新四军第三纵队参谋长张震东，后半夜又才赶到南通中心县委通报情况，商量如何配合新四军挫败敌人。

周一峰前脚刚走不久，保安一旅代旅长詹长佑后脚便赶到马塘。他不顾官兵们反对，一意孤行，强令搜捕，折腾到半夜，一个共产党员也未抓到。这时他才半信半疑地想到胡维寅说的“新四军早有准备”，他不敢再轻举妄动，只好作壁上观。结果徐承德部单兵冒进，位于掘港的新四军留守部队严阵以待，陶勇司令员率新四军第三纵队三团由海安兼程回援，打得徐承德落荒而逃。这就是巩固通如海启根据地的掘港保卫战。

新四军的同志们得知战前发生在马塘的情况，无不钦佩周一峰足智多谋。新四军第三纵队司令员陶勇当时就大加称赞说：“一峰同志关键时刻获得敌人核心情报，使我军赢得了调集兵力、部署反击的时间，取得了掘港保卫战的胜利，大家都很钦佩一峰同志。马塘办事处成立两个月来，他不辞劳苦地奔波在顽军中，开展统战、情报工作，取得了很大成绩。”

此时，新四军军歌已唱响通如海启抗日根据地，到处都是昂扬激越的旋律——

光荣北伐武昌城下，
血染着我们的姓名。
孤军奋斗罗霄山上，
继承了先烈的殊勋。
…………
为了社会幸福，
为了民族生存，

一贯坚持我们的斗争！

八省健儿汇成一道抗日的铁流，

八省健儿汇成一道抗日的铁流。

东进，东进！

我们是铁的新四军！

东进，东进！

我们是铁的新四军！

…………

第七章

奋起反『清乡』

一

1941年初，新四军在南通地区站稳了脚跟，通如海启抗日根据地建立了新四军苏中军区第四军分区（简称“苏中四分区”）。此时，日伪军占据着该地区的主要城镇，而广大乡村为新四军部队所控制，双方构成了包围与反包围的态势。

1943年初至1944年秋，是通如海启抗日根据地最艰难的时期。太平洋战争爆发后，侵华日军急需从中国抽调兵力投向东南亚战场。为迅速解决中国共产党领导的敌后抗日根据地这一“心腹大患”，稳定其占领区，使中国成为其掠夺人力、物力的“兵站基地”，侵华日军把“清乡”定为基本策略和行动，企图综合运用“军事清剿”、“政治清剿”、编查保甲、特工破坏等手段，消灭或驱逐抗日武装力量，摧毁抗日根据地。1943年初，与上海隔江对峙、战略地位重要，且临江濒海、易于封锁的通如海启地区成为日军重点“清乡”地区。

周一峰已于1941年1月奉命组建中共南通县委，并出任中共南通县委第一任书记兼南通县警卫团政委。他狠抓党组织建设，巩固民主政权；开展减租减息运动，深入发动群众；建立人民抗日武装，开展敌后游击战。仅一年时间，南通县党支部就由17个发展到97个，共产党员由200多人发展到1300多人。共产党员成为民兵、“农抗”等组织和政权的核心力量，基层党支部成为团结带领群众与日伪军斗争的坚强堡垒。这两年，周一峰率领根据地军民反“驻剿”、反“扫荡”，积累了在敌后与日伪军开展斗争的实践经验。

一次“清乡”，日伪军来势汹汹。日军任命第六十师师长小林信男为指挥官，由其指挥第六十师开赴通如海启地区，日军从苏南另调5个“清乡”大队、3个伪警察大队以及大批特工随军“清乡”，总兵力1.5万人。而当时南通抗日根据地只有一个县警卫团，加上所有区队武装，兵力不足千人，敌我力量悬殊。

南通县在通如海启抗日根据地处于中心位置。日伪军首先把“清乡”矛头指向南通县，企图集中绝对优势兵力逐县逐乡对共产党抗日武装进行“清剿”。这是一场极其残酷的斗争。周一峰带领县委一班人与根据地军民同生死、共患难，始终站在斗争第一线。

1943年4月，日伪军倾巢出动，断绝交通，严密封锁，采取梳篦拉网战术，兵分多路向南通地区反复“搜剿”合击。日伪军所到之处，抓壮丁，抢财物，奸淫烧杀，搜捕共产党员和抗日武装人员。

日伪军还从江南运来几百万根毛竹，从长江边的天生港向北至丁堰，再从丁堰向东经掘港，直至黄海之滨，沿着公路与河道构筑了200多公里长的竹篱笆封锁线。日伪军沿封锁线密布大小碉堡、瞭望台和检问所，日伪据点从“清乡”前的46个猛增到121个，把南通县严严实实包围在封锁线和长江之间。白天，日伪军沿封锁线三步一哨、五步一岗，严密盘查来往行人；夜间，日伪军封闭道路，巡逻队来回巡查，企图隔绝“清乡”区内外联系，“围剿”南通县抗日武装力量和党政机关。

为粉碎日伪“清乡”图谋，苏中军区要求反“清乡”必须坚持原地斗争，反伪化、反投降，坚守抗日根据地。封锁区内不利于部队行动，新四军主力和县警卫团大部都撤到封锁圈外，从侧面打击敌人，配合内线斗争。周一峰仅留下县警卫团一个营坚持原地斗争，抽调两个连充实金沙、通海、余西、石港等地的基层区队。只有50多人的七连随县委、县政府行动。而周一峰只带了两个警卫员，在环境异常险恶的“清乡”封锁圈内奔走，足迹遍布全县。

对于日伪军布置的严密封锁线，作为南通县委书记兼县警卫团政委的周一峰，思路很清晰，目标很明确：必须尽快摧毁它。

周一峰非常喜欢读毛泽东的《论持久战》，甚至可以背出书中任意一段话。这时，他很自然地想起书中所说的“战争的伟力之最深厚的根源，存在于民众之中”。面对反“清乡”，这句话是千真万确的真理。

为了坚定南通县抗日根据地军民原地斗争的信心，周一峰不顾个人安危，哪里有困难，哪里最危险，他就出现在哪里。他有时与敌寇仅一河之隔或近在咫尺，数次与日寇机动“清剿”队遭遇，九死一生。

面对日伪暴行，金沙区有几个乡的上层人士、地主士绅害怕了，企图妥协，暗中主张搞“伪化”。部分群众也十分恐惧，想撤离。关键时刻，周一峰赶到金沙区深夜召开区委会。他对大家说：“我们南通县是苏中四分区反‘清乡’斗争的前哨阵地，事关斗争胜利的大局。我们要不惜一切代价，做到人在阵地在！县不离县，区不离区，乡不离乡，领导群众坚持原地斗争！”他带领区干部昼伏夜出，走小路，跨沟坎，一个乡一个乡地摸进漆黑一片、惨遭摧残的村庄，了解情况，布置工作。

当干部群众看到周一峰等人时，流着泪说：“我的天啊！你们还在这里啊？”有的群众认识周一峰，惊诧地问：“周政委，你怎么还没撤啊？危险啊！”

周一峰坚定地说：“我会和你们一起坚持到反‘清乡’斗争胜利！”就这样，他们悄悄地串联起三五人碰个头、五六人开个小会。在灯光如豆的油灯下，周一峰代表县委慰问被残害的干部群众家属，对大家说：“乡亲们受苦了！看到亲人被杀，房屋被烧，我很难过、很痛心。日本鬼子欠下的血债一定要他们用血来偿！他们猖狂不了多久！”他还要求区乡干部帮助受害者的家属渡过难关，稳定群众情绪，团结一致对敌。

“周政委到我们乡了！”“县委没有撤，还在‘清乡’圈里和我们一起。”“新四军很快会打回来的。”……各种消息不胫而走，在金沙区、南通县老百姓中传播着，大家心里热乎乎的，觉得有了主心骨，有了希望，有了信心。

周一峰十分重视做好乡贤士绅的工作，每到一个乡都要找他们谈话，晓以民族大义。他和爱国士绅共商反“清乡”、反“伪化”斗争大计，告诫那些想妥协的地主士绅，“抗日反‘清乡’是反对日本侵略者的民族斗争”。士绅们都知道周一峰在“二五减租”运动中，不仅鼓励他们带头减租，还对农民进行缴租缴息的宣传，正确贯彻抗日民族统一战线政策，调动各阶层抗战的积极性。因此，他们对周一峰多了一份尊重、多了一份信任。他们看到周一峰亲自赶来，纷纷表示“不能助纣为虐”“一定要和抗日民众共克时艰”。

时隔不久，通西发生了“万愿楼事件”。中共刘桥区委召开扩大会议时，遭到日伪军突袭，到会的大多数干部被捕或牺牲。周一峰得知此消息，心急如焚，不顾敌情不明、路途艰险，毅然从通中地区突破封锁线，星夜兼程赶到通西了解情况，制定对策，及时调配干部，迅速恢复刘桥区委，进一步开展对敌斗争。当侥幸脱险的刘桥区委书记程俊贤看到周一峰赶到时，望着他疲惫的神情，失声痛哭。这泪水里有对战友牺牲的悲痛，有对周一峰关爱基层干部和坚定斗争意志的敬佩和感动。

在县委的坚强领导和周一峰的带领下，各地坚持斗争。金沙区的张沙乡成为苏中四分区反“清乡”斗争的一面红旗，石港镇的八大士绅没有一个出来搞“维持”。沧南乡旧乡长刘剑人不畏日伪威逼利诱，大义凛然，坚持斗争。他的四个儿子参加抗日，其中两个英勇献身，荣获“满门忠义”称号。

二

在敌众我寡，日伪疯狂进行军事“清剿”的险恶环境下，周一峰带领南通县军民开展了艰苦卓绝的反封锁反“清剿”斗争。南通地区一马平川，河渠纵横，无山可凭，没地道可钻。为使日伪军的汽车、汽艇无法通行，“清剿”队迷路转向，各个区、乡发动群众改造地形，破路拆桥，破坏敌交通线。大路改小，直路改弯；将河道边的公路挖断，用土石堵塞河道；在河道里筑暗坝、插暗桩；在要道上挖陷阱、埋竹签；等等。

坚守在“清乡”区的县警卫团七连采取敌进我退、避实就虚战术，时而分散打麻雀战，时而集中打伏击战。他们在石港镇设伏，击毙日军大队长山本和10多个日军士兵，为石港同胞报了仇。七连还组织了一支精干的短枪队潜入市镇、据点开展“锄奸”行动，击毙贫河大检问所所长，活捉作恶多端的伪区长。

区队武装与民兵紧密配合：白天掩护群众转移，坚壁清野；夜晚挺进到碉堡前，凭借对地形的熟悉，伏击日伪巡逻队。

与此同时，各区乡纷纷开展拔除竹竿、破拆竹篱笆的行动。周一峰想，如果组织200多公里竹篱笆封锁线周边的各县集中力量统一行动，势必造成浩大的声势，既能提高破拆行动的效率，又能震慑敌人，振奋军民反“清乡”的斗志。他将这一想法报告给了苏中四分区，并获得同意。在苏中四分区统一指挥下，南通、如皋等3个县3万多名抗日军民，于1943年7月1日实施了“七一大破击”行动，破拆竹篱笆总长度达到231公里，打击了敌寇嚣张气焰。这就是载入史册的南通军民反“清乡”斗争中的“火烧竹篱笆”事件。

7月1日晚上，没有月亮，雨后初晴的夜空繁星点点，南通广袤的原野却像披上了黑色的面纱。周一峰趁着夜色，调集县警卫团七连和区队武装在碉堡间埋伏，监视据点日伪军动向，掩护民兵带领群众开展破拆行动。民众们三五成群，用铁锹挖、柴刀砍，把破拆下来的竹子堆起来，在规定的时间浇上煤油并点燃。一堆堆竹子烧起来，火光冲天，像长城上的一个个烽火台，延绵数十公里，蔚为壮观。

火光刚刚蹿起，突然响起一片密集的枪声。

意料之中，敌人出动了。

“做好战斗准备!”周一峰立即通知部队，接着从腰里拔出手枪，跃进一个长满藤蔓和青草的壕沟。

不远处有一小队日伪军向火光处跑来。当敌人接近火光处时，手榴弹在敌群中炸开了花，将敌军打了个措手不及。凭借对地形的熟悉，周一峰率领部队迅速转移至另一个据点阻击敌人。日伪军看到竹篱笆烧起来，映红了半边夜空，到处都有枪声，摸不清虚实，大多龟缩在碉堡里，不敢轻举妄动。

清晨，当东方地平线上露出鱼肚白时，竹篱笆被拔的拔、烧的烧，存在了几个月的竹篱笆封锁线基本被摧毁，此后日伪军再也无力修复。

当地军民经过10个月惊心动魄的艰苦斗争，抵御了敌寇多次轮番军事“清剿”，取得了第一期反“清乡”斗争的胜利。但凶残的敌人不甘心失败，先后又策划了“高度清乡”“延期清乡”。敌寇实行军队特务化、特务武装化，组成“武装特务突击组”，对重点乡镇实行毁灭性的烧光、杀光、抢光“三光”政策，对抗日武装进行突袭“清剿”，抗日斗争的形势变得更残酷复杂。

1944年4月的一天，中午时分，兵房据点的日军士兵化装成下海渔民，由汉奸带路偷袭南通县委、县政府驻地。经过激烈战斗，日军被县警卫团击退。然而，令人痛惜的是，25岁的警卫团团长殷逸在激战中英勇牺牲。干部和战士们都很悲痛，情绪有些波动。周一峰也悲痛万分。他决定针对干部、战士进行一次思想教育，谈形势、查思想、鼓斗志。他上课讲述毛主席《论持久战》中对抗日战争三大阶段的分析，根据国际国内形势，判断战略反攻阶段即将到来，引导大家坚定抗战必胜的信心。他说："殷团长牺牲了。他是为民族解放献身的，他的牺牲是光荣、伟大的。我们抗日救亡，参加革命，是为了救国救民于水火。赴汤蹈火哪有不牺牲的？我们共产党人、革命者，不怕艰难困苦，不怕流血牺牲。因为，这是我们的历史使命和责任担当！"

他找干部、战士谈心："我们现在处于黎明前的黑暗，日寇越濒临失败，越要垂死挣扎。只要我们顽强地坚持斗争，胜利的日子就为时不远了。"反"清乡"斗争，让战士们真切理解了"义无反顾"和"视死如归"这两个词语的内涵。周一峰的一言一行，他的有勇有谋，也极大地鼓舞了南通县军民反"清乡"的斗志。

休整之后，周一峰立即与县委、县警卫团的同志们对粉碎日伪阴谋进行了针锋相对的斗争。南通县各个区乡以党员、民兵为骨干，组成锄奸队、狙击队，严厉打击"清乡"的特工和汉奸。袭击"清乡"机构，捕杀"清乡"人员；击杀日伪编查人员，破坏编查保甲的进行。半年时间，南通全县共锄奸近500人。县警卫团七连和通西独立营的一个连向日军占领区南通城挺进，袭扰、伏击敌人，吓得日伪军半个月不敢出城。

1944年5月，在粟裕司令员率苏中军区主力取得淮安车桥战斗胜利的有利形势下，南通县抗日军民开始扭转反"清乡"斗争艰难的局面。周一峰领导县委审时度势，决定开展"夏季攻势"。根据这一部署，县警卫团七连首先在九门闸打了一次伏击，全歼前来"扫荡"之敌。接着，周一峰与参谋长贾鸿钧分析敌情，认为地处南通县东部沿海的海晏镇敌据点交通不便，孤立难援，加之据点中有我方内线，决定拔除海晏镇据点，打破日伪对“清乡”区沿海南北通道的封锁。

6月13日晚10时，七连开始攻击，枪声密集，日伪军拼命顽抗。七连缺乏攻坚武器，进攻受阻。在这关键时刻，周一峰观测风向后，对贾鸿钧说：“诸葛亮借东风，今天我们可以借东南风。”两人当机立断，决定趁风势用火攻，最终取得了战争的胜利。这次攻坚战，只用了一天就拿下了海晏的据点，全歼日伪军一个排、日军一个分队，极大地鼓舞了军民的斗志，打开了苏中四分区反据点斗争的局面。

19个月的浴血奋战，南通县军民坚守在反“清乡”前沿阵地，沉重地打击了日伪军有生力量，保卫了抗日根据地，取得了反“清乡”斗争的彻底胜利，迎来了抗日战争胜利的曙光。

三

殷逸同志牺牲后，康林接任南通县警卫团团长。

康林是从江西走出来的老红军。从如东县警卫团调到南通县警卫团时，上级领导介绍周一峰时说：“一峰同志是少数民族干部，有文化，1941年就担任县委书记，有丰富的地方工作经验，能带兵打仗，是个文武双全的好干部。”康林来时有些担心：自己是个“工农干部”，和“知识分子干部”能不能相处好？结果他到任那天，周一峰热情地接待了他。周一峰非常平和谦逊，两人谈得很投机，颇有相见恨晚之感。从那以后，两人朝夕相处，日夜战斗在一起。在反“清乡”的“夏季攻势”中，他们接连拔除十几个敌伪据点，并打了几个漂亮的伏击战。其中何家桥伏击战受到延安《解放日报》专题报道，报道称赞南通县警卫团创造了在“清乡”区歼灭战的光辉战例。

让康林印象更为深刻的一次伏击战，是在西亭镇以北3公里处的河西岸，伏击向南通城送钱款的日伪军汽船。仗打得很漂亮，全歼日伪军，活捉一个日军，还缴获了不少钱财和一批枪弹。当时县委和警卫团生活都极端困难，经常断炊。那时周一峰和部队一起行军作战，和战士们一起挨饿。每到一个驻地，他都不顾劳累，组织区乡干部发动群众支援部队。在这样的环境下，缴获了钱款，大家兴高采烈地说："这笔钱可以好好改善我们的装备了，也不用饿肚子了。"可周一峰却说："我们困难，上级财政更困难。我们应如数上缴，使这笔款子派上更大用场。"这种顾全大局的宽广胸怀令康林深深折服。

康林和周一峰在反"清乡"中共同战斗了7个多月，结下了深厚的战斗情谊，成为无话不说的知己。

周一峰曾经有优渥的家境，有一个在国民党当高官的父亲，但他守口如瓶，身边的战友无一人知晓。周一峰同样不知晓他的父亲周公谋，为了民族大义，此时正奔赴在抗日的征途上。

第八章

出任战时县长

一

1941年12月，日本发动太平洋战争，日军随即席卷整个东南亚，以6万大军直逼缅甸。日本的扩张战略由北进改为南进，企图通过夺取缅甸、法属印度支那等地，切断美、英等国援华国际通道，威胁中国正面抗日战场的中心西南大后方，迫使重庆国民政府屈服。缅甸岌岌可危，国民党组建远征军入缅作战。

国民政府军事委员会决定，委派周公谋到缅甸任远征军督察专员。周公谋欣然受命，但他还来不及动身前往缅甸，就接到了广西省政府柳州公署专员尹承刚的急电，称日军已攻进柳州，柳州公署专员已陆续撤出柳州。按上级指示，榴江县政府暂时撤离到大瑶山腹地——拉沟乡六樟村。胆小如鼠的榴江县县长弃职而逃，下落不明，县政府一时间陷入了群龙无首的局面。榴江县的各界人士纷纷联名写信到公署，呼吁周公谋回来出任榴江县县长，广西省政府也同意，盼周公谋火速赶回柳州。

当时尹承刚与周公谋并不熟，但尹承刚知道周公谋这位留学日本的硕士生文武双全，五四运动期间曾回梧州、柳州开展反帝爱国活动，还担任过县长、少将参议等要职，在当地享有名望，是担任战时榴江县县长的最佳人选。于是，他致信恭请周公谋临危受命，出任榴江县县长，组织领导地方抗日。

“省政府和乡党们都赞成你出任此职，并认为非你莫属。”尹承刚在信中情真意切地把名士贤达的意见转述。捧着电文的周公谋，心中异常澎湃。倒不是因为榴江县县长之职让他如此激动，他激动的是能回家乡领导抗日，这一直是他积极努力和期待的事。去缅甸任远征军督察专员，按说，要比回家乡任战时县长强，直线晋升的机会也要多得多，但他还是选择回家乡。

他立即向国民政府军事委员会提出他想出任榴江县县长。国民政府军事委员会考虑到周公谋是广西人，到地方组织抗日也很有必要，于是便同意周公谋的提请。得到准许后，周公谋便立即动身赶回家乡。

此时的榴江县民不聊生，县政府要钱无钱、要粮无粮、要兵无兵，在这样险恶的情况下，当一个无钱、无粮、无兵的县长，简直就是伸头去给敌人割。这些利害关系，周公谋都知道，但他还是义无反顾地决定回家乡。

这时期，周公谋的妻子胡君品携着一家老小从桂林逃回位于榴江县的老家。周父已去世多年，她带上婆婆周黄氏和儿子们，又从榴江县的新村逃进中渡县的深山老林。家里的衣物财产大都在逃难中丢失或舍弃了，但胡君品的背包里始终带着一本厚厚的《古文观止》。她想，两个小儿子民震和民霖的学业不能因战乱而废止。就在那段每天担惊受怕和食不果腹的日子里，胡君品仍不忘了给孩子们讲授中国历史上的经典文章《归去来兮辞》《陋室铭》《醉翁亭记》等。这不，这天晚上，她教两个孩子读完《归去来兮辞》后，还要求他们背诵。胡君品让两个儿子背下的古文，为兄弟俩打下了坚实的文化底子，也对他们的思想与性格产生了较大影响。

胡君品忙完家务，看见儿子们强忍着瞌睡也要背书，很是欣慰，同时愁绪也涌上心头：两个儿子就要小学毕业了，得往更高一级的学校送，然而，兵荒马乱的当下，往哪儿送呢？她扬起头望着窗外的天空，一轮满月偏斜到房脊东侧，依然明亮。这里安谧的田园生活，与外面逐渐沦陷的城市是两个截然不同的世界。她想不明白：如此泱泱大国，如此庞大的军队，怎么就打不过弹丸之地的日本呢？

他们在四十八岸住了一段时日，天天吃稀饭和南瓜，婆婆周黄氏全身浮肿，卧病在床，无药少食，苦熬时日。胡君品日夜担心着全家老小，忧心如焚。

二

1944年初秋的一天，周公谋历尽周折才找到母亲、妻子和儿子。他一身戎装，牵着一匹马，带着一个副官、一个警卫，突然出现在家人面前。全家人喜出望外。简单吃过晚饭后，周公谋便告诉家人他此行的目的，是要出任榴江县的战时县长，组织抗日，保护乡土和百姓。

周黄氏得知儿子即将出任战时县长，脸色骤变，担忧地说："才儿，蒋介石几百万军队都打不过日本人，你们那几个虾兵蟹将能掀得起什么大浪来？娘不让你去当什么县长，守着你老婆、儿子，等风头过后，再出去。"

周公谋动情地对母亲说："我永远忘不了母亲在桂林将一双布鞋穿在孩儿脚上，自己却光着脚一步步走回山村的情景。求学是为了什么呢？不就是为了革命、为了报效国家吗？现在国家就快不成国家了，侵略者打进来了。"

这一夜，周公谋与母亲说了很多话，也是他这辈子最后一次与母亲促膝谈心。他还回忆起母亲在他八九岁时给他讲"岳母刺字"的故事。

"娘啊，'岳母刺字'这个故事你不记得了吗？"周公谋说，"现在是国难当头，怎能吝惜此身呢？"

"这个故事还是我讲给你听的呢，你那时就知道贪玩……"半躺在病床上的周黄氏轻声嗔怪道。

"我当然不会忘，但我晓得尽忠也要尽孝，所以我去上任前，一定要找到你们，把你们安排好。”周公谋俯下身子对着母亲的耳朵轻声说。

周黄氏想通了，她抹掉挂在脸上的泪水，说：“要去，我们一起去，把我们一起带走吧，一家人在一起放心，有劫难一起扛着。”

几天后，周公谋带着全家老小前往榴江县政府临时所在地——拉沟乡六樟村上任。坐在马背上的不是周公谋，而是他年幼的儿子周民震和周民霖。周公谋和妻子徒步，周黄氏则半卧在马车里。马车在坑坑洼洼的土石大路上行驶，渐渐驶出了四十八岽大山谷，进入榴江县的拉沟川道。为了避开敌人的耳目，他们专走羊肠小道，夜不进村住宿。一路上，随行的罗副官在前面领路。这样匆忙赶路，走了两三天，原本就体弱的周黄氏快不行了，一行人只好在山沟里搭个草棚歇息并四处寻医。可兵荒马乱的年代哪里能找得到医生呢！没几天，周黄氏就殁了。周公谋悲痛万分，又无法举行葬礼。这时，榴江县政府派了肖秘书等一行人来接他急速上任，周公谋连守灵三日的心愿都未能实现，匆匆拜了拜母亲的新坟，臂上缠着黑纱，戴孝上任去了。

三

周公谋来到榴江县政府临时所在地一上任，“群龙”终于有首了，这里很快便成了当地抗日的中心。他发表的抗日宣言尤其振奋人心：“只要愿意抗日保卫家乡的，皆编入军队，给予番号。若此前有作奸犯科的，但凡能改邪归正，一概既往不咎。”

此宣言在民间口口相传，起到了动员和凝聚的作用。各路人马迅速向此地靠拢，只要想抗日的，都派人来联络，要个番号，编入抗战队伍。一些县上的武装力量，也打破成见到此聚集；附近修仁县的县长也主动前来商讨联合抗日。于是，一股强大的抗日力量形成了。周公谋给予抗战队伍各种番号，如“抗日自卫队”“抗日保安团”等。这些队伍经常攻打零星的日伪军警，破坏交通线，骚扰城镇敌巢，劫掠敌人物资，护家保村。就这样，榴江、中渡一带的抗日烈火就从这个小小的六樟村蔓延开了。

六樟村有一壮汉，人称“双枪老六”，此人腰间别着两把驳壳枪，长得又黑又壮，其貌不扬。这“双枪老六”劫富济贫，以前的县政府曾悬赏200大洋欲将其捉拿归案。周公谋上任后，“双枪老六”居然主动找上门来了。

他见到周公谋后一不称县长，二不叫司令，只作了一揖道：“周公，我老六是个土匪，以前干的是打家劫舍的勾当，如今日本鬼子祸害我村民，连妇孺都不放过。今日周公若要杀我，我也只能眼一闭，头一伸罢了。若周公法外开恩，我定去杀日本鬼子来赎罪！”

县政府官员们闻听此言，顿时议论纷纷，莫衷一是。有说“双枪老六”罪大恶极，不杀不足以平民愤的；也有说如今是非常时期，让其戴罪立功也未尝不可的。

周公谋听罢笑道：“放下屠刀，立地成佛。全民抗战，保卫家国，只要改邪归正，杀敌立功就好。”

“双枪老六”一听感动万分，当即跪在周公谋脚下，说：“周公宽宏大量，我老六定当以死相报！”

周公谋一把将他扶起，说：“非也非也，不是报效我，而是报效国家。”

“双枪老六”拱手作揖道：“誓死报国，无怨无悔！”

数日后，便传来了某镇维持会会长暴死街头、某日本骑兵队夜遭火灾并损失骡马十数匹、某河流发现日本兵尸体漂浮水面等消息。日军头目恼羞成怒，派人在村镇四处搜捕，却始终未能将所谓的“凶手”捉拿归案。从此以后，人们再也没见过“双枪老六”的影子。

周公谋还提出了一项政策，消灭一个日军的可以领奖，但老百姓苦于无凭证，于是他们杀死一个日军就砍下头颅送到榴江县政府领奖。在日军侵占榴江县的日子里，多少个日军的头被砍下，已无从统计。这大大长了中国人的志气，灭了敌人的威风。

榴江县境内的洛清江绕城而过，上通桂林，下达柳州，然后汇入西江，直下广东。日军在占领榴江县后，便利用洛清江来输送给养，运送抢劫得来的财物。周公谋曾派出最强的抗日队伍去骚扰阻截，但收效不大。狡猾的日军防备森严，对木船进行了改装，船身加了沙袋，船头、船尾架起了机关枪，重要的大船还有小钢炮，真是武装到牙齿。这对于使用单筒土枪打仗的抗日队伍来说是块难啃的硬骨头。

正当周公谋一筹莫展之际，一个妙计浮上他的心头：不能强攻，何不智取？于是他挑选了几名机智聪明、体格健壮的年轻人，教会他们基本的日语，让他们穿上从日军尸体上剥下的军装，装扮成一小队日军，假装在河边巡逻，伺机行动。一日，一艘满载军用物资的木船开了过来，他们便用日语喊话，要木船靠岸。船上的日军听到岸上有人用日语向他们喊话，端着望远镜瞅了瞅，见对方衣着装束与自己相同，以为是自己人，便迅速靠岸。此时早已埋伏在河边灌木丛中的抗日队伍瞬间火力全开，把船上一群还没回过神来的日军打得人仰马翻，敌人坠入河中。然后，他们迅速运走了战利品。

周公谋上任以后，榴江县抗日的名声越来越大。这时，日本在国际战场上已处于被动局面，拿不出更多的兵力来对付沦陷区的游击武装，但又不甘心对榴江一带的局面放任不管，便派出几个汉奸潜入山区侦察，妄想一举端掉这个拦路“祸根”。不料，这些汉奸还未进入拉沟乡，为首的就被当场击毙，另一个汉奸被民众抓获。经教育后，被放回去的汉奸向日军报假情报，说榴江县政府害怕日军，早已跑光了，游击队伍都是国民党军留下的精锐部队。日本人听了吓得再也不敢来惹麻烦了。

四

1945年一开春，世界反法西斯战场的形势令人振奋。5月8日，在欧洲战场上，苏联红军攻克柏林，德军宣布无条件投降。在太平洋战场上，盟军也乘胜不断向日本本土进逼。中国人民打败日本帝国主义的日子指日可待了。

末伏一个雷雨之后的傍晚，暑热驱散，天宇澄碧，远在深山领导抗日的周公谋，看到榴江县境内未见有何大动静，于是有了难得的好心情，带着两个儿子到山上去散心。忽闻飞机的轰鸣声传来，只见一架中国飞机歪斜着在低空飞行，显然这架飞机是与日机空战后受损返航的。突然飞机尾巴冒烟欲坠，大家正着急时，只见三朵“白花”闪现空中，飘落而下。许多人以为是飞机扔下的炸弹，纷纷逃遁。

周公谋见状急呼：“快去救飞行员！”说罢他立即率领一队武装士兵去搜救。因为他知道日本人也会迅速去搜捕他们，此刻时间就是生命。中国的几位飞行员落在一大片莽莽的荒山野岭之中。日本人不熟路径，不敢轻率深入，只好望山兴叹，他们认为飞行员不摔死也会被虎狼吃掉，便放心返回了。周公谋率领十多名年轻士兵绕另一条小道登山，披荆斩棘，在山中仔细寻找。两天两夜后，他们终于找到了奄奄一息的三位飞行员。

他们急忙将飞行员抬回县政府所在地六樟村，村民十分好奇，纷纷来看这些“神兵天将”究竟长什么样子，看过后，调侃说：“我以为像哪吒呢，其实也是和我们普通人一样。他们太了不起啦，居然可以在天上飞。”

三位飞行员中有一位叫李懋竹，二十多岁，细皮嫩肉，像个书生；另两位一位姓罗、一位姓王，三十多岁的样子，脸色黝黑，比较瘦削。他们经过精心调养后，没过几天就又生龙活虎了。

伤病逐渐好转后，李懋竹对周公谋说：“没想到在这样僻远的山野里，民众的抗日热忱如此之高，县政府在艰苦卓绝的环境下坚持抗战，中国绝不会亡。我们愿意留下来与你们一同作战，直到胜利。”

周公谋谦虚地说：“国家对你们有重托，怎能在这里大材小用？我会尽快护送你们回到昆明基地，重上蓝天。现在你们先养好身体，将来好打更多日军。”

李懋竹赶忙拱手，连声说道：“谢谢，此大恩大德，来日若有机会，一定报答。”

三名受伤的飞行员在贫瘠闭塞却又安定的小山村里安心养伤。周民震和周民霖兄弟俩有一天偶然发现李懋竹会英语，便嚷着让他教他们学英语。李懋竹看到周县长的两个小公子聪颖礼貌，很讨人喜欢，便答应了。见面时，他常拍着他们的脑袋说“good boy（好孩子）”。

有一天吃午饭时，周公谋未见李懋竹等人，以为他们去附近山泉洗澡了。哪知到了晚饭时还未见他们，周公谋这才慌了手脚，立即派人四处寻找，直至第二天午后才找到。原来他们去寻找飞机残骸，想把机上的那挺机关炮拆卸回来，让日军尝尝厉害。当然他们无法找到，残骸已滑落到很远的山林中了。

周公谋很理解他们的心情，一句责难的话也没有说，从此暗中加强对他们的保卫。

不久，日本人如惊弓之鸟，开始往北撤离。早已按捺不住的三名飞行员向周公谋提出，他们想尽快回部队，他们要赶上最后狠狠打击日寇的时机。

一天，周民震和周民霖兄弟俩像往常一样去找李懋竹学英语，屋里却不见人，他们感到很诧异，便大声呼喊着去报告父亲。周公谋立即紧张地捂住他们的嘴巴，不许他们声张。原来，昨天半夜，罗副官领着一个排的精干士兵，悄悄护送李懋竹等人回部队了。他们要绕山攀崖、越水穿林，走上十天半个月才能到达目的地。

周公谋叮嘱儿子们说："此事是秘密，除了我，就是你们兄弟俩知道。"

1945年8月15日，日本裕仁天皇向全日本广播，接受《波茨坦公告》，无条件投降，结束战争。1945年9月2日，日本投降签字仪式在东京湾的密苏里号战舰上举行，标志着第二次世界大战结束。

抗日战争总算结束了，周公谋离任战时县长岗位后，在柳州买下一栋小洋楼。胡君品带着周民震和周民霖兄弟俩在柳州读书，周公谋随后挂着广西省参议员的头衔去南京国民政府求职去了。这时期的周公谋对自己所处的阵营还是有所期待的，觉得毕竟自己也算国民党元老。到了南京，国民党让他挂任国民党中央设计委员会委员、国民党革命勋绩委员会委员等闲职，他觉得薪金不低，乐得清闲，因而抱着无所谓的态度。

一天，周民震、周民霖兄弟俩放学回家，见客厅里挂着一幅大镜框装裱的奖状，表彰周公谋在艰险条件下，救助三名飞行员并护送他们安全返队，署名是：国民政府军事委员会委员长蒋中正。胡君品说这是南京派专人送来的，格外隆重。兄弟俩并不关心什么奖状，急切地问："李叔叔和罗叔叔呢？他们在哪里，问起我们吗？"胡君品说，他们回到部队正好参加了最后的战斗。她随即拿出一封信给周民震，周民震兴奋无比地读起来。李懋竹真的问起了他们，问他们考上初中了吗，还继续学英语吗，最后还称赞兄弟俩是good boy。

抗日战争期间，榴江县的县长撤换了好几任，乡民搞不清他们的名和姓，他们就走马灯似的从榴江县消失了。唯有周公谋，乡民一直记得他。多年后，在家乡的县志上、在图书馆的藏书中，都还记载着他的抗日事迹和抗日诗词。

第九章

在七战七捷中

一

抗日战争胜利后，饱受战乱之苦的中国人民，迫切需要和平和安定。但国民党反动集团却打着和谈的幌子，调兵遣将，发动内战，妄图消灭抗战有功的八路军和新四军，抢占根据地，篡夺抗战胜利果实。中国共产党在坚持和谈、争取和平的同时，对蒋介石“假和谈、真内战”的阴谋进行了积极防范。

中共中央一针见血地指出，苏皖解放区毗邻南京、上海，威慑着国民党统治中心，将成为其发动内战的主要地区之一。为此，中央决定成立由苏中、苏北、淮南、淮北四个区组成的华中分局，并组建华中野战军（简称“华野”）。原苏中抗日根据地的县团地方武装扩充为主力部队，组成第七纵队，并将第一师、第六师和第七纵队集中于苏中地区。

1944年冬，反“清乡”斗争胜利后，周一峰调任苏中四分区组织部部长，不久又调任苏中军区政治部组织部副部长。1946年6月，周一峰调任主力部队华中野战军第七纵队第五十九团政委，负责加强新组建纵队的思想政治工作。这个团原是南通警卫团，战士多是通如海启地区的子弟兵，得知是周一峰来当他们的政委，都很高兴，说：“好政委回来了。”

大战在即，如何做好战前准备，提高部队战斗力？周一峰首先针对部分指战员存在的“打走鬼子，回家乡”的思想，以及对国民党反动派内战阴谋认识不足的倾向，开展思想教育。当时，第五十九团驻扎在姜堰镇，一河之隔的对面是国民党军队的地盘。战士们在夜里经常听到鸡鸭猪羊叫，还有妇女的呼救声，这是国民党军队在抢东西，残害百姓，时常有对岸的百姓在夜间游过河求救，战士们愤怒得睡不着觉。

不久，团里召开保卫解放区誓师大会。周一峰把从国民党占领区逃过来的群众集中起来，让他们在全团指战员面前作诉苦报告。受害群众控诉国民党军队的罪行时号啕大哭，指战员们也痛哭流涕，“这帮蒋匪军不消灭，老百姓没法活了”。战士们摩拳擦掌，发誓要保卫解放区，要继续革命，解放更多的老百姓。当年的《新华日报》对第五十九团誓师大会情况进行了专门报道。

二

1946年6月，国民党反动派完成了全面内战准备工作，撕毁国共“双十协定”，大举进攻中原解放区，发动了空前规模的全国性内战。苏中战役是中国共产党奋起反击，阻击国民党进攻的第一个战役。

1946年7月中旬，国民党军5个师15个旅，约12万人的兵力，由汤恩伯指挥，在南通至泰兴一线向苏中解放区大举进犯。华中野战军2个师1个纵队只有3.3万人，在司令员粟裕、政委谭震林指挥下，奋起迎战。

7月13日，战斗打响。根据战情，粟裕司令员迅速作出部署：华野一师和六师分别围歼宣家堡、泰兴之敌，华野第七纵队打击从泰州、姜堰来援之敌，周一峰所在的第五十九团负责向大泗庄方向担任战斗警戒，以保障第一师、第六师主力侧后之安全。

经过激烈战斗，不到2天，15日早上，华野一师歼灭了宣家堡守敌，第六师将泰兴城的敌军大部歼灭。苏中战役首战告捷。

此时，国民党整编第四十九师从南通城经白蒲、林梓向北进犯，在第六十五、第二十五师等部配合下，妄图乘机攻占如皋。华野指挥部为继续消灭敌人有生力量，命令第七纵队将进犯之敌阻击在如皋东南地区。

第五十九团接到作战命令，于17日晚连夜强行军50余公里，赶赴目的地阻击敌四十九师。团长梅子益是一名老红军，曾多次受伤，经常吐血，身体无法适应急行军。作为政委的周一峰主动担负起军政指挥的重担。他深知2000多人的部队要阻击数倍于己的敌人，任务是艰巨的。周一峰决定采取以攻为守的策略，兵行险招：全团猛攻敌人，利用夜色迷惑敌人，以达到牵制、合围全歼之目的。

第五十九团赶在拂晓前到达缪家庄东十三里港，在周一峰的指挥下，立即向敌驻地发起攻击。正面满沟壑都是嘀嘀嗒嗒的军号声，侧面的青纱帐中也传出冲锋号的声音。敌人一时难辨虚实，就在犹豫观望的瞬间，第五十九团集中火力发起攻击，突破一翼，纵深穿插。经过一天的激烈战斗，第五十九团攻占缪家庄，逼敌向斜三官殿方向逃窜，周一峰率部乘胜追击。

这时，刚撤出宣泰战斗的华野第一师、第六师主力，急速向如皋以南开进，从敌第四十九师等部侧后形成包围，切断了敌军向林梓、白蒲方向的退路，将敌人合围在如皋以南。

7月19日上午展开总攻，第五十九团攻打斜三官殿、空田庄。至第二天下午，被围之敌大部被歼，敌整编第四十九师师长王铁汉率百余残部向西逃窜。此次如皋战斗，我军对敌实行远程奔袭，出其不意，南北夹击，狠狠打击了敌人的有生力量，共毙俘敌1万多人，仅第五十九团就俘敌700多人，缴获了一大批武器，全团都换上了新装备，还上交了缴获的十几挺机枪等枪械。

从宣泰战斗到如皋战斗，周一峰一人身兼两职，既要指挥作战，又要在连续作战的情况下抓好部队思想政治工作。待到战斗胜利，部队转移时，他连跨上马的力气都没了。警卫员扶他上马，牵着马行军，他在马背上睡着了。

经过宣泰、如皋两仗以后，华中野战军因连续作战十多天，十分疲劳。为了保证第一师、第六师主力在海安、李堡东北地区休整补充，伺机歼敌，第七纵队决定在海安和外围地区实施运动防御，杀伤和消耗敌人，以赢得时间。

对此，第七纵队作了周密部署：第五十五团和第六十一团第二营守在海安以南之外围地区，第五十九团迎战西线之敌，第五十七团守在海安。7月30日上午，敌人在飞机、大炮的交替掩护下，全线向海安推进。从白米东犯之敌向第五十九团崔母阵地发起数次猛攻，均被周一峰率部击退。随后，第五十九团逐次转移至二线、三线阵地的曲塘、黄自粮、胡家集、三里庙，在敌人进攻时节节阻击，大量歼敌。在此次战斗中，第五十九团英勇顽强，出色地完成了杀伤、消耗、迟滞敌军的任务。

8月3日，海安运动防御战任务胜利完成，第七纵队主动撤出海安。在4天的战斗中，第七纵队用3000多兵力英勇抵抗了具有优势装备的国民党军7个旅5万多人的轮番猛攻，杀伤敌军3000余人，而我方仅伤亡200余人。

而后，华中野战军一鼓作气，发起了李堡战斗、丁堰林梓战斗、邵伯战斗和如（皋）黄（桥）路战斗。7次作战共歼敌53000余人，成为我军反内战以来，中原突围后，阻击国民党进攻的第一个战役。此役有力地打击了国民党反动派的嚣张气焰，被延安《解放日报》赞之为苏中七战七捷，彪炳史册。

周一峰因在七战七捷中的突出贡献而受到嘉奖。

三

1946年8月，七战七捷之后，华中野战军挥戈北上，通如海启根据地沦为国民党占领区。为便于坚持敌后斗争，华中分局决定将通如海启地区独立出来，成立华中九分区。当时国民党军队气焰嚣张，疯狂进攻，抢占点线，分割封锁，反复“清剿”。组织上认为必须选派得力的干部加强对华中九分区的领导。1946年9月，鉴于周一峰有丰富的武装斗争和地方工作经验，华中分局领导将他从华野七纵队调到华中九分区任副政委。不到一年，他接任洪泽担任华中九分区政委兼地委书记。

从主力部队到敌后斗争，周一峰又一次受命于危难之际。他总是这样，哪里艰险，他就到哪里去，没有丝毫犹豫，没有任何怨言。

建立华中九分区党政机构和武装部队，可谓白手起家。一开始只有十几名干部和3名侦察员。时任华中九分区政委兼地委书记的洪泽患肺结核，不少工作得分出去，因此周一峰的担子很重。他既要抓土改，又要管财粮，还要抓紧时机发动青壮年参军，与分区司令和参谋长指挥作战。

华中野战军司令员粟裕深知敌后斗争的重要性和艰难，因此从华中二分区独立团调来一个营，作为华中九分区的特务营，也是华中九分区发展武装力量的基干。周一峰经历过反“清乡”斗争，深知坚持武装斗争的重要性。为迅速打开敌后斗争局面，他和刚调任华中九分区副司令兼参谋长的谢中光紧密配合，共同指挥了华中九分区建立后的第一仗——1946年秋的马塘伏击战。这次战斗的主要任务是配合华中野战军主力在苏北的作战，破坏通榆公路，截断敌人交通。然而，战士们晚上破坏公路，敌人白天又很快修复。对此，周一峰与谢中光商量，必须组织力量寻机打击敌人。

根据侦察报告，负责抢修公路的是国民党军荣誉二师的一个加强连，该师是蒋介石嫡系部队，全副美式装备。

周一峰与谢中光趴在马灯下的地图前，反复讨论着战略。

周一峰说："现在国民党军气势正盛，狂妄轻敌，我们打它个措手不及，还是有胜算的。关键是动作要快，火力要集中，首先从精神上压倒它。"

谢中光说："对！由特务营主攻，如东警卫团一部负责打援，保证侧翼安全，速战速决。"

两人决定选取如皋县东南部的马塘作为伏击点。

这天清晨，周一峰作了战前动员："同志们，蒋介石破坏和平，发动内战，抢占根据地，抢夺抗战胜利果实，我们能让他的图谋得逞吗？"

"不能！不能！"战士们高举着枪呼喊着。

"今天的伏击战，虽然蒋匪军装备精良，但骄兵必败！我们出其不意，斗志旺盛，只要战术得当，就能打它个人仰马翻！同志们，有没有信心？"

"有！""消灭蒋匪！保卫家园！"

口号声响彻原野，似乎连初升的太阳也停下了脚步，侧耳听着战士们的呐喊。

这天上午10点多钟，国民党军进入了伏击圈。这时，冲锋号响起，几挺机关枪一起扫射，手榴弹在空中划出了密集的弧线后落在敌群中爆炸。国民党军措手不及，晕头转向，但毕竟是王牌军，很快反应过来，借沟坎作掩体边打边退，钻进公路边的房屋，拼死顽抗。

特务营的战士们士气高涨，个个像猛虎下山一样扑向敌军。弹道飞舞，刺刀闪光，战士们高喊着"冲啊！"向前冲。

周一峰与谢中光始终坚持在前沿阵地指挥作战，距敌人只有200来米，敌人的炮弹时常落在指挥部附近。侦察科科长几次要周一峰向后转移，但他始终坚守在前沿阵地，直到战斗结束。这一仗全歼敌人，无一漏网。国民党军连长自杀，我军缴获六〇炮、火箭筒各1门，美制轻机枪5挺，汤姆枪、卡宾枪各30支。战后，华中军区发来嘉奖电说：“创敌后整连歼敌正规军范例。”

在战后的经验总结会上，上级首长表扬了周一峰、谢中光，说他们果断决策、沉着指挥，功不可没。同时，上级首长指出：“你们的指挥位置太靠前了，这样容易招致不必要的损失。”

周一峰表示虚心接受批评，但他更善于总结经验：“九分区刚成立不久，分区领导与特务营战士不熟悉，通过战斗，可以增进信任。这次伏击战打得成功，是指挥员机智灵活指挥和特务营战士勇猛顽强战斗的结果，大家建立了信任关系。所谓天时地利人和，我们人民军队更要重视‘人和’，只要上下一心、军民团结，打胜仗就有了七八分把握。”

谢中光补充说：“军政配合默契，也是战斗胜利的必要条件。一峰同志沉着冷静、善于分析敌情、注重思想动员，是保证这一仗胜利的重要因素。”

1946年底，国民党军占领南通县金沙镇，对南通县进行“清剿”，对解放区和翻身农民进行反攻倒算，疯狂镇压。当时，南通县中部地区的斗争异常艰难，周一峰率领分区部队挺进南通县中部先进行了一次战斗。4月，他率部攻打嵌在中心区的滥港桥据点。这一仗打得很艰苦，久攻不下。敌人凭借坚固的防御工事不肯投降，这时又传来金沙镇国民党军拂晓来增援的消息。是继续进攻，还是撤退？周一峰仔细分析，判断守敌快撑不住了，必须一鼓作气拔除据点，为南通县中部地区坚持原地斗争创造条件。于是，他调整火力配置，加强攻势，最终全歼守敌。

1947年5月，为了支援海启的对敌斗争，打乱敌人的“清剿”计划，周一峰和华中九分区领导梁灵光、王治平、施亚夫等通过分析敌情，决定率分区七团南下海启，攻打灵甸据点。该战攻克灵甸，并全歼增援敌人，重创国民党军第八十三师五十五团，俘敌440余人。该战打在敌人七寸上，迫使敌人撤回了驻在南通县中部、如东的“会剿”部队，为粉碎国民党“清剿”计划打开了局面，作战人员获得华东军区首长陈毅、粟裕、谭震林及苏中军区首长的传令嘉奖。

之后，华中九分区部队又乘胜发起了太平庵桥、刘桥、余东、麒麟镇、阚家庵等据点的攻坚战，以及岔（河）石（港）战役和启东“六八”战役等，屡攻屡克，共歼灭敌人有生力量16000多人，夺回了根据地。周一峰还两次率领华中九分区九团驰援一分区，攻克姜堰，全歼泰州城出犯之敌，战果辉煌。为此，华东军区、华东野战军、华中军区和苏中区党委多次电令嘉奖，给予其高度评价。吉洛（姬鹏飞）政委赞扬说：“九分区坚持了原地斗争，战绩很大；九分区的武装，从小到大，由弱变强，在敌人的疯狂进攻下，胜利完成了任务。”

在抗日战争和解放战争期间，周一峰狠抓地方武装力量建设，一次次把县警卫团和分区部队成团建制地输送到主力部队，一次次“新起炉灶”，在战火中锤炼出一支支能打善战的部队。在华中九分区成立之初的不到一个月时间里，周一峰就组织动员了8000多名青年参军，其中5000多人由叶胥朝带队送往主力部队，3000多人补入分区部队和县警卫团。周一峰以特务营为基干，成立了华中九分区第一个团——七团，各县警卫团和区队也得到充实。这为华中九分区之后扩编到3个团打下了基础。

第十章

红色龙城中学

一

地处广西柳州的龙城中学，如旭日东升，在柳江河畔崛起，虽然它最初只是一所规模不大的私立学校，但它却在柳州革命史上写下了重要篇章。很多从这所学校里走出来的革命者、文化名家、专家学者，都对它无比崇敬。

富家子弟周民震和周民霖，就是从这所红色学校走上革命道路的。这所学校为何具有浓郁的革命文化氛围？

这得先从这所学校的创始人高天骥说起。

高天骥，1910年出生在柳州，青年时代就很有胆识。高天骥的父亲高成忠是当年响当当的桂系军官，自1922年起，担任广州市少将警备司令。

1926年，高天骥16岁。一天傍晚，高成忠忙完公务回到家，突然发现在门檐下做吊环锻炼的儿子长高了不少。高成忠走过去，站在儿子身边，已经看不到儿子头顶上的发旋了。就是这么一个细小的发现，让高成忠对儿子今后的教育产生了要“往高里送”的念头。

吃晚饭时，高成忠和妻子商量，决定送儿子到香港念书，妻子很支持。去香港读书，对高天骥来说，是梦寐以求的。于是，高成忠想方设法把儿子送到香港读书，妻子则到香港陪读。

后来，高天骥到上海大厦大学读书。在求学期间，受到革命思想的熏陶，他眼界开阔了，产生了教育救国的抱负。

那时，高天骥在柳州看见当地的教育事业落后，偌大的一个柳州地区，10多个县仅有一个省立中学，每年有上千名小学毕业生无法升上初中就读。当地普通百姓曾多次请求政府多办一两所中学，但都遭到拒绝。于是高天骥自告奋勇地站出来，向社会发出呼吁："中华民族子孙后代不能没有文化，官家不办，老百姓办！"

高天骥积极奔走，向柳州开明贤达集资，1935年10月15日私立龙城中学终于成立了。高天骥拿出了1000块银圆作为经费，招收了300名学生，编成5个班级。他这一善举受到了柳州社会各界人士的称赞。

但是，学校开办初期，由于物质条件缺失，教学力量薄弱，学校在社会上没什么地位。有些人对能否办好学校存有疑虑，一些地方保守势力甚至攻击它。幸好高天骥早有思想准备，在学校创办之时，成立了一个由15人组成的校董会，他们都是桂系高官和社会名流，如廖磊、周书、张任民、黄梦年、覃连芳等。

廖磊是当时桂系第七军军长，由他担任龙城中学董事会董事长兼名誉校长。面对学校创立之初的困难，廖磊积极处理：一方面，压住了地方保守势力的捣乱行为；另一方面，筹资在湾塘路建了龙城中学新校舍，提高办学条件。

与此同时，高天骥还巧妙地利用廖磊的名望，聘请了一批思想进步、教学能力强的地下党员，如杨烈（柳州地下党负责人）、韦立仁、王粹新、覃景秀等，以及进步的文化名人，如陈雄子、蒋中鲁等任教师。另外，他进行教学改革，允许师生讨论各种进步思想，举行一系列抗日救亡文化活动，公开演出抗日话剧《塞上风云》《魔窟》等，同时还资助陶奈夫等3位学生秘密奔赴延安参加革命。高天骥还当选柳州文化界抗日救亡协会理事长。

1939年，廖磊在安徽省主席任内病故。柳州地方保守势力趁机勾结反动当局，以龙城中学缺少办学基金为由，企图强迫龙城中学停止办学。高天骥立即说服母亲，将价值3万多块银圆的11间房地产献给龙城中学，补足了办学资金。

到了解放战争时期，高天骥更加积极向共产党靠拢，他聘请了一大批地下党员和进步人士担任龙城中学的老师。同时，他还利用各种社会关系，将敌特情报传递给地下党员，而在梁华新、周季康、王明初、沈风等老师的中共党员身份暴露后，高天骥则想方设法掩护他们撤离柳州。高天骥还以自己的社会名望，严词拒绝国民党和“三青团”在学校活动。就这样，在白色恐怖下，高天骥硬是把龙城中学办成了红色天地。

二

1946年春，周民震和周民霖高小未毕业就考进了龙城中学。那时周民震14岁，周民霖不满13岁。

当时，龙城中学是柳州地下党活动的重要据点。教师中有30多名地下党员，如陈光、梁华新、侯信、丘行、周季康、方宏誉、沈章平、毛恣观、罗杰林、唐美真、曾少庆、王粹新、吕维多、黄莎、王少白等；进步人士也有10多人，如陈如平、曾诚、黎达愚、李立明等。

当年的中共柳州特支就设在龙城中学，陈光是书记，梁华新和侯信是委员，他们以教师身份为掩护，领导柳州市的地下党进行革命斗争。

龙城中学强调要开展教学改革，提倡互教共学，让学生多读书，但也要多读活书。

陈光说：“什么是活书？了解中国社会，探索拯救中国社会的方法，就是活书。”

于是，陈光、梁华新、罗杰林、沈章平等老师在课堂上生动地讲了巴黎公社起义、十月革命的炮响、二七惨案和五卅惨案的始末、一二·九运动的怒潮……同学们听得津津有味。

毛恣观、方宏誉在上古文课时，还常常借古讽今，大胆揭露当时社会的黑暗腐朽。他们大讲“朱门酒肉臭，路有冻死骨”，“赤日炎炎似火烧，野田禾稻半枯焦。农夫心内如汤煮，公子王孙把扇摇”。

学校图书馆趁国共和谈的短暂时间，从香港、上海购买了许名中外著名文学书刊。其中有《在人间》《我的大学》《母亲》《毁灭》《铁流》《普通一兵》《日日夜夜》《钢铁是怎样炼成的》等；有周而复在香港主编的反映解放区战斗和生活的《北方文丛》，其中有《白毛女》《王贵与李香香》《小二黑结婚》《李有才板话》等革命文艺作品；还有香港的进步杂志《文萃》《群众》，以及进步报纸《华商报》《大公报》；等等。在图书馆阅览室偶尔还会出现重庆出版的《新华日报》。学生们从这些进步书刊中吸取营养，他们看到了光明，也看到了前途，从此在心中埋下了红色的种子。

周民震、周民霖就是在这样的学习环境中读书的，他们被编在47班，同班、同坐、同铺，班导师就是中共柳州特支书记陈光，他见他们哥俩聪明又肯学习，非常喜欢他们，常常摸着两人的小脑袋说，真是一对双胞胎哦！但国难当头，他俩只能是一对“难兄难弟”了。有时他故意喊错兄弟两人的名字，说两句笑话，逗得全班同学哄堂大笑。

1946年7月中旬的一天，陈光满面怒容地走进47班的教室，他左手拿着桂林刚出版的进步刊物《民主星期刊》，将其高高举在头上怒吼道：“同学们，昆明西南联大教授李公朴、闻一多，因为敢于说真话，竟被特务杀害了。昆明当局的反动嘴脸终于撕开了遮丑布而大白于天下。”接着他讲述了刊物所报道的李公朴、闻一多相继被害的经过，并说闻一多在李公朴被枪杀后，面对死亡威胁，拍案而起，毅然宣告：“你们杀死一个李公朴，会有千百万个李公朴站起来！”

“我们不怕死，我们随时像李公朴先生一样，前脚跨出大门，后脚就不准备再跨进大门！”陈光这些正气凛然、视死如归的话，让同学们热血沸腾。

课余时间，陈光还经常找周民震、周民霖哥俩谈话，不仅讲革命道理和革命故事，还指导他们去读一些进步文学作品。他特别推荐他们去读高尔基的《我的大学》《母亲》。后来，周民震在学校的一次读书报告比赛中，谈了《母亲》的读后感，获得比赛第一名。

陈光后来调到桂林担任中共桂林城工委书记，临走前找周民震、周民霖进行了一次长谈，他压低声音，严肃地说：“国民党已全面向解放区进攻，气焰非常嚣张，但这是暂时现象，共产党最终会取得胜利，未来的中国只能靠中国共产党，希望你们坚定信念，走革命的道路。”他说完后，周民震递上笔记本让他签名，陈光刷刷地在上面写道：“你聪明、活泼，要好好学习上进，将来为社会作出更大贡献！”周民霖没带笔记本，陈光拿出一张精美的书签，在上面写下了裴多菲的名诗：

生命诚可贵，爱情价更高。若为自由故，两者皆可抛。

这次临别谈话，让周民震、周民霖在黑夜中看到了曙光，点燃了他们幼小心灵中的革命火种，昔日哥俩在阁楼看到大哥周一峰留下的那本《共产党宣言》，书中的话语在哥俩的脑海中从朦朦胧胧变得清晰明朗起来。陈光是周民震、周民霖的第一个革命启蒙导师和引路人。但万万想不到这次谈话竟是他们最后一次谈话，是诀别！

地下党员丘行接替陈光，当了周民震、周民霖的班导师。丘老师的文学素养高，他在课堂朗诵苏联小说《第四十一》《钢铁是怎样炼成的》以及反映解放区抗日战斗的《洋铁桶的故事》等，激起了同学的极大兴趣，掀起了同学争看进步文学作品的热潮。

三

周民震、周民霖博览群书，对鲁迅特别崇拜。尽管鲁迅的文章有些晦涩难懂，但鲁迅敢于用一支满载悲悯的笔，向麻木冷漠的劳苦大众发出振聋发聩的呐喊；用一腔热血铸就的民族魂，激励着不屈不挠的革命勇士去唤醒那个蒙昧时代。鲁迅的文章中没有奴颜和媚骨。他的名言“横眉冷对千夫指，俯首甘为孺子牛”，成了周民震、周民霖的座右铭。在丘行老师的指导下，周民震与周民霖、陶溢等商议，决定于1947年10月19日鲁迅逝世11周年纪念日，成立龙城中学第一个读书社团——奔流社。15岁的周民震被选为奔流社社长，首批社员有陶溢、明乐、刘明文、周民霖、潘瑞才、叶肇盈、赖瑞明、李应宏、陈盛德、贺致华、苏鉴、刁蕴冰、陈丽贞等16名优秀学生。在第一次读书会上，社员们学习了鲁迅的短篇小说《祝福》并讨论《祝福》中祥林嫂的悲惨命运。

这群进步少年聚在一起，阅读了大量革命文学作品，如《母亲》《铁流》等。与此同时，周民震还举办了读书心得座谈会、文学创作讨论会等，进一步激发大家对文学的爱好。

奔流社出版了刊物《奔向太阳》，还请丘行老师给社员上辅导课，谈谈如何观察社会，如何像鲁迅那样以笔当枪，直指社会上的腐败黑暗，写出辛辣的小说和杂文。不久，很多社员写出了一些有现实意义的散文、诗歌在《奔向太阳》上发表。当时社员自己动手刻钢版，印蜡纸，出文印本，上面刊载的作品受到许多同学欢迎，在校内外都有较大影响。

周民震写了一篇短篇小说《清明祭》，揭露了反动官僚的丑恶嘴脸，抨击了社会的黑暗腐朽，触动了某些政客的神经，引起了反动当局的惊恐。

有一天，一个持反动观点的高年级同学把周民震逼在墙角，恶狠狠地对周民震说："你吃了豹子胆，敢公然写小说骂国民党政府!"

周民震说："那是事实，我回农村家乡亲眼见到的。"

那个同学凭着自己个头高，猛推了周民震一把，说："以后再写不但要收拾你，还要把你老子抓进监牢!"

周民震笑了笑，说："谁敢？知道我老子是什么人吗?"

对方"哼"了一声说："大不了是个小老板。"

周民震指着他的鼻子说："国民政府军事委员会少将参议周公谋。"

对方听了这话，瞪大了双眼，说不出话来，悻悻然地走了。

之后，周民震更积极地以奔流社的名义召开文学讲座、小说研讨会、诗歌朗诵会等，活动办得有声有色，吸引了更多同学，影响也大了。这惊动了反动当局，他们派柳州中统特务徐来专程到学校找到周民震斥问。

周民震回答："我们只是爱好文学而已。"

徐来说："那好呀！张恨水、林语堂、梁实秋，还有胡适，都是大文学家，向他们学习嘛!"

年纪虽小，胆子却不小的周民震语气强硬地说道："向谁学习用不着你教，你不是专门抓共产党吗？可惜我不是，也不够格，我只是一名初中生。"

徐来无奈，灰溜溜地走了。

不久，奔流社被反动当局取缔，不得不转移到地下活动。随着解放战争的胜利推进，丘行要求奔流社以读社会科学书籍为主，社员们都争先阅读艾思奇的《大众哲学》、邓初民的《社会进化史纲》和薛暮桥的《政治经济学》以及毛泽东的《中国革命和中国共产党》《新民主主义论》等。他们暗中还传阅了《西行漫记》《三年游击战争》等革命书刊。

周民震和周民霖兄弟俩，就是在这样的进步环境里学习了革命理论，各式各样的进步书籍给予了他们无穷的力量。多年后，周氏兄弟回忆起在龙城中学的学习生涯，无不感激龙城中学在他们革命初期给予他们的丰沛的精神营养。他们在青春启蒙之时走进龙城中学，就像走进一个新奇的世界。他们少年时期那颗动荡不安的心，被学校里浓厚的进步和学习氛围紧紧抓住了。他们不再用弹弓打鸟，不再爬窗越墙，不再嬉笑打闹。正义、人道、民主、自由等思想渗入了他们的头脑，让他们看到了旧社会的黑暗腐败，年轻人的使命担当及奋斗目标。

1948年10月15日龙城中学13周年校庆纪念校刊中，有周民震写的《生活在欢笑中》，周民霖写的《学习之火在燃烧》。两篇散文构思巧妙，文笔优美，生动地反映了龙城中学学生刻苦读书、追求进步的精神风貌，极受好评。

周民震、周民霖当时学习十分刻苦，各科成绩优秀，考试分数名列前茅。他们利用课余时间争分夺秒地阅读各种进步文学作品和革命理论书籍。特别是周民震，常常半夜悄悄起床到路灯下看书，被生活指导员发现后，他又偷偷跑到厕所的灯下看书，平常还暗暗与同学比赛，看谁读的书更多。周民震两个学期就读了20多本中、长篇小说以及毛泽东、艾思奇等人的革命理论书籍。兄弟俩除对反映苏联革命斗争和反法西斯战争的小说感兴趣外，对高尔基、托尔斯泰、屠格涅夫、契诃夫等人的书也读了不少，对鲁迅、巴金、茅盾、郭沫若、艾青、臧克家等人的小说和诗歌也很偏爱。

这些进步书籍潜移默化地影响他们的心灵，给他们的思想带来巨大的冲击，让他们形成了正确的世界观、人生观与价值观。

当时，周民震、周民霖最喜欢的是高尔基的两句名言：

书籍是人类进步的阶梯。

我扑在书上，就像饥饿的人扑在面包上。

他们郑重地将其抄写在笔记本上，深深地铭记心中。

周民震、周民霖虽然被同学们称为“书迷”，但仍然保持少年的那种活泼开朗，喜欢追求新鲜事物。他们作为学生自治会的干部，经常带头参加学校举办的读书报告比赛、诗歌朗诵比赛、时事问答比赛和歌咏戏剧比赛等活动，还常常分别获得第一、第二名的名次。

周民震还是活跃的文艺分子，他在校庆晚会上演出的话剧《香港小姐》，成了晚会的压轴戏。歌咏比赛中他唱了黄自作曲、吴宗海作词的《热血歌》，夺得了第一名。《热血歌》歌词洋溢着爱国报国的激情，歌词中写道：

热血滔滔，热血滔滔，
像江里的浪，
像海里的涛，
常在我心里翻搅。
只因为耻辱未雪，愤恨难消，
四万万同胞啊！
洒着你的热血，去除强暴！

四

1948年春，龙城中学学生自治会理事会改选时，周民震、周民霖双双高票当选，周民震任学生自治会主席，周民霖任学习艺术部部长兼大型壁报《生活导报》主编。

1948年秋，周民震、周民霖在初中第五学期时跳级参加柳州市中考，成绩优秀，双双被龙城中学高中部破格录取，成了高中一年级学生。

1948年7月和10月，周民震、周民霖先后秘密加入中国共产党领导的广西爱国民主青年会（简称爱青会）。当时爱青会的宗旨是：推翻国民党的反动统治，献身于人民解放事业。

1949年1月和3月，周民震、周民霖先后加入中共地下党，学校被解散后，哥俩转移到游击队开展武装斗争。

龙城中学在解放战争时期，在学生中发展了地下党员26人，其中有明乐、刘明文、郑学翔、周民震、周民霖、潘瑞才、叶肇盈、陶溢、刁蕴冰、谢仲、韦鼎桓、李月清、赵淑珍、刘灿春、谢素云、莫翠云、冯平等人。龙城中学还秘密发展了党领导的爱青会会员47人，其中有吴楚馨、邱如壁、陈莹、覃平、罗鸿亮、龚建文、彭卓寰、凌惠琴、周观雄、龙祖安、赵佩云、卢开旭等。

龙城中学学生中的地下党员、爱青会会员加上地下学联会员、地下青年团员等，共有100人之多，而全校学生当时只有800多人，比例之大，广西罕见。

龙城中学还有一批革命师生加入了柳北、桂中和都宜忻游击队，其中有陶溢、贺致华、陈盛德、周民震、周民霖、莫翠云、覃平、卢开旭、冯平、柯斌文等。

解放战争时期，龙城中学的陈光、侯信、张镇道、王明初、贺致华、陈盛德等6位师生壮烈牺牲，为新中国的诞生献出了生命。

其中，陈光在桂林被捕后，受到严刑拷打，但他始终没有吐露党的任何秘密，在距桂林解放前的11天，壮烈牺牲。贺致华在都宜忻游击队组织的大塘反“围剿”战斗中，受伤倒地，一个敌人用刺刀抵住她，叫她投降，她站起来高呼：“打倒国民党！共产党万岁！”随后她被敌杀害，壮烈牺牲，年仅19岁。

龙城中学为党和国家培养了许多人才。其中，地下党员教师梁华新在新中国成立后当上广西壮族自治区党委常委、秘书长。还有不少地下党员教师、学生，分别担任南宁、柳州、百色等地市委、市政府和自治区厅局的领导人，也有的当了著名作家、教授。后来，中共柳州市委将龙城中学列为柳州爱国主义教育基地。

第十一章

你是灯塔

一

大哥周一峰与父亲决裂后，周民震、周民霖在阁楼上阅读了《共产党宣言》，在学校直接受了陈光、丘行老师的殷殷教导，“共产党”三个字一直在周民震、周民霖的幼小心灵中闪现。那时，他们在龙城中学最爱唱的一首歌曲就是《你是灯塔》，但在白色恐怖下，这首歌只能在心里唱：

你是灯塔，照耀着黎明前的海洋；
你是舵手，掌握着航行的方向，
年轻的中国共产党，
你就是核心，你就是方向。
我们永远跟着你走，人类一定解放，
我们永远跟着你走，人类一定解放。

柳州是一座具有光荣革命传统的古城。1926年7月，柳州第一个中国共产党的地方组织——柳州支部干事会成立。1927年四一二反革命政变后，柳州的张胆、熊秀民等一批共产党人被残酷杀害，这个还处在幼年时期的党组织也遭到扼杀。

但革命的火焰是扑不灭的，一些共产党员一直在进行革命活动。抗战初期，中共广西省工委派陶保桓到柳州，经过努力才重建了党组织——中共柳州支部，陶保桓任书记。在1943年广西“一·一五事件”

的反共高潮中，陶保桓壮烈牺牲。之后，中共广西省工委先后派来了粟稔、龙德洽、温静宇、杨烈、吴赞之、路璠、陈光、熊元清、胡习恒、梁山等地下党员接任领导职务，才使党组织在白色恐怖下得到恢复和发展。

到了解放战争时期，中共广西省城工委入驻柳州，并直接领导柳州地下党的革命斗争，促使党的组织有了很大发展。当时在柳州活动的地下党员多达240多人。后来，柳州地下党员分批支援广西各地的农村武装斗争和城市地下工作，留在柳州的140名党员带领着300多名党的外围组织成员坚持战斗直到柳州解放。那时，柳州地下党是广西久经考验、特别能战斗、党员人数最多的组织。

二

1948年12月，柳州异常寒冷，呼啸的北风将柳江刮得浪花滚滚。晚上漆黑的天空，昏暗的路灯，让人感到非常压抑。但是，柳州龙城中学鱼塘边有座小楼，人们称为“八角楼”（也称为“红楼”），里面却始终焕发着革命的勃勃生机。

这座小楼只有两层八间房，是单身教师宿舍，曾经是中共柳州特支领导人的隐蔽地。后来，此地又是地下党员教师的居住区。当然，这里也就成为青年学生集结阅读进步书报、探讨革命理论、谈论国家大事的场所。反动当局先是派遣反动学生暗中监视，后来直接派特务教师入住八角楼，于是，八角楼也成了地下斗争的一个前沿阵地。

有一天晚上，周民震应约来到八角楼，直接进入班导师丘行的房间。丘行是1937年加入中国共产党的老党员，现在是爱青会会员周民震的单线联系人。当时，面对前来汇报工作的周民震，丘行格外严肃，说：“从你组织文学团体奔流社以来，党已经考验你近两年了，加入爱青会后，我们一同做了许多革命工作，但你不一定知道我是什么人。”

周民震认真地说：“怎么会不知道呢，你是我的班导师，地下工作的单线领导人呀。”

“我是一名共产党员。”丘行说道，他的脸在灯光下泛着红光，他盯着周民震，等待着自己学生的反应。

谁知，周民震显得很平静，说：“我早就猜到了，只是不敢问你。”

“你想成为共产党员吗？”

周民震听后心头一阵激荡，大声说：“想啊！怎么不想呢？”

“小声点，别忘了楼下有特务！”丘行说。

接着丘行向周民震讲了党的性质、奋斗目标和基本任务，讲了中国共产党的战斗历程，还讲了一个共产党员的义务和基本要求，等等。

丘行讲完后再一次严肃地问周民震：“你愿意加入中国共产党吗？”

“我愿意，我早就渴望着这一天到来。”周民震急切地回答。

丘行高兴地说：“好，我做你的入党介绍人，你要写一份自传，包括个人经历、家庭成员和社会关系等，要真实详细，不能说假话，同时写一份入党申请书，这些都要报上级党组织审查。”

周民震听后点点头，郑重地说：“我一定认真写好。”

接下来的一段时间里，周民震像忽然长大了许多，变得少年老成起来。连与他同床睡觉的弟弟周民霖也没有发现他的异样。因为要严守秘密工作条例，周民震只好极力掩饰着那澎湃之情。

1949年1月2日的夜晚，窗外的一弯明月如钩，周民震被通知立刻去丘行的房间。他不知道发生了什么事，进得门来，只见丘行给他冲了一杯白糖水，一脸庄重，见不到平时那亲切的笑容。丘行指指凳子，让周民震坐下喝糖水，周民震轻轻抿了一口，一股沁甜顿时浸润着味蕾。他知道，老师肯定有重要的事情要和他谈。

丘行把电灯拉黑，点上了一根白蜡烛。周民震越发感到神秘，一脸疑惑地看着他。只见丘行忽然伸出右手，紧紧地与周民震的右手相握，用低沉的嗓音郑重地说：“同志！”

这两个铿锵有力的字，虽然说得很小声，但在周民震听来却像雷鸣般巨响。

丘行说：“中共柳州城工委批准你为中国共产党党员。”

此时此刻，周民震激动得什么话也说不出来，只是握着丘老师的手不放，好像这只温暖有力的大手就是党，党的一切思想和期望都通过这只手传遍他的全身。

丘行拿出一本香港出版的毛主席的著作《论联合政府》，封面上有一幅戴着八角帽的毛主席的木刻像，他端正地把书直立在书桌上，又把一张用红黄蜡纸剪贴成的党旗插在书本上，然后郑重地说：“根据中共广西省城工委指示，地下党员只能单线联系，尽量不发生横的关系。所以，今晚我既是你的入党介绍人，又是宣誓监誓人，负责主持你的入党宣誓仪式。誓词在这里，你认真看看。”

周民震用激动得发抖的手接过了誓词，在闪烁的烛光下，一字一顿地念了一遍又一遍。

丘行异常严肃地说：“现在做共产党员随时可能掉脑袋的。”

周民震说：“一切都献给党了，当然也包括脑袋！”

丘行满意地说：“好！你现在把右手举起来，向党旗和毛主席宣誓，我念一句，你跟着念一句。”

周民震庄重地举起了右手。

这时忽然响起了敲门声，他俩猛地怔住了，不知所措。丘行急忙把党旗和《论联合政府》收进抽屉。

敲门声又响起，丘行稳了稳情绪问：“哪位？”

门外一个沙哑的声音响起："丘老师，我是老陆。"

这个住在楼下的陆老师是刚搬进八角楼不久的特务。他不是回家了吗，怎么又突然出现了呢？周民震在心里嘀咕着。

丘行若无其事地起身去开门。陆老师站在门口，手里拿着一个口盅，现出一张过度热情的笑脸，说："对不起！向你要点开水。"丘行让他进来后，他东瞧瞧西望望，一言一行使人联想到尚不老练的猎人。

"给，热水。"丘行把热水瓶端来给他。

"丘老师怎么不开灯呀？"

"哦，电灯泡坏了，明天再去买。"

陆老师倒了开水，扫了周民震一眼："这不是学生自治会的主席吗？放假了也有公务呀？"

周民震镇定地说："我来请丘老师讲解古文《陋室铭》的。"

陆老师阴阳怪气地说："哦！山不在高，有仙则名；水不在深，有龙则灵……"然后他挤了挤眼睛，补了一句："人不在大，有志则成……哈哈！"

陆老师说完，就走了。他走后，丘行关上房门，与周民震长长地吁了口气。师生两人相对无语，坐了片刻，周民震说："丘老师，我还是继续宣誓吧！"

丘行以严肃的口吻说："好，继续宣誓。记住，革命是残酷的，要随时准备付出一切。"周民震坚定地点点头。

此时，八角楼外面一片寂静，月光如水。在夜色的掩护下，丘行再次拿出放到抽屉里的书本、党旗，端端正正地放好。周民震举起右手，在丘行的引导下，一字一句地向着党旗和毛主席像庄严宣誓——

我誓以至诚，志愿加入中国共产党，维护党的纲领，遵守党的章程，履行党员义务，执行党的决定，严守党的纪律，保守党的秘密，对党忠诚，积极工作，为共产主义事业奋斗终身，随时准备为党和人民牺牲一切，永不叛党。

虽然宣誓的声音压得很低很低，但周民震心中涌动的激情却越来越高涨。这一晚，在周民震的记忆中，成了其人生道路上最闪亮的时刻！

从这晚起，出身国民党高官家庭的周家“四少爷”、还差18天方满17周岁的周民震，成了中共党员、无产阶级革命战士。

三

周民震入党后，虽是一名新党员，但一直得到上级党组织的亲切关怀、培养和信任。

1949年1月28日，凛冽的寒风呼呼地吹。春节马上就要到了，白色恐怖下的柳州，街头巷尾没有过年的气氛。这天下午，周民震突然接到秘密紧急通知，要他当晚8点赶到柳州郊区的社湾村，村口有一名同志与他会合，然后一起去一个地方过春节。这人还特别叮嘱，让他什么行装都不带，只需要穿得暖和一些就行。

刚入党不久的周民震接到这样的通知，心头一阵激动。直觉告诉他，这应是一次特别重要的行动或者特别的会议。但是什么内容呢？他不敢问。

周民震在北风呼啸中悄悄溜出家门，向社湾村走去。天麻麻黑时，周民震来到了村口，许多人家都关紧了大门，没人放鞭炮，没人贴春联，一点春节的味道都没有。忽然从竹林里钻出一个黑影，把他吓了一跳。此人个头不高，着学生装。当认出此人是其在龙城中学初中部的同班同学明乐后，周民震正要开口喊他，他立即用眼神和手势制止了，只轻声说了一句："跟我走!"

明乐比周民震年长五六岁。在班上，明乐像位大哥哥，老实稳重，从不张扬，同时又很关心爱护同学，很受同学尊敬。1947年10月，由周民震组织的奔流社成立后，平时未见对文学有特别爱好的明乐，却积极要求参加，这让奔流社社员感到很意外，但很快，大家被他的认真和执着所感动。他加入地下党比周民震早一些。周民震与他交往甚密，成了知心朋友。

此时，两个好友正趁天黑轻步走进村庄。明乐一边走，一边告诉民震："你的代号叫小龙，见到熟人也不能相认，更不能直呼真名，只能都以代号称呼。"周民震频频点头。

他们很快来到紧挨着明乐家的两间小屋，明乐拿出钥匙打开木门上的铜锁，随后领着周民震走进屋里，屋里的方桌旁围坐着六个人，他们在埋头看文件。周民震一眼就认出其中的两个人——龙城中学训导主任方宏誉，还有和他单线联系的上级丘行老师，其他四个人他不认识。周民震进去后，打破了屋内的平静，大家都抬起头来，诧异地看着他。

这时一个自称"老胡"的中年人站了起来，他脸色平和慈祥，眼里露出刚强的光芒，他主动伸出手，热情地与周民震握手，并向大家介绍："这是小龙同志。"随后八个人围着方桌逐个介绍了自己的代号。老胡接着说：过大年正是我们活动最安全的时候，中共柳州城工委办的党员学习班非常重要，主要是学习和传达中央最近几个重要文件和中共广西省城工委一月会议精神，研究柳州当前的斗争形势和1949年工作的方针和任务。会议由柳州党组织的两位领导人老胡（胡习恒）和老伍（熊元清）主持。

学习班开展了三天，他们决定要大胆放手，有计划有步骤地在各个阶层的群众中建立和发展党的组织和党的外围组织；要特别重视加强工人和郊区农民的工作；要根据有理有利有节的原则组织开展各种群众斗争；要深入调查研究，制定城市调查大纲，对于军事单位、党政和警察特务部门，要调查他们的人数编制、武器装备、军事部署等，以做好解放军攻城时的情报工作；要选择适当的时机，统一行动，散发革命传单；等等。

春节期间，柳州党组织的另两位领导人梁山和罗杰林在柳城县长漕村也召开了同样内容的党员学习班。这两个学习班实际上是重要的工作会议。周民震作为一名新党员，能参加如此重要的会议，说明党组织对他很重视和信任。

四

参加学习班之后，丘行作为党员单线联系的领导与周民震谈了一次话，要求周民震进一步做好团结教育青年学生的工作，物色对象，积极发展党员和爱青会会员。他说："周民霖和潘瑞才从奔流社到学生自治会，表现都很优秀，后来又在爱青会中接受培养和锻炼，应该够条件发展为共产党员，现已请示上级党组织并得到同意，指定你去做他们的介绍人。"接着他又补充说："上级党委早有指示，在地下党特殊条件下，后补党员是可以做介绍人的。"

1949年2月，柳州市的寒流仍然肆虐，但追求真理的周民震、周民霖心里总是燃烧着一团火。一天夜晚，趁着母亲和从大学放寒假回来的二哥民云和三哥民雷去看电影，周民震约周民霖在房间进行了一次重要的谈话。

"今晚与你谈一个非常重要的问题，你要认认真真地听，并且要记到脑子里面。"周民震一脸严肃，语气庄重地说道。

周民霖感到很诧异，平时哥俩非常亲热，经常打打闹闹，两人进了中学后，才经常谈论些正事，如读书心得等，两人有了共同语言。后来周民震成了周民霖在爱青会的单线联系人后，周民震一下成了周民霖的上级，谈话的口气变了可以理解，但从来没有像今晚这么严肃。

“今晚我是受上级党组织委托找你谈话的，我现在已经是一名共产党员了。”

周民霖一听，兴奋得跳了起来，急切地问：“你是什么时候入党的？我怎么一点都不知道。”

周民震听了不大高兴，民霖到底年龄较小，还较幼稚。

“我怎么会告诉你，党组织有保密条例，你不该知道的事，就不能告诉你，你也不能去打听。这也是对一名地下工作者的基本要求。”

周民霖这时才开始冷静下来，老老实实地坐在板凳上听哥哥讲话。

周民震说：“现在我要问你一些问题，你可以思考一下再回答，但不能含含糊糊。”接着，他一句一字地问：“你愿意做一名共产党员吗？”

周民霖听后心头一热，急忙答道：“我愿意！”

“你愿意为共产主义奋斗终身吗？”

“我愿意！”

接着周民震讲了中国共产党的性质、目标和任务，共产党员的义务和要求，以及共产党的历史和未来。

周民霖坐板凳上认真地听，生怕漏掉一句话。他边听边想：做一名共产党员要求很高，任务很重，要为党奋斗终身，要为党献出一切。这在人生道路上是很有意义的事，也是很光荣的事。他心里顿时感到暖烘烘的，眼睛里也闪烁着兴奋的光彩。

周民震还讲了上级党组织要求周民霖写一份自传，包括个人经历、家庭情况和社会关系等，还要写一份入党申请书，讲对党的认识。接着，周民震还提了两个问题要周民霖回答。

“第一个问题是，在白色恐怖下参加共产党，处处会碰到危险，随时会为党献出生命，你怕不怕呢?”

周民霖斩钉截铁地答道：“当共产党员就不怕死，怕死就不要当共产党员!”

“第二个问题是，当前共产党以推翻国民党反动政权、建立新中国为目标，但是父亲是国民党高官，你会怎样对待?”

周民霖思考了一下，随后庄重地回答：“父亲如果不弃暗投明，父子之间只能决裂，就像大哥那样，各走各的路!”

周民震听后频频点头，表示满意。他面带微笑地说：“霖弟到底看了不少革命书报，还真有了点觉悟哦!”接着他又说：“刚刚回答的问题都不错，可以写到入党材料中去。”

1949年3月的一个晚上，初春的天气凉意阵阵，但那晚的月亮却很圆，星光也很灿烂，周民震约了周民霖在自家三楼的凉台上，举行了入党宣誓仪式，宣誓人周民霖，监誓人周民震。宣誓仪式结束后，周民震对周民霖说：“祝贺你！周民霖同志，我们党从今天起，又增加了一名战士。”接着，他亲切地说：“以后我们是同志加兄弟的关系了，但同志是第一位的，不要忘记。”

周民霖郑重地说道：“我会遵守组织原则，服从你的领导，今后无论你布置什么任务，我都坚决完成。”

周民震接着说：“现在我俩都同大哥走一条道路了，我很想念大哥，不知道大哥现在哪里战斗？到了胜利之日，我们还能不能与大哥见面呢?”

周民霖抬头望着天上灿烂的星光，天真地说：“你看，满天的星星正在告诉我们，大哥不会牺牲，大哥现在正穿着解放军军装、拿着冲锋枪与国民党反动派拼杀！我们一定会见到他的。”

周民震疼爱地望着弟弟那稚嫩的脸庞，心想：霖弟虽已经是共产党员了，但仍然保持童心，天真烂漫。

入党那年，周民霖15岁。到了20世纪80年代，当年的中共广西省城工委书记陈枫卸任我国驻国外大使后，在南宁见到了周民霖。俩人紧紧地握着手，久久不愿放开。陈枫同志说：“虽然现在我们才第一次见面，但几十年前我就知道你和周民震在柳州地下党的情况，你是柳州地下党员中年龄最小的，当时我就说过，这是柳州最年轻的布尔什维克。”

周民霖入党后，单线联系人换为明乐。当时，周民霖积极参加、领导学生运动，并在高四班组织了秘密读书会，秘密发展了2名爱青会会员、3名柳州地下学联会员。其中爱青会会员卢开旭在学校被解散后，参加了柳北人民解放总队（简称“柳北总队”），广西解放初期在罗城县剿匪中光荣牺牲。

第十二章

『无声炸弹』的威力

一

国民党统治区的地下工作，虽然看不见弥漫的硝烟，听不到隆隆的炮声，但在白色恐怖笼罩下，仍然充满了腥风血雨。因此，作为一名地下工作者，要敢于面对种种惊险，接受种种考验，随时做好被捕和牺牲的准备。

1949年的初夏，解放大军已经横渡长江，白崇禧为了固守广西老巢，派了精锐的第五十六军进驻柳州，军长马拔萃兼任柳州警备司令。顿时，偌大的一个柳州城到处是军警特务，他们五步一岗，十步一哨，处处充满杀机。第五十六军大都为美式装备，他们头戴美式钢盔，身背美式冲锋枪，一队队穿街过巷，那些地方警察特务因此也神气起来，弄得全城群众人心惶惶，真有“黑云压城城欲摧”之势。

柳州地下党组织按照中共广西省城工委的统一部署，决定于5月14日晚8时与桂林、南宁同时行动，散发一次革命传单。柳州发的传单有《中国人民解放军入城约法八章》《黄绍竑致李宗仁公开信》《警告柳州特务书》等3份。在《警告柳州特务书》中列举了柳州臭名昭著的中统、军统和桂系特务16人，要求他们“放下屠刀，革面洗心，幡然悔改，向人民赎罪……否则……到了末日审判，将彻底清算，偿还一切血债”，“求死，求生，望果断抉择，切勿犹疑自误”。

那天晚上，柳州地下党员和爱青会会员等地下工作者，沉着而迅速地在闹市区庆云路、正南路、小南路、沙街、鱼峰路、谷埠街、驾鹤街等一带，以及政府部门、银行、学校、企业、厂矿等，散发和张贴了这些传单。

散发传单之前，周民震约了他单线联系的两名地下党员潘瑞才和周民霖在柳候公园碰头，通知他们两人为一个行动小组。潘瑞才也是周民震在1949年3月发展的新党员，和周民霖一样斗志正旺，又都很年轻。当他们听到要散发传单的任务时，都异常兴奋，但对于在敌人眼皮底下散发传单的危险却认识不够。

周民震在给他们布置任务时，显得特别的严肃和冷静。他说：“这次全市散发革命传单，是全市的统一行动，是给敌特的一颗重磅炸弹，意义重大。但我们也应该看到，现在柳州满街是军警宪兵和特务，我们选择的又是晚上的黄金时间8点，危险性较大，万一有一个同志不慎被发现，全市的行动就会遭到破坏。因此，这次行动必须两人一组，互相掩护，配合行动，严守纪律，保证安全。”

接着他传达了上级的几点指示：一是散发传单的时间是晚上8点，必须在10分钟内散发完毕，绝不能提前，也不许延后。手表要提前校准，在柳江北部地区，以大光明电影院的挂钟时间为准，在柳江南部地区，以金门电影院的挂钟时间为准，防止因手表不准而误了大事。二是不允许在群众聚集的地方散发传单，只允许在人群稀少的公告栏、墙壁、电线杆上张贴，也可以将其套入信封并投入商场或住户家。在强大的敌人面前要有勇敢精神，但又不能鲁莽行事，不能因个人的冒险行为，破坏全市的行动。三是保持革命气节，随时做好牺牲的准备，在任何情况下都不能变节。周民震让他们两人反复读一篇上级下达的“生死状”：“要永远忠诚于党，万一被敌特逮捕，除力图逃脱之外，应以布尔什维克的革命精神，做必死准备，英勇就义，绝不出卖组织和群众利益。”这篇“生死状”至今仍深深烙印在周民霖的脑海里。

按照上级安排，周民霖和潘瑞才负责在龙城中学布告栏和柳侯公园靠近学校大门的一角张贴传单。晚8点，全市开始行动，他们在事先选好的围墙、树干和电线杆上张贴传单。当他们在一根电线杆上张贴传单时，突然从黑暗里窜出一个彪形大汉，此人上身穿着唐装便服，下身却穿了西装长裤，脚上还穿着皮鞋。周民霖、潘瑞才以为他是个特务，两人灵机一动，迅速把早已准备好的一份专治花柳病的广告覆盖在传单上面。大汉用凶恶的眼光看了一下广告，再瞪着眼睛把他俩从头到脚打量了一番，然后就走了。两人虚惊一场，拍了拍怦怦乱跳的心脏。后来周民霖非常庆幸自己有机会参加这次有意义的行动，在对敌斗争中接受了一次生死考验。

第二天，人们一脸欢欣，奔走相告，传递传单上的消息，都说："别看国民党威风一时，但兔子的尾巴长不了啦!"有些群众看到了《中国人民解放军入城约法八章》后十分兴奋。有个青年说："过去我爸总是相信什么'共产共妻'的谣言，现在才知道解放军要保护工商业，保护人民的生活稳定和社会安定。"

传单中那些上了榜的特务，个个如丧家之犬，坐立不安，惶惶不可终日。有个特务小头目整天哭丧着脸，见人就谎称自己没做过伤天害理之事，手上没有血债。

革命传单的威力似无声的炸弹，让周民震和周民霖感到特别欣慰和自豪。

二

1949年7月，反动当局垂死挣扎，筹备于8月1日召开柳州市反共誓师大会，会后举行万人反共大游行，并加紧对进步活动的镇压。中共柳州城工委决定于7月28日晚8点半再次散发传单，揭露他们的阴谋。其中有《告柳州市人民书》，揭露了敌人溃败前在政治、经济上玩弄的种种阴谋，号召柳州市人民拒绝参加万人反共大游行，抵制刚发行使用的银圆券，等等。

柳州城工委领导人梁山、胡习恒、熊元清、韦竞新等专门开会作了周密部署。传单由刚从南宁师院毕业的韦竞新草拟，他才思敏捷、笔飞墨舞，一气呵成。草稿经领导审核后，连夜送到另一位地下党员黄志明的手上。黄志明是抗战时期入党的党员，长期从事地下党相关文书工作。当晚他在微弱的灯光下，伏案刻写印刷传单直到天明。那晚全市近500名地下党员和党的外围组织成员全部出动。周民震和周民霖被编为一个行动小组，负责在驾鹤路最繁华的地段散发传单。

当时局势很紧张，国民党军警全副武装，到处巡查。柳州城工委要求每名地下工作者都要勇敢机智地完成任务，且再次交代不得鲁莽和冒险，不得暴露自己。所以，此次散发的传单除采取张贴的方式外，大都用信封套好。有些写上“某某小姐收启”，让人以为是一封神秘情书；有些写上广告词，像一份商品广告。这些封好的传单可以钉在墙壁、广告栏和电线杆上，也可直接投进机关单位和商铺。

周民震和周民霖在预定的地点散发了十几份传单后，经过天主教堂，看到许多教徒在听牧师讲授圣经。他们觉得这是个好机会，迅速把封好的传单送到后排的教徒手中。不少教徒用诧异的眼光看着他们，一时反应不过来，有两个教徒马上拆开信封，一看是传单，就追了出来。周民震和周民霖立即快步窜入人群中，迅速摆脱了他们的追踪。

瞬间，发出令人毛骨悚然的警笛声的两辆警车呼啸而过，街上的行人像被捅破了窝的马蜂一样乱成一团，有些商铺急忙关上门。有人说，发现有人散发共产党的传单，警备司令部已宣布全城戒严。周民震和周民霖赶紧跑到码头，那时柳江浮桥上人群拥挤，为了不让特务跟踪，他们在黑暗中沿着河边找到一条小船，坐船渡过柳江，回到了家中。

当时周民震、周民霖并不害怕，认为这是党组织给他们的又一次锻炼机会，但内心久久不能平静，刺耳的警笛声好似总在耳边回响。兄弟俩小声嘀咕："这次行动是不是受到破坏？有没有战友被逮捕？我们在教堂的行动是不是有点冒失，是否被特务识破？"

深夜，上级派人告诉他们，说这次行动非常成功，所有地下工作者都完成了任务，无一人暴露和被捕。他们听了如释重负，激动得掉下了眼泪。地下工作者不可能不遇上危险，但危险过后是欣慰，是胜利的喜悦！

三

第二次全市散发传单之后两天，1949年8月1日，国民党反共誓师大会在柳州市中心体育场召开，参会人员稀少，一个多小时过去了，才有五六百人稀稀拉拉地来到会场。

大会开始，一个挂着少将军衔的家伙，胡诌了一通反共的陈词滥调，企图煽起反共情绪。最后说，前天在街头抓到一个散发传单的"共匪"，经审判，处以死刑，立即执行，以儆效尤。接着几个如狼似虎的刽子手，从后台推出一个蓬头垢面、衣衫破烂的"犯人"，在台上走了一圈后，就被推到会场旁边的草地上枪毙，引起了人们一阵骚动，有些人乘机溜出会场。最后只剩二三百人参加所谓的反共大游行，他们游行了两三条街后，溜走的人更多，剩下的多是军警和特务。于是，他们不得不偃旗息鼓，草草收场，所谓的万人反共大游行彻底失败。

被枪毙的所谓"共匪"，有说是监狱里的一个刑事犯，也有说是一个国民党逃兵。他们之所以要在现场表演这幕假戏，就是为了显示反动当局仍很有力量，对共产党的镇压毫不手软，彻底暴露了反动派在末日到来之时，仍垂死挣扎的面目。但是，地下党在1949年7月28日晚上张贴革命传单，揭露了他们的阴谋，让这场反共大游行的闹剧成为全市群众的笑柄，群众嘲讽说：“城隍庙里看鬼戏，鬼看。”

1949年10月底，中共柳州城工委布置了第三次全市散发传单行动，传单有《告职工书》《告各机关负责人书》，号召全城职工和敌伪机关负责人要认清形势，保护工厂、学校、铁路、物资仓库、电信设备，防止敌人掠夺和破坏，以实际行动迎接柳州解放。可惜，周民震、周民霖都没能参加这次行动，因为他们正在苗山参加游击队的战斗。

柳州地下党一年内连续大规模散发了三次革命传单，行动都很成功，党组织也未受到任何破坏和损失。党的队伍经受了严酷的考验，显示了党的强大力量，鼓舞了广大群众的斗志，打击了敌人的嚣张气焰。多年后，周氏兄弟谈到当年的行动，仍然激情满怀心潮澎湃。

第十三章

给敌人一记闷棍

一

在国统区风起云涌的“反饥饿、反内战”学生爱国运动影响下，柳州龙城中学地下党组织更加活跃，分发的红色书刊随处可见，《五块钱》《你这个坏东西》《茶馆小调》《古怪歌》《团结就是力量》《跌倒算什么》等歌曲到处传唱，歌颂解放区生产工作的秧歌剧《兄妹开荒》也公开演出。这些令柳州国民党当局大为恼火。国民党柳江县当局给龙城中学下达了一系列无理要求，比如：要在龙城中学搞国民党和三民主义青年团登记，并要该中学尽快恢复和发展这些组织；要求龙城中学师生参加全市反共集会和游行；等等。但这些无理要求都被校方拒绝，不予理会。后来，敌特派反动学生、特务教师混进学校。而这些反动学生常常被孤立，有些不得不转学；特务教师被龙城中学以教学质量差、不受欢迎为由辞退。于是，龙城中学成了反动当局的眼中钉、肉中刺。

1949年5月14日，柳州地下党在全市散发传单，但柳州的军警特务没有抓到一个共产党。国民党当局非常恼怒，连续开了几次会议，决定拿龙城中学开刀，抓捕几个教师，给共产党一次沉重打击。

5月19日，中共广西省城工委书记陈枫突然接到内线的情报，敌人马上要对龙城中学几名地下党员下毒手。他立即找到柳州市地下党负责人梁山、胡习恒和熊元清研究对策，决定通知上了特务逮捕名单的丘行、方宏誉、毛恣观、罗杰林、唐美真等5名地下党员教师立即转移，并派几名地下党员护送他们连夜出城，到偏僻山庄或深山老林隐蔽。

随后，中共广西省城工委又作出决定，要先发制人，发动学校开展寻师运动，揭露敌人政治迫害阴谋，给敌人一个出其不意的打击，打乱其罪恶计划，变被动为主动。这样，龙城中学以学生自治会名义发起了寻找失踪老师的运动。

当晚9点，5名被反动当局盯上的老师兵分几路，迅速撤离了柳州。

第二天做早操时，几个班的学生发现自己的老师没有来组织大家集队，上课铃响了，也没有来上课。几名知情的地下党员就发动老师、同学去学校教务处询问，答复是这些老师没有请假，不知去向。学生自治会的几名学生和老师一道去宿舍寻找。发现有的房门紧锁；有的房门虚掩，但各种衣物原封不动，有的作业本改到一半，连钢笔都没套上；有的房门敞开，房里的东西被翻得乱七八糟，作业本撒得满地都是，桌子上墨水泼洒。大家顿时惊慌起来。老师失踪的消息迅速传遍校园内外。

5名老师的突然失踪，使同学们联想起特务的暴行，都紧张起来。

第三天，社会上也出现了各种传闻。有的说河面上发现了几具被捆绑了手脚的尸体顺水漂流；有的说看见了龙城中学老师被打得遍体鳞伤，被推上汽车押到外地去了；还有的说昨晚在凉亭旁听到了枪声，老师可能被暗害了；等等。整个校园弥散着悲怆的气氛。

那时，周民震的单线联系人丘行已经撤走，柳州城工委的领导之一熊元清就成为周民震的单线联系人。熊元清在柳侯公园紧急约见了时任龙城中学学生自治会主席的周民震，讲了5位老师受到迫害和紧急撤离的情况，要求龙城中学党组织迅速发动学生，开展寻师运动。

熊元清向周民震布置了任务后，用宽厚的手拍在周民震的肩上，慈爱地说："小周同志，你是这次寻师运动的主要领导人，一定要认真负责，全力以赴，做到有勇有谋，既有魄力又灵活机智。这是党给你的重托，也是对你的一次考验。"

周民震坚定地说："请组织放心，我一定会全力以赴。"

两人分开后，熊元清刚离开几步，又急忙折回来，不放心地低声交代道："你的责任重大，若是在运动中有问题，你可以及时请教沈章平和曾少庆两个老师，他们都是自己人，都有丰富的斗争经验。"

当时，在学生自治会13名理事中，有6名地下党员，他们是周民震、刘明文、周民霖、潘瑞才、明乐和刁蕴冰，其余多数是党领导的秘密青年组织爱青会的会员。按地下党的布置，周民震召开了学生自治会理事会议，讨论了老师失踪的情况，作出了开展寻师运动的决定。

龙城中学学生自治会于5月22日召开全校师生大会，800多名师生聚在学校礼堂。礼堂内外，拉着十分醒目的大幅标语，标语中的字字句句拨动了同学的心弦，让人泪目：

反对迫害，还我老师！

我们要读书，我们要自由！

敬爱的老师，你们在哪儿？我们想念您！

周民震在大会上含着热泪报告了5位老师失踪的情况和2天寻找失踪老师的经过，接着宣读了几封要求开展寻师运动的来信。他庄严宣布，立即成立寻师委员会，向社会各界发出寻师呼吁书，开展寻师运动。接着他又朗读了同学们创作的几首战斗诗歌：

风在吼，山在摇，柳江河水泪滔滔，敬爱的老师啊，你在哪里？你可听见我们心里的呼唤？

…………

吹熄灯，我们不怕，你能吹熄太阳吗？

会上群情激愤，气氛沉重，许多同学泣不成声，有的甚至放声大哭。同学们纷纷走上讲台，动情地回忆这几位老师对教育工作的赤诚和对学生的爱护，谴责了反动势力的政治迫害。

校长高天骥十分激动，他满脸怒气地上台讲话，说："5位老师确实是失踪了，虽然没有人看见他们被抓走，但是至少可以肯定，他们是受到某方面的暴力迫害而失踪的。"接着他又神情严肃地说："大家知道，不少地方的进步人士失踪，实际上都是被特务逮捕或杀害的，现在我们特别为这5位老师的生死感到担忧。我坚决支持同学们的要求，向政府、向社会找回失踪的老师。"他话音刚落，礼堂掌声雷动，经久不息。

最后，学生自治会的刁蕴冰宣读了成立寻师委员会的决议，还有向国民党柳州专员公署、柳江县政府、柳江县参议会和社会各界发出的寻师呼吁书。至此，以学生自治会理事中的地下党员周民震、刘明文、周民霖、潘瑞才、明乐、刁蕴冰以及后来入党的莫翠云等为骨干的寻师委员会宣告成立。

按寻师委员会的布置，为怀念5位老师，各班组织了演讲，绘制了各种各样的墙报，召开了各种座谈会，揭露反动派对龙城中学的种种迫害。同学们自发写了多篇文章、诗歌并张贴出来。周民霖、潘瑞才写的《哭敬爱的老师方宏誉》，记叙了方老师经常深夜到学生宿舍查铺，还用自己的微薄工资帮助贫苦学生等事迹。该文章张贴出来后，许多同学眼含热泪围观摘抄。

有一天，国民党教育局派来两个官员，假惺惺地表示要了解和关心老师失踪问题。他们先找学校领导了解情况，接着到学生自治会办公室，见到了周民震、刘明文和周民霖等人，在询问了一些问题后，便恶狠狠地说："失踪不可能，你们要小心共产党在借题发挥，寻师运动不要闹下去了。"

周民霖悄悄跑出来，组织高中部学生围着这两个官员，控诉特务盯梢龙城中学进步师生等恶行，还与他们展开了激烈辩论。这时，李月清、吴楚馨等女同学突然领头高唱《古怪歌》来嘲讽他们，其他同学也跟着唱了起来：

往年古怪少啊，今年古怪多啊，板凳爬上墙，灯草打破了锅啊，灯草打破了锅啊。今年古怪多啊，今年古怪多……

半夜三更黑哟，老虎闯进了门哪，我问他来干什么，他说保护小绵羊啊，他说保护小绵羊。今年古怪多啊，今年古怪多……

清早走进城啊，看见狗咬人哪，只许他们汪汪地叫哇，不许人哪用嘴讲话，来讲话。

…………

唱完后，有个男同学举起了右手，大声喊道："我们不要法西斯！我们要民主要自由！"接着周民霖带领同学们齐声高呼："打倒法西斯！打倒法西斯！"最后在同学们的嘲讽中，这两个官员灰溜溜地走了。

寻师运动声势浩大，从校内扩大到了校外。寻师委员会派进步学生到国民党柳州专员公署、柳江县政府、柳江县参议会以及柳州警备司令部和社会各界知名人士家里递送了《寻师呼吁书》。他们还在街头和公园、电影院张贴寻师启事。柳州中学、柳庆师范、柳江县中、柳州高级工业学校等校师生也纷纷举行集会，愤怒地谴责了反动当局的政治迫害，并给龙城中学发出了热情的声援信。

反动当局抓不到共产党，反被共产党打了一记闷棍，真是又气又恨。气的是共产党为何如此厉害；恨的是有内鬼，泄露了机密，放走了"大鱼"。但这些只能闷在心里，不能向社会讲明，反动当局几个头目狼狈不堪，进退两难。他们只得下令严密封锁消息，不准任何报纸报道，尽量缩小社会影响；同时，给学校和学生自治会施压，企图缓解矛盾。

寻师运动如何进一步深入开展，如何进一步扩大社会影响，让周民震这个17岁的年轻共产党员绞尽脑汁。因为当时反动当局还发出了布告，禁止聚众集会，禁止罢工罢课，禁止游行示威，等等。回到家里，他又与弟弟周民霖交换意见，但仍然没想出什么好点子。

周民震要求寻师委员会的人集思广益，一起想办法。这时，刘明文提出，既然当局封锁了新闻报道，他们能否利用报纸刊登广告的形式，公开老师失踪的消息，这样就可以躲过当局的新闻检查，又可利用国民党的宣传工具，向社会传播寻师运动情况。这确实是个巧妙的办法，大家高兴得跳起来。于是，潘瑞才很快便起草一份寻师启事。

可登报需要钱呀，怎么办？周民震、周民霖、刘明文和潘瑞才等人立即捐献银圆，凑齐了广告费。

5月24日上午，周民霖与刘明文、莫翠云、张素英、黄泽忠等5人怀揣银圆，来到国民党《广西日报》（柳州版）营业处办理登报手续，但事情并没有想象中那么简单顺利。

营业处的职员接过寻师启事，匆匆看了一下，脸上就浮现轻蔑的笑容，说："这么大的人了，哪里会失踪，我们不登！"

刘明文冲着他说："有钱人家失了条狗还登报寻找。我们的老师失踪了，却不让登报。难道人不如狗吗？"

几个同学一唱一和，时而红脸，时而白脸，把那几个职员驳得理屈词穷。这几个职员只好赔着笑脸，同意登报三天。算盘噼里啪啦响过后，职员说："按这则广告占用报面，三天共计四元五角，要收袁大头（银圆）。"职员原以为这几名学生拿不出钱，令他意外的是，他们豪爽地从口袋里掏出钱来。职员没办法，只好开了收据，登报了事。

1949年5月25日，国民党《广西日报》（柳州版）第四版的广告栏里，登出了《龙城中学学生寻找老师方宏誉、罗杰林、丘行、唐美真、毛恣观启事》，全文如下：

本校训导主任方宏誉（来宾人，在本校任职五年）、分部主任罗杰林（广东番禺人，在本校任职一年）、导师丘行（柳江人，在本校任职三年）、分部女生班导师唐美真（桂林人，本期到职）、高中国文教师毛恣观（永福人，在本校任职一年）共五人于上星期四（十九日）晚深夜突然失踪，至二十日未见彼等授课。各教室值日向校方询问缘由，而校方则谓彼等未经请假，同学深觉诧异，即从彼等房窗窥视，见房内各种衣物如故。时至现在，业已数日，尚未知彼等下落，并经校方多日向各方查询，均未得到任何线索，下落如何，不得而知。我等望师心切，忧心如焚，特此登报，敬希各界人士，代为查询，如知彼等下落，请即通知本会，以使我等能安于学业，不胜迫切期待佳音之至！

柳州私立龙城中学寻师委员会谨启

当报纸上刊登了寻师启事，把失踪事件公之于全广西人民面前时，舆论哗然，人们议论纷纷。不少社会名流和进步教师给国民党广西省政府和教育部门写信，要求制止国民党军警和特务在学校横行，给教师民主自由的权利，保障教师的教学和生命安全，等等。

广西和柳州的国民党当局看到了寻师启事，更是狼狈不堪，一筹莫展。柳州专员罗浩忠当天拿到这张报纸之后，暴跳如雷，大声咒骂报社负责人是头蠢猪，见钱眼开，做了“为虎作伥”的蠢事，又痛斥手下的特务是一群饭桶，没有抓住共产党，反而被共产党“倒打一耙”。

寻师启事像一把锋利匕首，深深地刺痛了敌人的神经。最初几天，由于中统、军统和桂系特务各成系统，彼此一时也弄不清真相，都以为是对方为了抢功劳，先下手为强了。于是，他们相互指责。但后来当他们知道谁也没有抓到人时，才恍然大悟，是内部走漏了消息，放走了共产党，以致引发了这次寻师运动。他们清醒之后，便疯狂加强对龙城中学师生的跟踪盯梢，企图破坏运动，进一步镇压共产党。

周民震和周民霖是这场运动的组织者之一，多次受到特务跟踪和恐吓。有一天，兄弟俩放学回家，发现后面有两个“尾巴”在紧紧地跟着他俩。特务以为在街头巷尾会有人与他俩接头，但却扑了空，于是他们凶恶地拦住兄弟俩的去路，恶狠狠地说：“你们小小年纪，不要搞什么寻师运动，不要跟共产党走，再跟着走就打断你们的狗腿!”

第二天，周民霖在家门口捡到了一封信，信上画了一把匕首刺穿红心，下面附上一行字“小心你们的小命”。但他们未被吓倒，在藏好家里的有关文件资料和进步书刊后，到同学家住了几天。

二

隔了几天，又有三个特务假冒国民党《广西日报》(柳州版)、《民声晚报》的记者突然闯进龙城中学学生自治会办公室。他们以采访为名，行恐吓威胁之实，企图破坏这次寻师运动。

当时在办公室的有周民震、潘瑞才、周民霖、刘明文、刁蕴冰等同学。一个“记者”问道：“寻师运动是谁发起的？有哪个老师作指导?”

周民霖快言快语地回答：“这还用问吗？报纸的广告上不是讲明了吗？是学生组织的寻师委员会。”

有个“记者”又问：“5位老师搞过赤化宣传吗?”

周民震不慌不忙地站起来，说："我们不懂得什么叫赤化宣传。丘行老师朗读过苏联的小说《丹娘》，方宏誉老师教我们背诵过裴多菲的诗歌，毛恣观讲解了岳飞的《满江红》，难道宣传爱国民主思想就叫赤化宣传？如果是的话，那么全中国都赤化了。"

一个"记者"又急忙插话道："你们背诵了裴多菲什么诗？"

周民震答："记得有这么一首：'生命诚可贵，爱情价更高。若为自由故，两者皆可抛。'"

这个"记者"一听好像发现了新问题似的，大声说："对，这就是共产党的诗，是赤化宣传！"

在场的潘瑞才、刘明文、刁蕴冰等人都大声笑了起来。

周民霖说："裴多菲是19世纪的诗人，可不是个共产党人。"

当即弄得几个"记者"羞愧难当，哭笑不得。

有个年纪较大的"记者"又问："你们爱唱《五块钱》《你这个坏东西》，这些歌曲不都是骂政府的吗？这不是赤化吗？"

刁蕴冰马上驳斥说："现在不仅是五块钱的钞票没人要，就是万元钞票也没人要，你还装什么糊涂？政府搞什么金圆券改革，哪个老百姓不骂？"驳得几个"记者"张口结舌，采访不欢而散。

几个"记者"灰溜溜地离开时，恶狠狠地扔下几句话："你们小小年纪，可不要上共产党的当呀！寻师运动就是为共产党摇旗呐喊，到头来就会成为别人的垫脚石！"这些话，完全暴露了他们前来"采访"的真正目的。

敌特的威胁恐吓，并没有让周民震、周民霖等同学害怕。当天在场的五个同学都是寻师委员会的核心成员、地下党员，他们之间虽没暴露党员身份，但都知道彼此的信仰和追求。此时，他们在敌特面前，个个表现理直气壮、正气凛然。周民震庄严地说，黑暗即将过去，曙光就在面前，那些逆历史潮流而动的家伙，神气不了几天。英国诗人雪莱写得好：

如果冬天来了，春天还会远吗?

寻师运动前后经历了十来天。按柳州城工委指示，此次运动既要敢于斗争，又要注意适可而止，既然我们的同志已经转移到新的战斗岗位，又达到了发动群众、教育群众、揭露敌人政治迫害阴谋的目的，就不再与敌人纠缠了。最后，寻师运动以发动师生捐款救济失踪老师家属而胜利结束。

寻师运动以后，龙城中学的学生运动更加活跃，地下党、爱青会和地下学联得到迅速发展。一批学生运动骨干被输送到农村参加武装斗争。

三

龙城中学的进步活动，刺痛了反动当局的神经，他们拿出了最后的“杀手锏”，欲将龙城中学置于死地而后快。

1949年8月5日，国民党广西省政府以“庇纵匪党”为名，撤掉了高天骥的校长职务。校董会急忙召开会议，由爱国民主人士陈如平接任校长。

陈如平曾任伪忻城县县长，这个时期，他还挂着国民党华中军政委员会经济组上校组长的头衔。陈如平上任后，预感到国民党广西省政府下一步还会置龙城中学于死地，于是决定提前结束暑假，宣布8月25日开学上课。

但国民党广西省政府不死心，他们在9月14日召开的行政例会上，决定解散龙城中学，他们给龙城中学强加“包庇匪党、策动不法活动，败坏校风，淆惑人心，破坏戡乱建国事业”等罪名。

从1935年10月至1949年9月，有着14年历史的龙城中学，被迫关停了。关停那天，高天骥再次低声哼唱了悲壮的《国际歌》——这是他在给同学们上的最后一堂“政治课”。

此后，宪兵、特务日夜盯守高天骥在罗池路的家，欲将其逮捕。他在几名地下党员的护送下转移到安全地带，随后愤然写下诗句，以表达自己的悲愤之情：

血洗山河九一八，明乐伴我走天涯，
只因凶顽施强暴，转入地下还齿牙。
鬼叫一声闭龙中，群魔凶残正无穷。
一场恶斗刚开始，组织领我入山丛。

此诗记载了9月18日高天骥躲过特务的监控，在地下党员明乐、曾少庆、黄维光三人的护送下，深夜转移到郊外鹧鸪江猪头岩密林中，开启新的革命生涯的经历。

过了几天，中共广西省城工委正好在密林中召开城工会议，广西省城工委书记陈枫和柳州城工委组织委员胡习恒接见了高天骥，给予他信心和鼓励。

高天骥眼含热泪地说：“反动派把我逼上梁山，我要和你们做同生共死的同志和战友，不能留在党外当朋友，我恳请党组织批准我加入党的行列！”

陈枫爽快答应，指示胡习恒为高天骥的入党介绍人，办理入党手续。由于当时情况危急，不便举行入党宣誓仪式，直到1949年12月14日才补上。至此，高天骥由一名无党派人士变成了共产主义斗士。

龙城中学解散后，有些同志准备组织师生与反动当局抗争，但伪柳州警备司令部和宪兵十一团等部队迅速派军队强占了校舍，瓜分校产，让全校师生顿时流离失所。

地下党组织根据形势发展，迅速采取措施，把学校的一大批地下党员、爱青会会员和进步师生，送到各地农村加入游击队或转入城市地下工作。

遭到多次毁灭性破坏的中共柳州地下组织，就是在这样极端艰难的环境下坚持战斗，依靠一大批年轻的老师和学生，烧旺革命之火，一次又一次前赴后继，最终使共产主义的信仰之火越烧越旺。

第十四章

富家三少年的抉择

一

1949年9月21日至30日，灿烂的阳光照耀着北平，中国人民政治协商会议第一届全体会议在中南海怀仁堂隆重举行。而地处中国南疆的广西柳州，仍处在黎明前的黑暗之中。

此时的柳州，山雨欲来风满楼，尤其是刚刚被解散的龙城中学，许多进步师生上了特务的黑名单。从桂林等地调来的一些特务分子散布在龙城中学的周围，他们的枪口，时刻对准龙城中学的师生。

周民震和周民霖兄弟俩作为龙城中学学生自治会的领导人，也出现在特务的黑名单中，成为重点抓捕对象，继续读书已经是不可能的事了。这时，他俩的父亲周公谋这面大旗也不管用了，何况他不在柳州。

党组织早有计划，把一些已经暴露的地下党员、爱青会会员紧急转移到广西各地武装游击队，既可助力游击战斗，又可保存革命力量。周民震被转移到来宾县，被当地的党组织隐藏在一所小学里。当中国共产党领导的人民解放军取得节节胜利的消息传遍大江南北时，周民震不甘心在躲藏之中迎接全国解放，于是他又秘密潜回柳州，请求党组织将他派到柳北人民解放总队，参加游击战。当得知同是地下党员、龙城中学同学的潘瑞才已经转移到那里，成为一名拿枪的游击战士，周民震深受鼓舞。

这天夜晚，在周家三楼的大阳台上，周氏兄弟兴奋地拿着柳州地下党油印的《三年游击战争》小册子，兴致勃勃地讨论着去参加游击队的事情。

这本用钢板刻印、字迹又小的小册子，兄弟俩看了几遍。书中描写了共产党员方方在红军主力撤离了中央革命根据地后，带领少数红军战士与数倍甚至几十倍于己的敌人周旋于崇山峻岭之间，坚持了三年多的游击战争，击退了敌人几十次“围剿”，使闽西南的红旗始终不倒。作者方方就是这支队伍的领导人，他的亲身经历，让兄弟俩深深感动。当时，解放大军已进入湖南，逼近广西，即将与白崇禧的军队决战，广西的解放也指日可待。周民震与周民霖兄弟俩决心听从柳州地下党的安排，到农村拿起枪杆，为新中国的建立做最后的战斗。

第二天，柳州城工委领导人熊元清要约见这对小兄弟，并定下了联络暗号。

周家位于柳州青云街上的文惠小学附近，是独栋的小洋楼。为避人耳目，熊元清告诉兄弟俩：接头暗号就是让他们在大门边的墙壁上用粉笔写个“伍”字，这表示家里没有杂人，很安全；如果没写这个字，就说明有问题，改日再约。

这天晚上，周民震见家里无人，就悄悄地在门边写上这个暗语。

傍晚时分，熊元清装扮成周民震的老师路过周家，看到了门边的“伍”字后，大大方方地走进了大门，周民震赶紧迎了上去，然后他和熊元清、周民霖径直上三楼大阳台。

在大家坐好之后，熊元清警惕地问道：“家里的人呢？”

“都到朋友家吃饭、打麻将去了，晚点才回来。”周民震小声答道。

熊元清说：“好啊！但也要快说快走。”接着，他简单介绍了柳北游击区的状况，然后严肃地说：“白崇禧可能会死守广西，所以他派出了正规部队疯狂地‘围剿’我们的游击区，战斗将会很残酷，生活也会很艰苦。你们都经历了地下斗争的严酷锻炼，我相信你们会勇敢地迎接新的战斗，接受新的考验。”

周民震拿出《三年游击战争》小册子，说：“我们正在学习这本书，希望尽快接受新的战斗考验。”

熊元清小声地告诉兄弟俩到融县（今分为融水、融安两个县）和睦镇后与柳北总队武工队的联络暗号，以及到柳北总队后党员关系转移的联络暗号。他再三叮嘱，一定要记牢两个联络暗号，不能用笔记，只能记在心里，印在脑子里。

他最后说："你们的同学叶肇盈从香港回来后将与你们一同去，路上你们要相互关心，相互照应。"

熊元清，1940年参加广西抗日学生军时加入地下党，具有丰富的革命斗争经验。抗战胜利后，他潜入国民党柳江县政府，任合作社指导室主任，还担任过中共柳州县委书记。这些年来，他忍辱负重，在敌人心脏里指挥柳州地下党的斗争。现在，他眼前的两名年轻的革命战士，决心与在国民党当高官的父亲决裂，奔赴硝烟弥漫的游击战场，他感到十分欣慰，佩服这两个小兄弟的勇气。临别时，熊元清伸出手与两双稚嫩的小手紧紧地握在一起，既兴奋又激动地说："胜利之时，我们在柳州再相见!"

二

现在，再来认识一下叶肇盈这个从豪门走出来的女孩。

叶肇盈的父亲叶琪，新桂系早期的"四巨头"之一，先后担任军长、集团军参谋长，上将军衔。

1935年7月8日，叶琪骑着李宗仁的大黄马赶往第四集团军总部。半道上黄马受惊，叶琪被甩出好几米远，正面坠地，顷刻血流如注，随后被紧急送往医院，不久便在医院咽了气。

统领广西的二号人物白崇禧听到消息后失声痛哭，如失臂膀。李宗仁匆忙从广州赶回南宁，通告广西全省停止一切娱乐和宴会，下半旗志哀一天，可见叶琪在桂系军阀中的地位。

叶琪去世时，大女儿叶肇盔11岁，次女叶肇盈才2岁多，小女叶肇盅还在妻子腹中。叶琪去世后，国民政府从优抚恤家属，给了叶家一笔丰厚的抚恤金。叶肇盈自小便过着衣食无忧的富足生活。进入龙城中学读书后，学校的进步思想深深地影响着这个富家女孩，让她有了呼吸革命清新空气的机会。

叶肇盈积极参加龙城中学的各种进步活动，她逐渐认识到国民党政府的黑暗、腐朽与没落。她为一些国民党政府官员利用抗战大发国难财而感到非常气愤。她也为父亲为这样一个独裁的政党劳心丢命而深感不值。随后她加入了奔流社、爱青会，并逐渐排斥自己的家庭。

叶肇盈在家里偷偷看一些革命书籍，包括不少进步作家的作品，其中俄国屠格涅夫的一首诗，令她触动颇深，这首诗叫《门槛》：

"呵，你想跨进这门槛来做什么？你知道里面有什么东西在等着你？"

"我知道。"女郎这样回答。

"寒冷，饥饿，憎恨，嘲笑，轻视，侮辱，监狱，疾病，甚至于死亡。"

"我知道。"

…………

"不仅是你的敌人，而且你的亲戚，你的朋友都给你这些痛苦，这些打击。"

"是……便是他们给这些，我也要忍受。"

…………

有一天晚上，叶肇盈又一次小声地朗读这首诗后，在心底暗暗地说：我也要做一个跨过门槛的人。

这个思想进步、喜欢革命诗歌的女生，引起了地下党员丘行的关注。

发展叶琪的女儿入党，这个想法会让人觉得不切实际，毕竟叶琪是国民党桂系军阀高层人物之一。他虽已去世，但他的女儿却将国民党国防部部长白崇禧认作“世伯”，受到白崇禧的庇护。刚开始，丘行也认为困难很大，因为叶肇盈的思想虽然比较进步，但她的意志到底有多坚定尚未可知。

然而经过一段时间的观察，丘行发现叶肇盈是个心地善良、充满爱国热忱的好姑娘，是值得信赖的同志，他最终向上级党组织报告叶肇盈的情况，并秘密介绍叶肇盈入党。1949年1月，叶肇盈秘密宣誓，加入了中国共产党。

1949年广西解放前夕，白崇禧到柳州时，专程探望叶肇盈母女，动员其迁居香港。叶肇盈的母亲接受了白崇禧的建议和安排，因为她害怕女儿被共产党“赤化”和被特务抓去，尽管她费尽心思在香港为女儿准备好住所，安排好学校，但仍打消不了女儿参加革命的念头。龙城中学被强行解散两天后，叶肇盈来不及与组织联系，就被家人塞入轿车，在母亲的“押送”下来到机场，被迫登上军用飞机，直飞香港。

在去机场前，聪慧的叶肇盈想方设法托人带口信给周民震和周民霖兄弟俩，让他们给她几天时间，她会从香港回来，与他们一同奔赴游击区。起初周民震和周民霖并不相信，因为香港到柳州并没有固定航班，以为叶肇盈只是说说而已。然而，几天后，当叶肇盈出现在周氏兄弟面前时，周氏兄弟喜出望外，对这个女孩刮目相看。

原来，叶肇盈到香港后，每天如坐针毡，寝食难安。她从报纸上和广播中了解到解放军从湘西、桂东、粤北包围广西，即将发起解放广西战役的消息后，更是心急火燎，心里盘算如何才能逃离香港，飞回柳州，与龙城中学的老师和同学们投入解放柳州的战斗。

为达到目的，刚到香港时，她非常温顺，像所有富家小姐一样，经常外出购物。几天后，早已定居香港的哥哥，放松了对她的监视。有一天，她趁外出购物的机会，直奔香港启德机场，搭上飞往柳州的货运飞机。飞机穿云破雾，三个小时后在柳州着陆。她不敢回在柳州市中心的家，而是偷偷跑到周民震、周民霖家里安顿下来。

叶肇盈从香港偷偷飞回柳州的消息，很快传到了她母亲那里，她母亲和亲友们在柳州四处寻找，当然也找到了周民震、周民霖家里，但他们头一天深夜已护送叶肇盈到地下党员谢素云家里躲藏了。

周氏兄弟对叶肇盈说："到农村打游击，可不是闹着玩的，随时有可能掉脑瓜。你一个女孩子，不在香港当富家小姐，跑到穷乡僻壤当一个村姑，光是吃苦你就受不了，你可要想清楚哦。"

叶肇盈目光坚定、语气严肃地答道："不要小看我，我也能当女游击战士，也能拿枪射击敌人，我要为新中国的诞生做最后的战斗。"

或许，这就是龙城中学的学生从陈光、丘行等老师身上传承的精神信仰。

三

在周民震、周民霖与叶肇盈将要奔赴柳北游击区参加战斗的关键时刻，胡君品接连收到丈夫周公谋从广州寄来的信。信中，周公谋言之恳切，催促妻子尽快带上四个儿子一起迁居香港。

常年不在家的周公谋有所不知，周民震、周民霖已吸收了大量的革命思想，成长为热血的革命青年，他们对国家、民族的前途已有了自己的看法，尤其是龙城中学，为他们心中的革命种子，开辟了一片适合生长的优良沃土。

这天中午，周民震和周民霖一进家门便见母亲坐在桌旁独自垂泪，桌上摆着一封展开的信。兄弟俩瞬间明白了，远在广州的父亲又来信了，这是父亲近两个月来的第五封信，信上再次催促他们尽快从柳州乘火车到广州会合，一家人迁居香港，过上安定的生活。这是当时周公谋最大的愿望。

1949年初，周公谋随国民党中央政府从南京迁至广州。在辽沈会战、淮海战役中国民党军失利，让他预感到国民党政府已岌岌可危。暗地里，他和国民党政府的几个高官商量着如何出逃。周公谋决定去香港定居。

周公谋曾千叮咛万嘱咐不让孩子们参与政治，大儿子周民风长大了，由不得父母作主就算了，让他没想到的是，四儿子、五儿子好像也跟共产党扯上了关系。他原以为，作为大学应届毕业生的老二民云和老三民雷，当然会跟着他一起去香港；老四民震、老五民霖年龄太小，离不开父母，也会同意去香港念书。但事与愿违，当他得知儿子们都不愿随他去香港，他突然有一种行至尽头的悲凉感。

但作为父亲，此时他对孩子们仍抱有一丝幻想，遂再次发出第五封信给妻子。他在信中许下了很多诺言，民云、民雷到香港之后可以去美国留学，民震和民霖刚上高中，可到香港最好的教会中学读书。当时，"科学救国"的风气甚浓，周公谋以此为诱饵，以为会打动儿子们的心。然而，真正打动儿子们的心的，不是这个"诱饵"，而是母亲的眼泪。母亲胡君品由于说服不了四个儿子去香港，已经流了好几天的泪。

这天晚饭，胡君品多炒了几个菜。这一顿饭，成了一家人最后的团圆饭。饭桌上，胡君品又重复着几天前说的话，继续做儿子们的思想工作，她说："父母在战乱当中，好不容易把你们拉扯长大。你们长大了总不能恩将仇报，抛弃父母，让父母孤零零地流落在外吧？内地与香港是两种社会，今后怎么会有机会见面呢？这不是等于割断了与父母的关系吗?”

从上海回到柳州的大姐周素梅知道两个弟弟对国民党深恶痛绝，她在一旁游说道：“民震和民霖一起去香港，在香港读书，并不是跟国民党走嘛，为何非留在柳州不可呢?”

周民震说：“妈妈、大姐，国民党败局已定，你们能不能劝告爸爸弃暗投明，站到人民这边来呢？这也是一种团聚嘛。”

胡君品叹了口气，道：“你们的父亲与国民党的渊源实在太深了，我怎么能劝得动他啊!”

周民霖说：“那没有办法了，自古忠孝不能两全，我和民震哥是决心要走自己的道路的。”

周民震接过话茬说：“对，对，我们要走自己的道路。”

胡君品看到他俩心意已决，内心一阵刺痛，手一哆嗦，筷子夹的菜掉在了地上，她心头涌起一阵悲凉，接着又是一阵抽泣。

周民云、周民雷从小潜心读书，不涉足政治，对外面的世界充满好奇，他们一开始认为：到美国留学，有了知识不也可以回来为新中国服务吗？但两个地下党员弟弟早对他们做了思想工作，让他们阅读了毛主席的《中国革命和中国共产党》和《新民主主义论》，因此他们对未来新中国的前途充满了信心。现在，看到两个弟弟的抉择如此果断，他们打心底感到佩服。他们心想：中国的社会正处于大变动时期，一个家庭走两条道路不也是常有的吗？大哥不是也带头了吗？从内心说，他们还是想留在内地。然则此时母亲的眼泪让他们动摇了，但在饭桌上他俩谁都不愿先表明态度，只是好言好语地安慰和劝说母亲。

周民震和周民霖此刻仍然铁了心要到大苗山当游击战士，绝不去香港做纨绔子弟，但看见母亲过度悲伤，不免也有点儿心酸。他们觉得世界上最伟大的莫过于母爱，但遇到了家与国的矛盾，应该怎样抉择呢?

作为一个革命者，当然是选择与家庭决裂。这在周家已经不是第一次了，大哥周民风走的正是这样的道路。不过，此刻周民震、周民霖不愿做过多解释和劝导，只是闷头吃饭，尽量缓和气氛。

当天晚上，大姐周素梅和两个弟弟做了一次深谈，她说："你们现在才十六七岁，你们不去香港，以后谁来养你们？而你们到了香港，读完大学以后，还可以回来为国家建设服务。现在你们为什么这么犟？"

周民震和周民霖你看我、我看你，一时不知怎么回答大姐的质问。过了片刻，周民震冷静地答道："新中国建立后，资产阶级和地主阶级都要消灭，人人都要做一个自食其力者，要做个无产者，我们又愁什么呢？"

周民霖接着说："新中国成立以后，父母在柳州和鹿寨的所有家产，我们会通通交给国家，我们一点也不会要。我们觉得做一个无产者是很光荣的，我们是国家的主人。"

周民震激动地说："大哥留下了一本书叫《共产党宣言》，书中最后一句话是'全世界无产者，联合起来'，这就是时代的号角！"

周素梅一脸无奈，对这两个弟弟的选择难以理解。她扭头看了看窗外半圆的月亮，伤心地走出了房间。

这一夜，悲凉的气氛笼罩着柳江河畔的这栋小洋楼。但这一夜所有的谈话内容都已刻印在每一个人的脑海中。

天快亮时，这个家庭的去路有了分晓，众人决定：父亲、母亲和大姐一家去香港生活；二哥和三哥留在柳州迎接新中国的诞生；周民震与周民霖走自己的道路，要去为新中国的诞生做最后的战斗。

黎明时分，周家人各奔前程。周民震和周民霖知道，今晨一跨出家门槛，就意味着他们踏上新的人生起点！

第十五章

跨过敌人封锁线

一

天刚蒙蒙亮，周民震的母亲和大姐仍在睡梦中，街上昏暗的电灯发出微弱的光线，让尚在沉睡中的城市显得更加破旧和衰败。这一切，都象征着国民党政权已经到风烛残年了。

周民震、周民霖和叶肇盈早早起床，拿着简单的行李和前一天买的几个面包悄悄走出了家门，直奔柳江上的码头。

三个革命青年心里燃烧着一团烈火，一心想早日奔赴硝烟滚滚的战场。让他们今天特别高兴的是叶肇盈从香港给游击队带了礼物——几份最新的《大公报》《华商报》。报纸头版刊载了北平正在召开中国人民政治协商会议的消息，毛泽东在开幕词中宣布“占人类总数四分之一的中国人从此站立起来了”，会议通过了《中国人民政治协商会议共同纲领》，定于10月1日在天安门举行开国大典，宣告中华人民共和国诞生！这个震天撼地的消息，对尚处于黑夜的人们来说，犹如冉冉升起的太阳。

他们希望尽快把这些报纸带到游击区，让正在山林中苦战的游击队员们欢呼庆祝。这也成了他们此行的一项重要的政治任务。

他们来到码头，被雾气笼罩的柳江早已迎来了新的一天，渔民们开始整理渔网，妇人们在码头洗衣，棒槌声在柳江两岸回响。他们登上了一艘小客轮，迎面拂来的是甜润的晨风。站在轮船的甲板上，面对滔滔东流的柳江，他们心潮澎湃、热血沸腾。活泼的叶肇盈轻声哼唱起苏联的革命歌曲——

同志们向太阳向自由，
向着那光明的路。
你看那黑暗已消灭，
万丈光芒在前头！

周民霖也跟着哼唱了起来，这首歌他只唱过一遍就记住了。

周民震也十分兴奋，想着这一走，不知何时才能见到母亲，他有感而发，轻声地唱了苏联的《共青团员之歌》：

再见了，亲爱的故乡，
胜利的星会照耀着我们！
再见吧，妈妈，
别难过，莫悲伤，
祝福我们一路平安吧！

小客轮逆水而上，螺旋桨激起水声，客轮慢慢驶离了灰暗破落的市区，进入融县航道。这时，两岸倒显出一些山水田园的生气。一轮硕大的太阳正好挂在不远处的山峦上，在江面上洒了一层金光。

年岁稍长的周民震知道此行的重要意义和艰难，他没法像弟弟和叶肇盈那样轻松畅快，也无暇欣赏沿途的秀美风光。他一心想着，如何顺利穿越敌人的封锁线，将这几份进步报纸送达柳北总队。前面的路，仍有很多艰难和危险。

同时，周民震又想到：虽然昨天让二哥民云转告母亲，说柳州龙城中学被解散，特务正在抓人，因而他与民霖不得不暂时到同学家躲避。但母亲会相信吗？国民党报纸天天宣传，在哪儿哪儿又“围剿”了共产党游击队，打死打伤了多少游击队员，母亲不是很害怕兄弟俩参加游击队吗？想到这里，民震心里不由得涌起一股思念和对不起母亲的愁绪。但一想到自己很快就要成为一名扛枪的战士，他又立刻振奋起来，那刚涌上来的惆怅很快消失了。他们明天就到游击区了，可以高唱《国际歌》，高呼共产党万岁了，还可以举枪向敌人射击了。嘿，那多么痛快，多么神气啊！

周民震正在想着心事，突然轮船停船靠岸了，要接受检查。

“刚才上船时不是已被检查过了，怎么又要检查？”一个鼻音浓重的男声在船舱里响起。

周民震心里咯噔了一下，他们此行除了简单的行李外，还带了许多药品，药品是游击队急需的，组织上交代能多带就尽量多带一些，还有那几份报纸，千万不要出差错啊。

上船检查的是一个国民党水上警察和保安队的一个士兵。他们在搜查周民震的行李时，看到一大包药品，警惕地盘问这是用来干什么的。幸亏同船的一个大嫂抢着说药是她买的，乡长托她买给自卫队的。警察信以为真，不再纠缠。那几份报纸被叶肇盈捆在身上，躲过了一关。警察走后，他们激动得连声感谢大嫂。大嫂微笑着说：“这年头出门要互相照顾，小心被‘狗’咬啊。”

小客轮驶出了柳江，进入融江水域后，又被国民党保安队拦截，靠岸接受检查。这一回，国民党兵要一个个地搜身了。周民震和周民霖被搜完后，眼看就要搜到叶肇盈时，他们紧张万分，一时不知如何是好。

好在大嫂聪慧，挺身而出，厉声抗议道：“你们想干什么？你们是保安队的吗？”

叶肇盈也急中生智，随即“哎哟，哎哟”喊了起来，双手捂着肚子喊肚子痛，说要上厕所。大嫂急忙扶她到后舱，那个士兵厚着脸皮守在厕所外面。叶肇盈出来后，他坚持要搜身，大嫂用眼神示意叶肇盈，并翻了翻上衣口袋。叶肇盈会意，急忙掏出两块银圆递给士兵，士兵这才不再纠缠。

待保安队的士兵们下船后，周民震握紧的拳头才慢慢松开。他着急地问叶肇盈：“报纸呢，不会丢了吧？”

叶肇盈笑嘻嘻地说：“给了两块银圆打发饿‘狗’。我宁愿丢了性命，也不会丢报纸的，放心啰。”

一场危机总算化解过去了。

沿河经过的大村小寨，不见什么烟火。山边的小路，河岸的码头，难见一个人影。白色恐怖下的桂西北，陷入死一般的静寂。这是解放战争的第三个年头，全国的形势很好，经辽沈、淮海、平津三大战役，国民党的主要军事力量基本上被摧毁。然而，国民党仍控制着全国半壁江山，而广西正处在反动当局变本加厉地施行白色恐怖的严酷局面。

小客轮到达融县和睦码头时，已经是晚上9点了，柳北总队武工队派潘瑞才、郑学翔上船接头，刚一见面，双方都感到惊异：不都是龙城中学的同学、战友吗？潘瑞才比周民震大两岁，到底老练些，他用眼神示意大家不要声张，随后拉起周民震的手下了船，悄声对上了联络暗号。他告诉周民震三人，游击区四面都有敌人的重兵包围，和睦镇在包围圈边缘，敌人检查得很严，这么晚了就不要上岸，留在船上安全些。周民震等人听后点头表示一切听从武工队安排。

于是，三人就在船上凑合住了一夜。这一夜除了偶尔有鱼儿跃出水面的响声，倒是异常安静。周民震毫无睡意，他背靠船舱，思考接下来面临的一些问题。他转头看到身旁的弟弟民霖睡得香甜，而对面的叶肇盈，月光洒在她那张白皙娇嫩的脸上，她脸上泛出微微光晕，散发着一种灵气、圣洁。他心想：一个大家闺秀、豪门千金，如今也被吸引到游击队中来，我们的共产党真是太了不起了。他这样胡乱想着，竟也慢慢睡着了。

二

天亮了，一缕晨光照进了船舱。周民震醒来后，赶紧叫醒周民霖和叶肇盈。三人下了船，看见潘瑞才和郑学翔早已在河边等候，他们一同在镇上吃了米粉，又买了几个糯米粑粑就上路了。他们走在一条越走越窄、高低不平的山路上，绕着山梁行进，好不容易翻过了一座山，但前面的山更高，有时还走到了断头路，不得不又回头绕另一条路走。

周民霖感叹道："这辈子还没有走过这么难走的山路，不过，这对我们这些新战士也是一个锻炼呀！"

潘瑞才解释说："这段时日，敌人对游击区进行了多次'围剿'，去游击区的通道被封锁得很严密，要想进入，必须绕小道走山路才行，但也会随时遇到敌人盘查。"

三个年轻人听了没有丝毫惧怕，反而兴奋起来，觉得吃点苦很值得，有点惊险才过瘾呢。

老成持重的潘瑞才一脸严肃地说："敌人正疯狂抓共产党员，抓住就杀头，你们还讲过瘾，就算视死如归，你们不是还身负传递新中国诞生的重大喜讯的任务吗？"

"对，还是小心点，一路上我们都听你的。"周民震应承道。

为了躲避敌人的盘查，三个刚从龙城中学走出来的年轻革命者，在潘瑞才、郑学翔的带领下，冒着风险翻山越岭、涉水过河，沿着一条隐蔽的山路向游击区行进。

叶肇盈是第一次到乡野山谷，看见路边的各色野花大为欣喜，摘了一朵又一朵，看见蝴蝶更为开心，捉了几只玩玩。一路上她跑跑跳跳，把秀发甩来甩去，也把笑声洒向山谷。周民霖对植物标本感兴趣，摘了不少奇形怪状的树叶放在口袋里，说回去要夹在书页里做标本。几个年轻人就像刚刚获得自由和新生，感到酣畅淋漓，怪话、俏皮话、调侃话一茬一茬地冒出来。

潘瑞才说："你们这样边玩边走挺好的，遇到敌人可以打掩护了。"

中午时分，大家吃了一些干粮，又继续赶路。潘瑞才说："快到封锁线了，这一带常有国民党乡警巡逻，大家脚步轻些，不许讲话。"于是，大家立刻紧张起来。

太阳西斜时，五人进入一个山坳口。有人在这儿搭草棚卖粥、红薯和玉米棒。此时，草棚里坐着两个穿黑色制服的人，一个瘦高，一个稍胖，他们在喝着粥，啃着玉米棒。潘瑞才紧张地说道："糟了，是两个乡警。"

周民震说："往回走吧！"

潘瑞才赶忙制止："不行，往回走，那就是此地无银三百两了。"于是，他们只好硬着头皮走过去。这时，周民震、周民霖和叶肇盈的脸色立即青了起来，只有潘瑞才、郑学翔泰然自若，他俩是本地人。

五人还没走到粥棚，两个乡警把枪一端，吼道："什么人？"

潘瑞才操起当地土话答道："亏你们还是堂堂乡警，连学生哥、学生妹都认不出来了？"

稍胖的乡警警惕地盯着周民震和周民霖，厉声说道："学生哥？共产党里好多都是学生哥。"

潘瑞才故意哈哈大笑起来，说："你看手上拿着野花的那位小姐，长得白白嫩嫩的，她要是共产党，那你们这碗饭就好吃了。"

"你是本地人？"

“我是小长安镇潘家的大儿子。”

瘦高的乡警把枪放下，笑着说：“哦，潘家，你们家开苏杭铺的，这我知道。”

潘瑞才说：“到底是乡警，够眼力，今天我接三个同学到我家做客呢。”

稍胖的乡警也把枪放下，说：“如今乱世还有心思做客？”

周民震说：“就是乱世才来乡下避难嘛。”

周民霖忍不住说：“听说解放军已经打到湖南了。”

“不怕，上头说了，共产党再厉害也搞不过李宗仁、白崇禧、黄绍竑，连老蒋都怕桂系呢。共产党进不了广西的。”

卖粥老头说：“莫吹了，当年李宗仁、白崇禧、黄绍竑也说日本鬼子进不了广西，话没落音，日本人就杀进来了，李宗仁、白崇禧、黄绍竑与国民政府跑得比兔子还快。后来，听说还是共产党的八路军和新四军与日本鬼子打仗呢！”

“你怎么替共产党宣传啊？”乡警责备道。

卖粥老头说：“你我都是本地人，眼见耳闻，还用什么宣传呢？”

稍胖的乡警说：“我们乡长讲了，共产党也是长不了，就和当年日本军一样。”

周民霖忍不住了，反驳道：“长不了？过几天共产党在北平就要宣告成立中华人民共和国了。”

瘦高的乡警大吃一惊，一把抓住周民霖，问：“你怎么知道？”周民霖愣住了，几个年轻人面面相觑，不由得紧张起来。

稍胖的乡警道：“我看有鬼！你们到底是什么人？”

瘦高的乡警把枪一举，说：“你们跟我到乡公所走一趟！”

周民震灵机一动，笑着说：“成立中华人民共和国的消息全柳州都知道了，你们还蒙在鼓里。叶肇盈，把香港的报纸拿给他们看。”

叶肇盈把包里的报纸拿给他们。两个乡警看了后大惊失色，一边看报一边嘀咕："噫，看来真是要改朝换代了。"

两个乡警看了一阵，似乎才记起自己的身份和职责，抬起头来厉声问道："这香港报纸你们是从哪里得来的？"

潘瑞才指着叶肇盈说："你们晓得她是谁吗？她是叶琪参谋长的女公子！她管白崇禧叫'白叔叔'，刚从香港坐飞机回来，你们看，要不要让她跟她白叔叔通报一声？"

两个乡警吓得睁大了眼睛。卖粥老头抬头望着远处的太阳，悠悠地说："我看是真要改朝换代了。你们还是积点德吧，不要为难这些学生哥、学生妹啦！"

两个乡警相互看看，说："管你是不是学生，反正我们没有看见就是了。"两人说完就走了。

卖粥老头看着转身离去的两个乡警，故意喊道："哎，你们还没给钱呐！"

叶肇盈说："两位大哥的粥钱我们帮付了。"

周民霖伸了伸舌头，说："好险呀！"

潘瑞才神情凝重地说："以后说话可要小心点。"

"这下我们有了通行证还怕什么？"周民霖说。

"什么通行证？"大家一脸疑惑地问。

周民霖举起报纸，说："哈哈，中华人民共和国就要成立了，谁不敬畏三分？"

一个惊险的小插曲总算落下了帷幕，他们又加快速度赶路。当夕阳的红光从山峦渐渐隐退时，他们来到山谷中的一个村庄，这个村庄周围是用石头砌成的围墙，墙上有许多枪眼，还有个石门，村口有两个拿着长枪的游击队员，神态严肃，警惕地望着周围。透过大门，远远看到村边有个晒谷坪，有一队游击战士正在操练，不远处的小屋里传出了“解放区的天是晴朗的天……”的歌声。周民震、周民霖、叶肇盈高兴得跳起来说：“到解放区啦!”郑学翔马上制止他们，说：“你们别急，等我和站岗的战士通报一声。”然后他往前走了几步，用本地土话讲了几句，两位年轻的战士微笑着频频点头。郑学翔连忙转身向周民震等人招手，于是他们连跑带跳地进了村。

后来他们才知道，这就是柳北总队司令部的所在地——融县永乐乡西寨村。这个村距离融县县城融乐镇仅13公里，敌人几次“围剿”均以失败告终，因而此地被称为革命钢铁堡垒。柳北总队司令员兼政委莫矜的家乡就在西寨村，他20岁就参加地下党，后来担任中共融县工委（1949年秋改为柳北工委）书记，成了国民党当局通缉的共产党要犯。他一直在柳北农村做地下工作，出生入死，在柳北人民心中有极高的威信。

西寨村从表面来看，似乎没有什么严密的军事布防，但它周围的村庄和山坳布满了岗哨，村庄里的农民都是游击队员。

周民震一行人来到一户农家，户主是柳北总队司令员莫矜亲自发展的第一批游击队员之一，叫竺自照。

这时，天已黑下来，女主人竺嫂热情地端上了热气腾腾的米饭、白切猪肉和素炒干笋丝，他们便狼吞虎咽地吃了起来。

竺嫂30来岁，穿着剪裁合体的粗布衣服，秀丽的脸庞上有几丝皱纹，明亮的眸子透出一股灵气。看着三个学生在狼吞虎咽，她笑吟吟地问：“你们小小年纪就出来打游击，不怕危险?”

三个年轻人只顾吃饭，来不及回答，竺嫂又抛出疑问：“从城市到乡村，很辛苦的哦，你们的爸妈晓没晓得呀?”

叶肇盈直眨巴着眼睛，语气轻松地说：“我们父母都支持我们来打游击……”

周民霖的两只眼睛咕噜转，接过话说：“对，对，我们的父母都支持的。”

周民震不作声，闷头扒拉着碗里的饭。

吃完饭后，一个中年人来和他们接头。这人黑黑的脸上架着一副深度近视镜，像个教授，但却背着一支盒子枪。刚见面时，这个中年人神情严肃，但听了潘瑞才介绍他们在穿越封锁线时遇到乡警纠缠，三个新同志巧妙应对才得以化险为夷后，他不由得笑起来，并立即与周民震、周民霖、肇盈热情握手。

他说：“欢迎啊，同志！前几天中共广西省农委已经通知我们，想不到你们那么年轻，在敌人面前却表现得那么勇敢机智。”这些肯定的话语，像一股暖流涌入周民震等人的心田。原来，他就是柳北总队第一大队大队长覃宗义。

叶肇盈立即把香港报纸交给他，说：“过几天就是中华人民共和国成立的大庆之日了。”

覃宗义打开报纸看了看，兴奋地说：“前些日子，司令部已从收音机里听到我们党正在北平召开政协会议，但这份香港报纸所说的消息才是你们带来的独家头号新闻。”

覃宗义说完立即带他们到大队部去，一边走一边告诉他们，目前，敌人在南区和西区正集中众多兵力对共产党进行大规模围攻，第四次反“围剿”的战斗一触即发。

当天晚上，覃宗义就给这三个小年轻介绍了游击区的相关情况。他严肃地说：“游击队员来自四面八方，都是一个战壕的战友，生死与共，亲如手足，但敌我斗争很复杂，组织关系还不能公开。如果你们是党员，不能暴露身份，等广西省农委转来你们的组织关系后，游击队的负责人会与你们对接联络暗号，指定单线联系人。”

他又叮嘱说：“到了游击队都用假名或叫代号，不能暴露自己的真实姓名和个人经历及家庭情况。”当晚，他还给他们三人取了假名。其中，周民震叫周正，周民霖叫周林。

这三名年轻革命者怀着激动的心情在游击区休整一晚后，迎来了黎明。一大早，当叶肇盈伸着懒腰走到院子里，看到游击区的战士们生龙活虎地在操练，她为自己带来的报纸鼓舞了战士们的斗志而备感高兴。

三

农历八月十五是中秋节，那天晚上月光格外皎洁，游击队员们难得地享用了一顿有六菜一汤的晚饭。饭后，游击队员们举行了庆祝中华人民共和国成立的文艺晚会，司令员兼政委莫矜作了感人的讲话。莫矜身材不算高大，但坚毅的脸庞上有两道浓浓的剑眉、一双炯炯有神的眼睛，让人觉得威武雄壮、英气逼人，展示出一种精明强悍而又富有智慧的气质和风采。周民震、周民霖、叶肇盈早就在国民党的报纸上了解了他的传奇故事，如今又聆听到他的讲话，心中更是钦佩不已。

晚会演到一半，司令员兼政委莫矜、副政委谢之雄突然匆匆离开会场，接着，独立中队和十一中队全体战士紧急集合，迅速向黑黝黝的山坳急奔而去。随后，轻机关枪的“哒哒哒”声和迫击炮的“砰砰砰”声响彻云霄，曳光弹在夜空中划出了一条条弧线。政治部主任林润葱在会上宣布，发现了敌情，国民党第五十六军与保安团进犯根据地，第四次反“围剿”战斗打响，游击战士要在战斗中迎接新中国的诞生。

周民震、周民霖和叶肇盈急忙回到了竺嫂家，这时，覃宗义带来一位叫莫可量的同志与他们见面。覃宗义说，柳北总队司令部副政委谢之雄决定，周民震、周民霖今后由四大队政委莫可量领导，去开辟新的游击区，具体工作由莫可量负责安排，叶肇盈到一大队妇女工作队工作。覃宗义说完就迅速离去，上了前线。

接着，一大队妇女工作队队长龙凌来接叶肇盈，两人匆匆离去。莫可量坐下来，说道：“现在柳北总队的武装斗争发展得很快，已在6个县插上了红旗，但是，以融县永乐乡为中心的游击区仍与别的游击区相隔，柳北总队司令部决定，要尽快开辟香粉苗山游击区，打通河西通道，做到以元宝山为依托，攻守自如，进退有回旋余地。”接着他又说：“明天一早我们就去香粉，民震去新成立的十二中队任政治指导员，民霖在香粉武工队任文化教员。”

周民震听后点头，表示同意。但周民霖不是很高兴，他急忙说：“我们从城市下来，目的就是能拿起枪杆与敌人打仗，现在却让我去武工队上课、教唱歌怎么行呢？”

莫可量笑了起来，搂住周民霖瘦小的肩膀，亲切地说：“周林同志，你理解错了，香粉地区有国民党残余，还有土匪、恶霸，斗争极其复杂，怎么会没有仗打呢？武工队是武装工作队，也会配枪，也要战斗的哦！”他接着又说：“周林同志，香粉武工队刚建立不久，队长叫谢贤，政治服务员是施伟孙，加上你，三人组成武工队领导核心。你要带领一部分武工队员去发动组织群众，开展反‘三征’（征兵、征粮、征税）斗争，你要独当一面，任务可重啦！”

周民霖听了这一席话，脸色由阴转晴，带有歉意地说：“农村工作我没有做过，请政委多多帮助。”

莫可量爽快地说：“开辟河西通道非常重要，谢贤和你的工作都由我直接领导。”

莫可量1938年参加革命，是融县人，一直在柳北地区战斗，抗战时期曾在当地领导抗日挺进队与日军拼杀，有丰富的斗争经验。

拂晓时分，周民震和周民霖跟随着莫可量和司令部的文工队及部分机关人员，走上了弯弯曲曲的羊肠小道，向香粉苗山地区挺进，远处不时传来反“围剿”的机枪声和手榴弹的爆炸声，好似在欢送兄弟俩去开辟新的战场。

第十六章

参加游击战争

一

周民震、周民霖和叶肇盈奔赴柳北游击区后，分散在三个不同的队伍，参与到新的战斗中。此时，在中共广西省农委的领导下，广西各地的农村游击战争已全面打响。自解放战争全面爆发以来，国民党桂系当局为巩固统治地位，在城市大搞白色恐怖，并加大对农村地区革命力量的“围剿”，几乎每天都能从报纸上看到国民党屠杀共产党的消息。但在敌强我弱、缺枪少粮的情况下，地下党组织仍然坚持在广西各个地区秘密活动，不断开辟新的游击根据地。

柳北总队是中共柳北地区工委直接领导的地方武装，共有6个大队，队员2000余人，民兵2500余人，活跃在融县、柳城、罗城、三江、中渡（今属鹿寨县）、永福等6个县。队员都是百里挑一，年轻力壮，各有绝技。他们杀特务，除恶霸，破粮仓，收缴乡公所枪支，摧毁乡村白色政权，破坏敌人水陆交通。

能加入这样一支队伍，周民震心情好极了。他虽然年轻，只有17岁，但文化水平和能力素质出众，很快成为游击队里的骨干。周民震刚到游击区时就被党组织派往香粉苗山地区担任十二中队政治指导员。那时他的党员关系已从广西省农委转到柳北工委，大队政委莫可量与他接上了关系，并单线联系。十二中队队长路聪，是一名长期活动在柳北地区的老共产党员，他个头敦实，皮肤黝黑。见面时，他斜看了周民震一眼，对这个稚气未脱的中学生满不在乎，语气淡漠地问：“是莫大哥派你来的？”

“莫大哥”是战士们对柳北总队司令员兼政委莫矜的亲切称呼。

见到路聪，周民震将腰板挺直，大声说道：“报告路队长，从今天起，莫大哥把这支队伍交给你和我了。”

路聪见周民震如此镇定，便拍了拍他的肩，笑着说：“好，我们一起战斗，直至革命胜利。”

第二天，周民震给游击队员上完政治课后，正教大家唱《国际歌》时，路聪提着一支长枪过来，说：“喏，这是你的枪。”

周民震喜出望外。要知道，在柳州从事地下党工作，组织学生运动时，面对凶狠的宪兵特务，老师和同学们都是赤手空拳，每个人都盼望能有一支枪。尤其是被特务列入黑名单后，随时会有被逮捕的危险，如果有一支枪，那就是把命根子握在手上了。

周民震高兴地接过枪，仔细地看着这个“小伙伴”，发现枪杆上刻有“民国七年广东造”字样。这时，站在一旁的战士小韦走过来，将头凑到周民震的面前，指着枪杆说，这叫“单筒”，就是放一颗子弹只打一枪，而且射程不远，是样式十分老旧的枪。

小韦为周民震打抱不平，觉得周民震作为政治指导员，应该配支更先进的枪。于是，他没好气地问路聪：“路队长，还有好一点的枪吗？应该拿一支像样的给指导员。”

路聪冷冷地说：“要想扛好枪啊，到战场上去要，谁缴得好枪谁扛。”

周民震并不在乎这支枪是老旧还是先进，他觉得是枪就行了，有总比没有好。

按组织安排，新加入游击队的战士，都要经过基础训练。训练内容主要有射击、投弹、刺杀，每天训练4个小时，新战士们都训练得汗流浃背，浑身酸臭，但他们都没有一丝抱怨。

在射击训练时，小韦教周民震学会了三点一线瞄准。队长来检查时发现周民震的瞄射技术非常好，不由得含笑点头。不久，在进行实弹射击训练时，周民震的那支老“单筒”给他长了脸，他连续打了5枪，中了38环，成绩还不错。路聪欣喜地握紧周民震的手，说：“看来你不光会上政治课啊。”

周民震受到鼓舞，谦虚地说：“还要继续练，继续练。”

没过一个月，周民震接到一个任务，要他和路聪率领游击中队到融县县城周围与敌人周旋，为解放军攻打县城扫清障碍。他们紧急行军了一天，潜入县城周围，择机作战。

这天，游击队行进到小榕村外时，突然与出城抢粮的敌人遭遇。很快，路聪命令队伍散开，各自占据有利地形。周民震见不远处有座土坟，跑了过去，以土坟作掩体，向百米之外的敌人射击。他手持“单筒”，打一枪上一发子弹，动作越来越熟练。敌我相持不久，路聪当机立断，指挥队里的机枪手用唯一的一挺捷克式机关枪向敌人猛扫。密集的子弹打得敌人惊慌失措，对方不知道我军战斗力到底有多强，胡乱开几枪后立即逃遁，退缩到县城里去了。

战斗结束后，路聪组织召开了战评会。会上，战士们都说这个遭遇战打得不畅快，让敌人逃跑了。

周民震说了自己的想法：“把敌人打跑，也是政治上的胜利，往后敌人就不敢出来糟蹋百姓了。”

大家都觉得周民震分析得对，并向他投来了肯定和赞许的目光。

路聪听到周民震的话，马上掏出一支锃亮的步骑枪，走到周民震的面前，拍了拍周民震的肩膀，说：“那支‘单筒’的确不好使。这里有一支日本最新的四四式步骑枪，还安有折叠三棱刺刀，很新颖、轻便，是这次战利品中唯一的武器。”

战士们都围过来抚摸这支枪，羡慕和赞叹之声响起。路聪突然说道：“大家说，这支枪归谁使用？”

大家异口同声地回答："当然是队长你啰!""是队长指挥得好才缴到的。"

路聪说："谢谢大家对我的信任，但我有个建议，这支枪给指导员使用，作为他第一次打仗的纪念品，大家的意见如何?"

"赞成!"大伙一齐鼓掌。

路聪忙高声说："周指导员，来领枪吧!"

周民震心里涌起一股热流，他挺直腰板，端端正正地向路聪队长行了个军礼，走去接过枪，抱在怀里，贴在心上，眼睛渐渐湿润，然后涌出两汪晶莹的泪水。

二

1949年10月，柳北总队已取得了第四次反"围剿"的胜利，正在乘胜进行外线作战：西线10月20日解放罗城的龙岸，28日解放黄金、寺门；南线11月9日再度解放柳城，12日在柳城大埔南村坳攻破敌柳城民团300人的防线，活捉国民党柳城县自卫总队副总队长甘达霖。

这时的国民党融县县政府驻地融县县城已经垂手可得，柳北总队决定对融县县城实施农村包围城市的战略，逐步缩小包围圈。

1949年10月底至11月初，柳北总队第四大队政委莫可量指挥的第十二中队队员和部分武工队员，活动在距融县县城仅数公里的沟滩、长赖、上村坡、古选、高岭头一带，不断袭击敌人，使敌人龟缩在县城不敢出城。

有一天，莫可量找到路聪和周民震，说："现在形势很好，你们中队既是战斗队又是武工队，你们要派人配合武工队到县城周围砍倒电线杆，破坏公路和桥梁，斩断敌人的通信联络和交通运输。同时还要清除乡村里的特务、土匪和恶霸，组建地下农会和地下民兵组织。”

路聪和周民震按照这个布置马上派人在落九、拉利一带配合武工队，砍倒贝江河口的10多条电线杆，破坏国民党融县县政府与长安第十五专署通信联络，令伪县长黄鸥琨大惊失色，惶恐不安。

同时，十二中队还协助县城内的地下工作者，在街道散发柳北总队司令部制作的《告同胞书》《警告伪军政头目书》等传单，敌人顿时如惊弓之鸟，惶惶不可终日。莫可量和十二中队还策动了国民党融县自卫队队长李仲福等25人起义，为此，李仲福还发表了《为脱离反动派告民众书》。

三

四大队十二中队队员路安彝、粟神护原来都是融县县城近郊古鼎村的农民，与近郊新安、云际、麻洞一带的群众较熟，所以路聪和周民震派他们俩到这个敌占区组建地下农会和地下民兵组织，迎接县城解放。11月15日中午，他俩由驻地长赖村出发，走到古选和麻洞村附近时，突然与敌自卫队遭遇，他们随身携带的柳北总队制作的革命歌曲传单和胜利捷报传单已来不及销毁，就迅速将这些资料放在路边的刺蓬里，然后跳进刺蓬里躲藏，但仍被敌自卫队李德纯部捕捉。

第二天上午9时许，国民党融县政府政工室主任雷升汉将路安彝和粟神护押进县政工室审讯逼供。

“你们带这些（指革命歌曲传单、胜利捷报传单）是做什么的？”雷升汉问路安彝。

路安彝直言不讳：“我是柳北游击队员，是出来宣传革命的。”

“你们有多少人出来宣传？是怎么活动的？”

“就是我们两个人，其他不知道。”

听到这一回答，雷升汉发怒了，拍着案台道：“到底知道不知道？”

“不知道！”路安彝拒绝回答。

雷升汉大发雷霆，吼叫道：“你们有多少人？把名单列出来，你们跟‘共匪’走是死路一条。”

路安彝斩钉截铁地反击：“共产党闹革命是为人民，你们国民党反动派欺压老百姓才是匪，你们只有死路一条。”

敌人见威胁辱骂不能动摇路安彝的坚强意志，就动用酷刑，但路安彝始终没有屈服。

雷升汉没办法，声嘶力竭地喊道：“你讲不讲？不讲我就枪毙你。”

路安彝横眉冷对地回答：“杀了我一个，杀不尽千万个柳北人民，你们的日子不会长了！”

不管敌人如何使用酷刑，路安彝都没有泄露半点秘密。

路安彝的钢铁意志和宁死不屈的精神，深深地感动和鼓舞了粟神护。在敌人的刑堂上，粟神护也咬紧牙关，没有泄露任何秘密。

11月17日下午3点钟，国民党县府的警兵将路安彝、粟神护从监狱押至县府摆设的公堂前，宣布两人所谓的“罪状”后就将两人押至刑场。路安彝和粟神护面不改色，昂首阔步。当走出县府衙门时，他们高呼：“共产党万岁！”“毛主席万岁！”“打倒蒋介石，解放全中国！”他们喊的革命口号，惊动了街坊，吸引了许多赶圩的群众，惊恐的敌人无可奈何地给他们上了用铁丝缠绕而成的口闸，不让他们再喊口号。

走近解放桥时，路安彝挣脱口闸，立即又呼喊口号，敌人不得不重新给他上了口闸。快到蔡邕桥时，他再一次拼力挣脱口闸，边走边喊：“我们古鼎村的同志放心，革命不要怕死，我们什么也没有告诉敌人！”

他们临死前还在誓死保卫革命利益的大无畏精神，深深地感动了广大群众，他们流着泪送别英雄。就这样，20岁的路安彝和21岁的粟神护为了新中国，献出了宝贵的生命，他们牺牲时距融县县城解放仅4天。

当天晚上，乡亲们趁着夜色，偷偷把两位烈士的遗体抬回古鼎村安葬。驻在上村坡的十二中队知道此事后，义愤填膺，要求提前攻打县城，为两位烈士报仇，但柳北总队司令部没有同意。于是，路聪和周民震决定带领十二中队部分战士去古鼎村祭奠烈士，以告慰烈士英灵。因古鼎村离县城的敌人太近，他们必须在夜间秘密前往。

那晚，路聪和周民震带领20多名战士，胸戴白色纸花，秘密潜入古鼎村，与农会会员、英烈家属一起祭奠烈士。路聪念悼词，在场所有人垂臂静默，家属们伏跪在地，哭声不断。周民震安抚家属后，号召大家低声宣誓，以实际行动报仇雪恨，迎接解放军，解放全中国！

因没有鞭炮，有人提议鸣枪，以示决心报仇，鼓舞士气。路聪同意到距古鼎村几里外的空地鸣枪。二十几支枪对着天空同时连放三枪，枪声撕破漆黑的夜空，震天撼地。战友们洒下了悲愤的眼泪，将拳头握得紧紧的，发誓要为战友报仇。县城里的敌人听闻枪声，霎时慌作一团，不知发生了什么事，想要出兵镇压，又怕游击队在半路伏击，只能龟缩在县城。

第十七章

苗山红旗扬

一

经历敌人几次残酷的“围剿”，莫矜司令员对永乐游击区的巩固和发展有了深远的考虑。永乐地区距融县县城较近，又是半山半平原地带，因此必须建立一个能够进退回旋的战略腹地，才能使永乐游击区红旗不倒。融县香粉苗山地区地处元宝山南麓，有元宝山作依托，又是联通永乐游击区与三江县游击区的重要通道，开辟香粉苗山地区就成为柳北总队的重要战略任务。

早些时候，司令部就让河西工委委员莫可量带领武工队路聪、周修、粟子权等人做新区开辟工作，策动了香粉自卫队50人起义，迫使当地国民党乡村政府交了枪，听从柳北总队指挥。现在的任务是要健全刚刚建立的十二中队和香粉武工队，让其深入苗山村寨开展反“三征”运动，广泛建立农会和武装民兵组织，打击国民党的残余势力及特务、土匪、地主恶霸，巩固和发展这个战略基地。

当时，在香粉做群众工作的除了武工队，还有由龚健武、以体康等人率领的文工队，他们负责卜令、雨梅、雨伞、都景等苗寨的群众工作，香粉武工队则负责香粉六甲河上游和下游村寨的群众工作。周民霖虽然刚从城市转移来，年龄也较小，但组织上还是要求他独当一面，负责香粉乡六甲河下游村情较复杂、人口又较多的大方、龙拱、高山等几个村寨的群众工作。这些地方都是苗、壮、汉等族杂居地区，处在交通要道上，需尽快组织群众，打通这条河西通道。

分配任务那天晚上，莫可量又单独找周民霖谈了话，他说：“你负责的那一片村寨，阶级关系和民族关系都很复杂，你要深入调查，明辨是非，按照中共中央华南分局制定的《华南人民武装当前行动纲领》的要求，发动和组织群众，打击敌人的破坏活动。”他停顿了一下，突然望着周民霖的眼睛说：“有个姓周的同志，你认识吗？”

周民霖一下子愣住了，是谁呢？片刻，他想起了柳州城工委领导熊元清临走时，给他的关于党员关系的联络暗号，于是，他马上回答：“认识的，他的名字叫和平。”

莫可量立刻热情地伸出双手，紧紧地握住周民霖的双手，说：“周林同志，你的党员关系已经转到了中共柳北工委，现在我代表柳北工委与你接上关系，今后由我负责与你单线联系。在游击队里，党组织关系暂时不能公开，也不能与其他党员发生横的关系。”

接着，莫可量面带微笑，从身上背的布袋里掏出一支左轮手枪交给周民霖，他说：“现在游击队里手枪很少，香粉武工队中枪只配给队长、政治服务员以及你3个领导人，手枪只有6发子弹，5发是打敌人的，剩下1发留给自己。”

周民霖愣怔了一下才醒悟过来，答道：“政委，我明白了，共产党员在敌人面前绝不投降，永不叛变！”

莫可量再次紧紧地握了握周民霖的双手。

二

香粉苗山地区森林密布、山清水秀，苗家的吊脚木楼星星点点地从山脚散布到山顶，远远看去就像一幅美丽的油画。这里盛产木材和竹材，冬笋、香菇、木耳等土特产也名声在外。嘉庆二十三年（1818年），因外地商人销售了用此地的一种香树皮为原料制成的香料，发了财，名声大噪，故此地得名“香粉”。但该地群众的生活仍很苦，特别是苗族、壮族、侗族等民族群众的生活非常困难。他们深受阶级压迫和民族歧视，加上国民党的苛捐杂税，横征暴敛，他们苦不堪言。然而，在善良和纯朴的山里人看来，眼下的穷和苦都是命中注定的，只能听天由命，逆来顺受。

周民霖带领武工队员覃显来到了大方和龙拱等村寨，一家一户地进行访贫问苦，扎根串连。覃显是当地壮族人，初中文化，懂得壮话、苗语，也认识当地一些农民，工作起来方便。

刚开始一些农民常常躲着他们，甚至远远看见他们上山，就紧闭大门，从后门溜走，对陌生人特别戒备。有一天傍晚，周民霖和覃显走进一个村寨，迎面遇到了一个苗族中年妇女，当时她愣了一下，想掉头回去，覃显就用苗话与她打招呼，讲明了自己的身份和来意，她才放下戒备，说：过去说共产党“共产共妻”，我们害怕，现在看见你们这两个小共产党，面善又和气，像个读书人，我们放心了。

后来，周民霖带领工作组进驻寨子，与寨民同吃、同住、同劳动，常常一同上山伐木，下田剪禾把。工作组跟他们讲穷人为什么穷、地主山霸为什么富、为什么要反对国民党的“三征”、共产党和国民党为什么不一样、共产党怎样对待少数民族等道理。经过他们耐心地宣传教育，当地的苗、汉、壮族同胞的思想很快觉醒。接着他们开办了农民夜校，既教识字，又上政治课，还教唱红歌，其中有首歌叫《解放区哟好地方》，歌词这样写道：

解放区哟好地方，穷人富人都一样，你要吃饭得做工哟，没人为你做牛羊。老百姓呀管村庄，讲民主爱地方，大家快活喜洋洋。

一开始周民霖在寨民家住时，每餐吃的是白粥和木薯粑，以及一小碟炒干笋，十几天吃不到肉。后来，他赢得当地群众信任后，寨民常常给周民霖煮油茶、蒸糯米饭、煮珍贵的酸鱼酸肉，还专门带周民霖去稻田里抓禾花鱼，在田头品尝烤禾花鱼的美味。有时，晚上苗族青年拿出芦笙吹奏苗族情歌，教周民霖跳苗族芦笙舞。有一次，他们拉着周民霖和覃显去参加苗族“走寨”“坐妹”的活动，这些都是苗家青年男女对唱苗歌、跳芦笙舞的民俗活动。苗族群众在思想和行动上的变化，让周民霖深受感动。后来，几个苗族群众在农民夜校谈起当年红军路过苗山的情况时，还唱起了流行在贝江的苗歌：

红军威武过贝江，草木百姓都安详；
纪律严明世少见，工农的兵真坚强。
男女百姓爱红军，打倒土豪为穷人；
忧国忧民今北去，盼望早日来安民。

农民夜校的学员都说，现在的游击队员像当年的红军一样为民着想。在苗山工作一段时间后，周民霖俨然成了苗寨的山民。他不仅会讲几句苗话，还会唱几句苗歌。当然，更重要的是，周民霖在此开展了反“三征”运动，让农民得到了实实在在的利益。过去，农民为了逃避征兵，卖猪卖羊后拿钱去贿赂乡长。征粮很重，农民勉强交够征粮后，粮食不够，常常饿肚子。农民拿点竹笋、香菇到圩场卖，也得缴税受盘剥。现在游击队来了，一切都不用缴了，农民个个喜笑颜开。周民霖、覃显等人还迅速把农会和妇女会建立起来。武装民兵组织也有了发展，仅大方村和龙拱村的民兵队就有14人，每人1支枪，而且都是当时较先进的七九式步枪。武工队也获得了广大农民的信任。

三

大方和龙拱村有个外号“母老虎”的山霸，她是当地曾任伪区长的李正刚的老婆。李正刚手下有40多人，打着“民变”武装旗号，盘踞在邻乡安陲，为非作歹。莫可量正在做他的工作，要他改邪归正。

而“母老虎”则是当地最大的地主，她泼辣、狡猾、阴险、狠毒，租田是倒四六分，借谷是本息对翻。因为租加租、利滚利，有些人被她夺去了肥猪和牛羊，有些人则被迫卖田当地，还有不少苗族兄弟被迫长年无偿给她伐木运木，当地没人不痛恨她。

现在，“母老虎”看见武工队频繁活动，又见农民个个喜气洋洋，就心急火燎，到处造谣，说国民党有美国帮助，共产党待不长，农民想翻天就翻到粪坑去吧！与此同时，她派出狗腿子四处追租逼债，有些农民又害怕了起来。

周民霖听到汇报后，气愤不已，决定对“母老虎”进行打击，并开展一次“二五减租”和减息运动。他连忙赶到香粉乡雨卜苗寨，向柳北总队四大队政委莫可量汇报情况。

莫可量听了汇报后思考了一下，心想：“二五减租”在整个柳北地区还没有开展，香粉新区是第一个，周林这个小同志还真是敢想敢干，有开创精神。而广西地下党和游击队都由中共中央华南分局领导，《华南人民武装当前行动纲领》还真有这个内容。于是，莫可量当即表示同意，并详细交代了斗争的方法方式和斗争的策略。最后，他说：“这是柳北地区第一次开展这样的斗争，要考虑周全，执行党的政策，确保取得全胜！”

那天，已经是下午3点多，周民霖坚持赶回龙拱村。临走时，莫可量叫警卫员用竹篓装了糯米饭和一点炒竹笋，还有一小包花生米，给他路上吃，然后亲切地说："周林，你还要赶10公里路，沿途既要防土匪、特务，还要防山林野兽，前几天靠近安陲乡的大山上有老虎出没，还吃了一头牛，你身上带枪了吗?"

周民霖拍拍腰间的左轮手枪，爽朗地说："莫政委，你放心，我随时都带着这个小家伙哩!"

周民霖说完转身疾步走进了山间小路，莫可量则仍站在原地看着他远去。周民霖那瘦小的身影，以及天真无邪的语言，总在他脑中闪现。周民震、周民霖兄弟抛弃优裕生活，跑来苗山当游击战士，他们不仅吃得了苦，而且还不怕死。他从心底里疼爱这两个青年布尔什维克。接着他又想，现在的周民震、周民霖就像竹林中两根娇嫩的小毛竹，一定会迅速地向上成长，尽管会遇到暴风骤雨的袭击，但他们一定能经得起考验!

按照文件中关于"二五减租"和减息的规定，周民霖与农会领导计算出"母老虎"应该退还农民的租谷和债务，然后研究了斗争策略和方法。周民霖指出，要采取说理斗争的方式，不要采取粗暴行为。

但是行动一开始并不顺利，"母老虎"气焰嚣张，她公然对要求减租的农会代表说："融县衙门还不敢进，就敢进老娘的门口，做梦去吧!""天还没变，就想造反，李正刚的子弹不是吃素的!"

李正刚知道此事后，连夜带了4个保镖来到农会找周民霖谈判。

当晚，他一进门，就一手叉腰，一手按住腰间的驳壳枪，指着周民霖咆哮道："你们干吗在此胡搞？我早就与你们上峰谈好了，大伙儿互不侵犯!"

此时的周民霖，虽然个儿瘦小，但一身游击队员着装，举止干练，显得从容老成，又透出几分威严。这让李正刚觉得，眼前这个小共产党也可能是一个硬汉。

周民霖也将手按在腰间的手枪上，正气凛然地答道："你的人在安陲，我们在香粉，你们倒跑到香粉来干预我们，这叫互不侵犯吗？真是岂有此理！"一番话，弄得李正刚瞠目结舌。接着，周民霖义正词严地将减租减息的必要性和有关政策详细说了一遍。

李正刚脸上充满杀气，瞪着眼睛，十分骄横。周民霖的话尚未讲完，李正刚就叫嚷："不管减租减息对不对，在广西就不适合搞共产主义。"

周民霖也愤怒地说道："'二五减租'根本算不了共产主义，国民党政府也提过这个口号，只是国民党不愿实行而已，你当过区长，难道不知道？"

这时，覃显带了4个武装民兵进了屋，然后站在房子4个角落，他们个个身强体壮，手握七九式步枪盯着他们。李正刚一见就傻了眼，心想：香粉现在是柳北总队的地盘，绝不能在此硬碰硬，否则自己和队伍马上就有被干掉的危险。突然，他满脸怒气地叫嚷："与你这个娃娃头讲不通，我找你的上司莫可量去！"说完他便扬长而去。

第二天，周民霖将与李正刚谈判的情况在农会骨干中作了通报，农会会员听了都觉得很解气。

农会组长覃老伯是个佃农，因为粮荒欠租谷，被"母老虎"拉去做了一年伐木苦工，吃尽了苦头。现在听说周民霖勇斗李正刚，覃老伯感到十分兴奋，说："有了莫矜大哥的几千人枪撑腰，不怕李正刚几条土驳壳枪了，减租减息坚决搞到底！"

农会副会长老宋叔也高声叫道："我们受'母老虎'欺压几十年，现在敲一下她的门牙，也算给我们出出气！"

还有个民兵青年说："过去李正刚总是挑拨我们的民族关系，这次'二五减租’，使苗、壮、汉族的同胞都团结起来了，共产党真好！”

周民霖见农民个个兴高采烈，心情特别舒畅，他接着分析了当前的形势：“解放大军目前日益逼近广西，柳北总队的武装力量已扩展到6个县，李正刚绝不敢与我们公开对抗，减租减息坚决进行，但是，要掌握政策，要说理斗争，不能有暴力行为。”

经过一番准备，农会组织20多人到“母老虎”家要求减租减息，想不到“母老虎”早就坐在门口等候，她瞪着眼，对着大家骂开：“自古以来，交租还债都是天经地义的事情，哪个朝代都没变。今天你们想干什么？”

群众见她这种阵势，一下子都火了，七嘴八舌地反驳起来。有的还翻了她的老底，说：“那年闹灾，你借给贾老六300斤谷，后来强迫他为你开山种树6个年头，一分工钱也不付，手段多毒辣！”还有的说：“你总是趁青黄不接的时候去追租逼债，强拉别人的耕牛和肥猪，搞得人家鸡飞狗走，妻离子散，你的心好狠啊！”

“母老虎”看见群众撕破了情面，也恼火起来，嘴也顶得更硬：“你们真是不知死活，蒋介石还在，李正刚也没有死，你们就不怕？今后，中国到底是共产党还是国民党的天下，还说不准呢！”

这一说，喧闹的场面顿时安静下来。“母老虎”以为群众害怕退缩了，没想到群众却愤怒地围拢过来，把她紧紧围在中央。“母老虎”不禁打了一个冷战。

深受压迫和剥削的杨老伯质问她：“好呀，原来你假意顺着共产党，实则靠着蒋介石，可你怎么现在才说呀？”杨老伯停顿片刻，突然面向群众，愤怒地挥舞着扁担，怒吼道：“好得很，蒋介石找不着替死鬼，李正刚的老婆却愿充当。来，把她送到武工队，看她颈上长有几个脑袋？”

这一号召，大家一拥而上。有的骂道：“蒋介石连自己的命都保不住，还有空来保你？”有的说：“李正刚对共产党都不敢明讲一个‘反’字，而你却有这样大的狗胆。”

“母老虎”的脸一下子变得铁青，汗珠大粒大粒地冒了出来，她知道如果真被捉去见武工队，就不知道事情要搞到什么地步了。于是她惶恐地低下了头，叫道：“减就减，退就退，现在虎落平阳被犬欺！老娘今天就顺你们一次。”说完，她急忙转身溜出大门。减租减息斗争胜利了。

大方村和龙拱村的这场斗争让香粉苗山沸腾起来，柳北总队的威望更高了。大家喜气洋洋，奔走相告，都说：“莫矜的队伍，是真正的共产党队伍！”

许多苗寨壮乡派代表要求武工队派人去组建农会和武装民兵组织，反“三征”的斗争如火如荼地开展，《没有共产党就没有新中国》《解放区的天》《解放区哟好地方》等红歌也传遍了苗山的村村寨寨。

许多苗、壮族青年要求参加柳北总队十二中队和香粉武工队。香粉苗山附近的四荣乡政府和安陲乡政府迫于柳北总队的压力，也上缴了全部枪支弹药，宣布解散。

从此，香粉苗山这个战略要地成为柳北总队的基地，元宝山也成了它的依托。永乐游击区与三江县游击区连成了一片，柳北总队终于打通了河西这条通道。

第十八章

收获珍贵爱情

一

周民震和周民霖兄弟俩在柳北总队努力工作之余，夜晚偶尔也会仰头看满天的星斗。这时，他们会情不自禁地想念大哥。

而此时，他们的大哥周一峰正穿梭在苏中解放战争的枪林弹雨中。

1946年6月，周一峰从苏中军区政治部调到主力部队华中野战军七纵五十九团任政委，全程参加了反击国民党内战的苏中七战七捷战役。10月，华中野战军消灭国民党军有生力量后，向苏北、鲁南转移，通如海启解放区被国民党军重兵占领。周一峰又重回敌后，参与创建中共华中九分区，在国民党反攻倒算、“清剿”共产党人的险恶环境下，开展敌后武装斗争。

10年革命征程，从地下工作到公开斗争，从根据地建设到敌后坚持战斗，从地方到主力部队，只要革命工作需要，周一峰背起行囊就出发。从不畏惧困难，从不考虑个人得失。10年革命征程，他从满腔爱国热忱的青年成长为坚定成熟的革命者，全身心地投入以“民族解放、人民幸福”为使命的革命斗争，从未考虑过自己的婚姻大事。

直到一个名叫顾斌的姑娘闯入了他的心扉。

顾斌出生在江苏南通平潮一个知识分子家庭，父亲毕业于上海交通大学铁路管理系，母亲毕业于如皋师范。她从小因父亲工作的变动，走南闯北，见多识广。她接受了良好的家庭教育，聪明伶俐、能言善辩，还富有侠义心肠。

1937年12月，日本侵略者攻陷南京前，顾斌的父亲撤到云南，参加了滇缅公路的修建和管理工作。顾斌的母亲怀着身孕，带着4个孩子从南京逃难到南通乡下。为了糊口，顾斌13岁就协助母亲办乡村小学，并组织儿童团，参加村里的巡逻工作。国破家亡，她不到14岁就参加了抗战支队；在党组织的培养下，不到16岁，就加入中国共产党，被党组织派到如东邱升中学，做学生工作；17岁时，就已经独当一面，成为抗日根据地的一名区委书记。

周一峰和顾斌相识，是在1940年的金秋。那年，周一峰随新四军第三纵队挺进到通如海启地区。刚成立的中共南通中心县委进驻如东掘港，召开了第一次全体扩大会议。16岁的顾斌作为如东邱升中学党支部书记参加了这次会议。会上，她见到了如雷贯耳的周一峰。这一年，周一峰25岁，时任南通中心县委组织部部长，是县委班子里最年轻的干部。坐在讲台上的他，从容镇定，洋溢着自信。当然，周一峰也注意到了台下这个稚气未脱的党支部书记——顾斌。在顾斌眼里，县委书记、组织部部长都是师长辈，她作为入党不久的青年党员，对他们更多的是尊敬和敬仰。整个会议期间，周一峰和顾斌没有说上一句话，但周一峰俊朗的形象在顾斌脑海里留下了深刻的印记。

时光如白驹过隙，一晃6年过去了。6年里，他们共同战斗在通如海启抗日根据地。一个是南通县委书记，带领全县军民在抵抗日军的“清剿”“扫荡”“清乡”中浴血斗争；一个是如东县丰利区委书记，带着区队发动群众，保护群众，袭扰敌人。一个自始至终坚守在日寇“清乡”圈内，穿插在封锁线上，数次与敌寇“清剿”队遭遇，九死一生；一个与日伪军周旋在碉堡中，打入平潮据点，刺探敌情，险象环生。

6年里，他们没见过一面，但他们在不同的战斗岗位上共同经历了的血与火的洗礼。通如海启抗日根据地在像他们一样的革命者和广大民众的坚守下，巩固、发展、壮大。

二

1947年，当周一峰和顾斌再次相见时，两颗炽热的心碰撞在一起。他的干练和品德俘获了她的芳心，她对他从敬佩到爱慕，再到依恋。而他对这个意志坚定、勇敢果断的区委书记刮目相看，心生爱慕。

1947年正值解放战争时期，通如海启解放区形势严峻。华中野战军转战山东，沿长江一线的解放区大部丢失。国民党军对解放区干部、群众疯狂镇压，捕杀共产党员；组织地主恶霸“还乡团”对土地改革后的翻身农民进行“扒田倒租”，反攻倒算；威逼利诱、分化瓦解解放区基层组织，无所不用其极。

那时，周一峰任华中九分区地委书记兼政委，顾斌仍在如东县任区委书记。他们极少见面，只能鸿雁传情。他写给她的信，经由地下交通站、通过重重封锁转到她的手上。他那份坦诚，那份衷情，闪烁在字里行间。这位长她9岁的兄长和恋人，在信中对她说：“革命伴侣的关系是互相支持，为党为人民多做工作，把爱情建立在互相帮助、共同进步的基础上，而不是缠绵悱恻，儿女情长。”“我们彼此相爱，不正是爱自己的伴侣英勇战斗和积极工作吗？我常以此来激励自己更好地去工作……”他们互相激励，在解放战争的艰难岁月里，坚持着敌后斗争。

周一峰常和军分区部队一起行动，与敌人兜圈子，寻找战机，行踪飘忽不定。而顾斌在敌人“清剿”的腹地破路拆桥，袭扰敌人。她曾写信给周一峰，提出分区能否给基层支持一些军用物资，如手榴弹等。周一峰在回信中说：“你来信提出的要求是合理的，但目前分区部队枪缺，手榴弹更缺，你们还是自力更生，向敌人去要吧！”她看后，起初很失望、生气，但很快理解了。因为她知道，九分区部队组建不久，武器缺、装备差，再加上他们面对的是国民党李默庵指挥的拥有美式装备的一个军，困难可想而知。她也知道，周一峰的一贯作风是和战士们同甘共苦，关心、支持基层工作，如不是条件不允许，他一定会对基层给予帮助，更何况是她提出的。

此时的周一峰在国民党军铁桶般的“围剿”中，几度身处险境。1948年，垂死挣扎的敌人集中5个团的兵力，将矛头直指九分区首脑机关，妄图一举捣毁九分区的“心脏”，“剿灭”通如海启地区共产党武装。周一峰接到情报后，迅速率领驻在丰利、苴镇的地委和分区机关从敌人包围圈的夹缝中跑出来，撤到如东汤家园地区。此时，有人认为，汤家园水网交错，敌人不会贸然“驻剿”；也有人认为，部队过于疲劳，应休息一天再走。周一峰敏锐判断：该地区政治情况复杂，敌人耳目众多；水网地带不利于敌人，也不利于我军快速转移。他坚决主张要吸取反“清乡”中南通县委机关遭敌袭击的血的教训，继续转移，尽快撤出。果然不出所料，敌人兵分两路合围而至，所幸分区机关和部队先一步跳出了包围圈，避开敌人锋芒，保护了九分区首脑机关的安全。周一峰也再一次与死神擦肩而过。

顾斌在如东县反“驻剿”斗争中曾经与死神擦肩而过。国民党整编四十九师三一四团进驻掘港，随即派出一个营，带着“还乡团”600余人，突袭掘马北区虹元乡。身为区委书记兼区队政委的顾斌和区长苏云，带领只有20多人、10余支枪的区武工队沉着应敌。一个组织乡干部转移公粮，掩护群众向东北边的冯家荡“跑反”（向敌人“驻剿”相反方向撤退）；一个带领武工队破击交通线，狙击敌人。白天敌人“驻剿”，区队和敌人兜圈子；晚上区队和乡武装民兵分成几组，到据点周围轮番袭扰敌人，搅得敌人不得安宁。一天拂晓，敌人倾巢出动，分几路向草荡地区袭来。顾斌带领武工队一个组夜扰敌人后正往回撤，在冯家荡西头深潭边与敌人遭遇。顾斌迅即命令三个队员下河，回冯家荡报警。她不会游水，只能划着小船缓缓向东北方向移动。

敌人看到水面有黑影移动，喝问："什么人？靠过来！"

顾斌用当地方言回道："收鱼卡子的。"

正在危险关头，几声急促的枪声响起，敌军一阵惊慌，顾斌趁机迅速靠岸，钻进一片芦苇丛中。这时，天色渐亮，敌人在河对岸的庄子驻扎下来，在庄口屋顶上放高哨。顾斌用身旁的芦苇掩住身体，一动不动坚持了十几个小时，直至夜深人静才悄悄走出芦苇丛。她走出圩口，发现庄外路边躺着个人，定睛一看，竟是区委通讯员管维高，19岁的小伙子已牺牲。原来是他发现了敌情，鸣枪示警，挽救了冯家荡的干部、群众，也掩护了顾斌。在这次反"驻剿"斗争中，区长苏云在掩护群众"跑反"时，被敌人用机枪射中，壮烈牺牲。

两位战友的牺牲，令顾斌无比悲痛。但她仍义无反顾地带领区委和武工队继续战斗，直到反"驻剿"斗争胜利。敌人没抓到一个壮丁，未抢到一粒粮食，也没编成保甲制。就这样，掘马北区以小股武装、简陋武器牵制了国民党军一个团的兵力。

一次，分区部队行进到顾斌工作地区附近，周一峰正准备找她见面，但临时发现敌情，他们还未能见上面，部队就迅速转移了。几天后，她收到他的信："……难得见面，靠得这么近，却失去机会。真是咫尺天涯……"寥寥数语，流露了周一峰对顾斌的深切思念。然而，革命斗争高于一切！她提笔在信尾写道："良师益友，亲爱的人。"她在这种思念中度过了一个冬天，又一个春天。

顾斌把收到的信珍藏在一个小布包里，战斗到哪里，就带到哪里。多少个难熬的夜晚，在油灯下，她反复读周一峰写给她的信，感受着浓浓的情意、殷切的鼓励。她读信思人，就好像他站在她面前，他们共同迎接一个又一个黎明。

1948年秋，革命胜利在望，他们终于结婚了。他们的结婚仪式异常简单，没有盛宴，没有喜糖，甚至连一张结婚照也没拍。周一峰只是把胡子刮得干干净净，找出一套干净的军装穿上，把顾斌接到九分区驻地，和分区机关的同志们吃了一顿饭。

1949年渡江战役胜利后，他们又因革命工作的需要而分分合合，分比合的时间要多得多。在苏州时，周一峰是苏州地委书记，顾斌是团市委书记。两人虽在同一地工作，但因为在不同机关，所以他们各住各的单位宿舍，孩子出生后依然如此，但这都不影响他们忠贞的爱情和对彼此的信任。

第十九章

与解放大军会师

一

1949年11月，解放大军兵分几路，沿湘桂铁路、湖南道州及桂东南等齐头并进，直插广西腹地。国民党桂系军队垂死挣扎，节节败退。坚持在柳州北部6个县进行游击战争的柳北总队为迎接解放，整编为6个大队，从深沟密林奋勇神速地奔赴国民党占领区，攻击围堵有如惊弓之鸟的国民党军警、保安队，不让他们负隅顽抗、残害百姓，为解放大军南下扫清障碍。

11月上旬，柳北总队四大队十二中队在大队政委莫可量的率领下，从元宝山下的香粉苗山地区出发，连续几天对融县县城进行了夜间袭扰，然后奉命在南团村集结，与四大队所属部分武工队员会师，召开了“南团会议”，传达和布置总队交给四大队的迅速解放融县县城的任务，之后前往长安重镇，迎接从湖南南下的解放大军。会议对上述任务做了周密计划，大家摩拳擦掌，兴奋不已。

晚上，四大队举行了联欢晚会。周民震负责组织这次晚会。在一块收割后的大田里，烧起了几堆熊熊的篝火。100多名游击战士和数百名农会干部、群众围着篝火，高唱革命歌曲，讲革命故事，表演活报剧。武工队的周民霖和路训礼根据香粉苗山地区减租减息的斗争，自编自演了活报剧《智斗母老虎》，受到干部、群众的热烈欢迎。中队文化教员周修即兴编了一个活报剧《黄鸥琨过河》，反映黄鸥琨被游击队伏击打下河里，狼狈逃窜的故事，赢得了全场狂热的掌声和欢呼声。黄鸥琨是国民党融县县长兼民团司令，多次与游击队交锋，县城解放前夕还残酷杀害了十二中队两名队员路安彝和粟神护。

晚会正在热烈进行中，忽然，周民霖大喊道："同志们，静一静！你们听，解放军的炮声！"

顿时，全场鸦雀无声，大家一齐把脸转向北方。

一秒、两秒、三秒……雾蒙蒙的山岭，偶尔有一两声犬吠，谁也没有听见什么炮声。大家笑起来，说："小周想解放军想疯了。""就是天兵天将也没有那么快呀！"

30多岁、一向老成持重的政委莫可量也打趣地说："呀，说不定喔！你们看嘛，小周的耳朵长得特别大，我们听不见，但是他有可能听见……"

正说话间，一声炮声隐约传来。大家都怔住了，接着又一声炮声传来，大家不约而同地狂呼："炮声！"霎时，人群沸腾起来。周民震激动地跑上田坎，喊道："同志们，我们的队伍来了！""我们的队伍来了"本是一首歌的歌名，而周民震这一喊，引发了一浪高过一浪的歌声："我们的队伍来了！浩浩荡荡饮马长江……"

当即，大队长覃珍宣布晚会结束，他和莫可量马上召开了紧急会议，决定争分夺秒，拂晓前奔赴县城周边，先把县城包围起来。

之后，连续几个晚上，他们潜入县城边缘的丹江桥、高岭头打枪侦察。敌人只敢胡乱放枪，龟缩在工事里不敢出来。11月19日晚，大队发现县城里的敌人正在撤退，分析了情况后，报告给柳北总队司令部。司令部决定，由二中队、十一中队和十二中队于11月20日拂晓攻打县城。

当晚，路聪和周民震带领十二中队，迎着刺骨的寒风，沿着崎岖的山路，摸到了县城城边观察敌情。东方出现了淡淡的白光，这是攻打城池最好的时机，可兄弟部队尚未发出进攻的信号。他们分析，敌人早已是丧家之犬，只要枪声一响，敌人绝不敢恋战。于是莫可量当机立断，决定立即采取行动。周民震和一小队队长梁任珑率队从南门进攻，路聪和二小队队长林培生率队从西门进击，三小队及武工队的同志殿后。

莫可量身先士卒，和队员向县城冲去，一路向环城工事开枪射击，迅速占领了警察局、法院、银行等地。

天亮后，柳北总队二中队和十一、十二中队等队伍从四面八方而来，在县府胜利会师。一名战士怒不可遏地用轻机枪向县府门上的国民党党徽射出了一梭子弹，枪声震撼了县城。而狡猾的黄鸥琨已于半夜狼狈逃窜，但他还没有跑出县境，就被游击队员抓获。

当群众看到县政府升起五星红旗后，纷纷开门走出来，有放鞭炮的，有贴欢迎标语的，有送来粽子、粑粑和米酒的。群众欢腾跳跃，县城像过节般热闹。

游击队战士来到指定的一家院落，炊事班已经准备好几大盆萝卜炖野鸡、白菜豆腐汤，还有两筐红薯芋头、一簸箕粑粑，一字排开。战士们确实饿了，每人盛了一大碗，蹲在廊檐下吃起来。

周民震两三口扒拉完菜，又吃了两个红薯和芋头，顿时觉得身上暖呼呼的。他返回法院大楼，找来笔墨和几张彩纸，制作了十几面彩色三角标语旗，并塞进背包里。

十二中队的战士们简单地吃过饭后，就接到柳北总队紧急命令，要立即开赴长安镇，迎接已到达三江县并正靠近长安镇的解放军天津支队，为解放大军筹集粮草，进驻并接管长安镇。而融县县城则由覃珍大队长和十一中队驻防和接管。

二

长安镇是广西柳北地区的一个经济文化重镇，是方圆数百里最繁华的小镇。该镇是柳州近代工业和手工业集中地，又是商业集散中心，且公路、水路交通都很发达，素有“小柳州”之称。

军令如山。莫可量政委传达指令后，中队长路聪、政治指导员周民震立刻召集十二中队全体战士，进行动员。

周民震吹响哨子，战士们立刻排成三排横队。

路聪满面春风地站到队伍前面，面向战士们，挥了挥手说："同志们，本来我们今晚可以在此休整一夜，睡个安稳觉，但情况有变，我们要趁着攻下融县县城这股强劲势头，一举拿下30公里外的长安镇，迎接解放大军的到来，大家有没有信心?"

"有信心！有信心!"

路聪抬起手做了压下的动作，说："话就不多说了，时间紧迫，我们必须马上出发。"

虽然昨晚通宵未眠，进入县城后，匆忙吃了早饭，又要马不停蹄地前往长安镇，很疲劳，但一听说就要见到早也盼、晚也盼的解放军，大家都热血沸腾，个个脚下生风。这群战士朝气蓬勃，体力像拉满的弓弦一样饱满，很快就渡过了融江，向长安镇进发了。

乌云密布的天空，猎猎寒风呼啸而来，走的又是江边小道，寒意更深了。战士们大多只穿一件单衣、一条单裤、一双草鞋，再加上一支枪，虽然物资缺乏，但大家都有一颗火热的心，以及一份尽快见到解放军的渴望，并不觉得冷。

路上，周民震跟路聪开起了玩笑："队长，革命胜利了，如果要论功行赏的话，你讲讲看应该给什么立头功呢?"

路聪想了想说："给这支枪吧。"

周民震摇摇头。

路聪接着又说："给山上的竹笋和田里的稻草。"

当时游击队的生活很艰苦。行进途中，晚上如果进不了村，就得露宿山林，要把现挖的竹笋烧熟当饭，睡觉时拿几捆干稻草盖在身上。有战士曾戏称，这是“萝卜丝焖鲤鱼”，大家觉得此话既好笑又解馋，开心地进入梦乡。难怪路聪说要给竹笋和稻草评头功。

周民震还是摇了摇头，笑着说：“竹笋和稻草确实应立功，但不是天天都离不开它们。只有我们脚上穿的草鞋才是天天离不开的。行军、打仗、训练，逢山过山，逢水过水。”

路聪接过话说：“嗯，有道理。我们应把草鞋叫‘革命鞋’。穿‘革命鞋’，走革命路。”

路聪的一番话，让战士们呵呵笑了起来。每个人心里都装着满腔的激情，穿着“革命鞋”大步行进在山谷中。

正嬉笑间，忽闻飞机的隆鸣声。大家正仰头搜寻声音的方向，两架飞机已经自南向北接近战士们。周民震连忙疾呼：“是国民党的飞机！”

这“不速之客”，使得一向沉着的莫可量政委也有点失措了。而战士们却仰头看着飞机，一副毫不在乎的样子，莫可量急得大喊：“趴下！快趴下！”

“快躲进树林！”小队队长梁任珑也在指挥。

这时，飞机已飞到了战士们的头顶。战士们这才看清楚机翼上的国民党党徽，急忙趴下。瞬间，两架飞机向战士们俯冲而来，就要接近时，机枪炮“哒——哒——哒——”一路向下扫过来，把尘土掀起好几尺高。飞机扫射了一遍，大概没发现战士们，很快便消失在西边的天空。

总算化险为夷，大家嘘了一口气。对于在山沟里打游击的战士来说，能见到飞机倒也有一种新奇和兴奋的感觉，觉得开了眼界，情绪反而更高了，议论不休。而作为这支队伍的领导，路聪与周民震却捏了一把汗。

三

一行人顶着呼啸的北风大步流星地向前走，一个比一个慷慨激昂，大家都想第一时间看到那颗闪亮的五角红星，第一时间紧握解放军的手，道一声“同志们辛苦了”!

周民震早在融县县城就准备好了十几面彩色三角标语旗，准备到时候发给大家，摇旗呐喊，增加欢迎的气氛。

当一行人走到浮石附近时，蜿蜒的柳长公路已在视线之中。忽然，在三四百米开外的公路上，有十几个穿黑色棉衣的人摸索着自北向南而来。他们走走停停，四处张望。游击队员立即警惕地停下脚步，有的迅即俯下身子，拉动枪栓，准备战斗。此时，公路上的黑影也突然趴下，向游击队这边观望。莫可量发出指令，不准开枪，有可能是解放军的侦察兵。

观察了一会儿，莫可量胸有成竹地走上一个石坎。周民震拉住他说：“危险！不要被敌人当成靶子。”

莫可量微笑地看了周民震一眼，不出声，随即从口袋里拿出一块白毛巾，向天空摇了三下，接着又摇了三下。可公路上的那几个人远远地看着，十分警惕，不作出任何反应。

有个性子急的战士说：“指导员，他们肯定是国民党的散兵游勇，我们赶快去抓他们吧!”周民震立刻制止他。

片刻后，公路上的一个人影也举起了一条白毛巾，向空中画了三个圈，接着又画了三个圈。

莫可量这才笑了，向大家喊道：“是解放军的侦察兵!”

队伍中还是有人质疑：“真的是解放军吗?”

莫可量笑道："联络暗号对上了，没错。"

游击队员疾步跑上公路，侦察兵也向他们跑来，会合后大家握手拥抱，情绪激动。有几个年龄偏小的游击队员抱着侦察兵，放声哭了起来。

侦察兵的班长向莫可量走来，两人握过手，他了解了莫可量所带队伍的一些情况后就匆匆告辞，继续快步向前走了。

道别时，侦察兵回头招手，说："同志们，再见，大部队马上就要到了，就沿着这条路。"

莫可量忽然记起周民震准备的彩色三角标语旗，赶忙问周民震："你准备好的三角旗，还带在身上吧?"

周民震猛拍脑袋，叫起来："在的，差点忘了这个好东西。"

莫可量笑着说："不要紧。大部队就要来了，快拿出来分发给大家。"

一行人站在公路的一侧，排着整齐的队列，手里拿彩色三角标语旗，等待解放大军到来。周民震站在队伍前面，指挥大家高唱革命歌曲。唱完了《团结就是力量》，接着唱《解放区的天是明朗的天》，又唱柳北总队队歌《游击兵团在前进》。他们把自己学会的歌曲全都唱了一遍。

有个耳灵眼尖的小战士最先发现解放军大部队，他跳起来喊道："同志们，快看，解放大军来了!"

战士们齐刷刷朝左前方望去。不远处，有支队伍分成两路，沿公路而来，队伍特别长。他们都穿着黄绿的军装，军帽上的红星一闪一闪的，特别显眼。

莫可量正要走上高处打联络暗号，周民震一把拉住他说："政委，不用了，用革命歌曲来联络比什么都好，就唱《我们的队伍来了》吧。"

"好呀，大家放开喉咙唱啊!"

我们的队伍来了！浩浩荡荡饮马长江。

我们的队伍来了！强大雄壮，红旗在飘扬。

不怕你长江宽又深，不怕你枪弹密如林，

我们的队伍，要渡过长江，横扫千里。

…………

这不仅是歌声，还是广西人民的心声，是柳北游击队员对解放军的呼喊声，是炸开黑暗牢狱的怒吼声，是迎来光明世界的欢呼声！

解放大军在激昂的歌声中迈着豪迈的脚步走过来了。他们面带着胜利的微笑向游击战士们招手、呼唤。然而，任务紧迫，时间不允许他们驻足，他们要继续快速行进。

有几个干部和战士走出队列，代表解放军与游击队员热情地握手、问好。当他们看到游击队员在寒风中只穿薄薄的单衣和草鞋时，非常难过。一个干部含着热泪紧握着游击队员冰凉的手，问："你们冷不冷啊？"

"不冷！"游击队员异口同声地说。

有几个解放军同志不约而同地把自己背包上系着的布鞋解下来，塞到游击队员的手上。还有两个解放军同志把身上的棉大衣脱了下来，裹在游击队员身上。

"解放军同志——"莫可量感动得泪光闪闪，说，"不行啊！你们还有重大任务，你们还要去解放全广西、全中国呢。"

游击队员们都流着泪把衣服、鞋子还给解放军，但他们哪里肯要，推来让去，衣服、鞋子上沾满了泪水。

解放军中一位领导同志拍着一名游击队员瘦削的肩膀说道："收下吧，同志们啊！你们身穿一件单衣，脚蹬一双草鞋，在山沟里和敌人拼杀，没吃、没穿、没处睡。你看，脸都冻黑了，嘴唇冻紫了，脚也冻僵了吧……”他实在说不下去了，把头扭过一边，不让大家看见他夺眶而出的泪水。而那几个含泪的解放军同志，则紧紧地抱着衣衫单薄的游击队员说：“来！让我们来暖暖你们的身子。”

在公路上行军的解放军也纷纷解下布鞋、毛巾，送到游击队员面前。

游击队员看着眼前这一幅感人肺腑的画面，泪水禁不住夺眶而出。几十年后，当游击队员聚会时，都说从电影里曾看到过多次类似这样的场景，却没有一个导演能逼真而动情地拍出这样感人的场面，也没有一个演员能再现当时战士们的感情和精神境界。

游击队员记不得当时在公路上站了多久，也记不得唱了多少歌，讲了多少话。直到深夜，游击队才赶到长安镇对岸的安东乡，挤在一个小学校的草坪上，燃起了几堆火。大家一边烤火，一边吃饭，一边回味，谁也没有睡觉。当长安镇解放后的第一轮红日升起来时，游击队渡过了浩荡的融江，进入长安镇街区。

莫可量政委带着路聪和周民震，代表柳北总队与中国人民解放军三十九军天津支队的一位部队首长对接。当他们见到这位首长时，莫可量问道：“你认识林先生吗?”那位首长先是一愣，随即笑着点点头，亲切地回答:“认识，认识，他叫林岗对吧?”啊，关系接上了！他们紧紧地握手，互称同志。在此之前，三江的“民变武装”曾与解放大军联系，因为他们不是共产党领导的队伍，没有联络暗号，天津支队的同志对他们不放心。现在，两支部队终于顺利地联系上了。之后，柳北总队四大队贴出了“安民布告”，正式接管长安镇。

第二十章

『娃娃乡长』

一

1949年11月下旬，柳北总队临时接管长安镇后的第二天，16岁的周民霖和香粉武工队就从苗山赶到了长安镇，后来他被派到长安电厂做军代表，负责接管电厂，保证正常供电。

没过几天，他被派到与长安镇只有一江之隔的东圩，担任安东乡治安委员会主任。中共融水县委员会和融县人民政府成立之后，他被任命为安东乡乡长。

融县安东乡与长安镇仅一江之隔，安东乡是长安镇的大门和屏障。长安镇是柳北地区的重要门户，曾是国民党十五专员公署所在地。这里的政治斗争异常复杂，反动势力盘根错节，选择强有力的干部去主持安东乡的工作尤为重要。

那时，中共融县委员会和融县人民政府刚刚成立，县、区的领导大部分已提前配备好随解放大军南下，但基层领导仍从当地选配。时任融县县委委员、县公安局局长莫可量，推荐周民霖担任安东乡乡长。但有的县领导认为周民霖太年轻，才16岁，怕压不住阵。莫可量作了介绍，认为周民霖经受了地下工作和游击战争的锻炼，而且在县政府成立前，已经被派去安东乡接管了伪乡政府，任安东乡治安委员会主任，他到职后，工作很有成效，稳定了局面，是非常合适的人选。

当时，乡政府管辖的人口不少，配备了十几个干部，有秘书，还有武装委员、民政委员、财粮委员等，同时配备了十几个武装民兵。周民霖个子又小又瘦，南下来的县委书记王业淳和县长马振东见到他就喜欢摸摸他的小脑瓜，亲切地称他为“娃娃乡长”。

周民霖任安东乡乡长期间，正值广西土匪暴乱时期。1950年1月25日，广西恭城发生三千土匪暴乱，土匪攻打县城和各个乡镇，杀害350多名干部和群众，随后各地国民党武装残余、地主恶霸武装以及惯匪纷纷效仿，攻打当地区、乡政府，杀人抢劫，无恶不作。

广西匪患惊动了中央，从恭城暴乱后，广西就以剿匪为中心工作。融县当时不少乡镇也遭土匪袭击，安东乡也出现过匪情。周民霖上任后抓紧做好各个村寨的群众发动工作，建立了农会和民兵组织，很快就肃清了散匪恶霸、国民党的潜伏人员和残兵败将。安东乡局势始终是全县最好的，“娃娃乡长”的名声也就流传开来。

周民霖上任没几天，有一支队伍打着“中国人民解放军西南纵队”的旗号，企图进驻长安镇。这支队伍有二三百人，身份不明。县公安局局长莫可量通知周民霖，必须将这队人马拦截在安东乡境外，阻止他们渡过融江。

当时，所谓的西南纵队“政委”是个女军官。这天，她带了几名随从，找周民霖谈判。刚一见面，看到周民霖竟是一名长着一张稚嫩脸蛋的“娃娃乡长”，于是她根本不把周民霖放在眼里，直白地讲明了来意。

周民霖挺了挺腰板，不卑不亢地直视着她，说：“你们所谓的人民解放军西南纵队，不晓得是哪个授予的番号，我们还需要做些了解。现在你们必须听从我们的指令和安排，队伍不能进入安东乡。”

女“政委”看到周民霖底气十足、气场不小，冷冷地扫视了周民霖一眼，傲慢地说：“我是西南纵队的‘政委’，我有公事找你们县长，你不能阻挠。”

周民霖强硬地说道：“我就是县政府委派的全权代表，你们必须听从我的安排。”

几轮唇枪舌剑后，女“政委”败下阵来，她只好皮笑肉不笑地表示听从周民霖的指令，把队伍驻扎在安东乡境外。

周民霖迅速将这伙人的情况上报，没过几天，他们的身份被揭穿，女“政委”原来是国民党政工人员。柳州军分区下令，就地收缴武器，整顿收编，拘留审查女“政委”。

二

这个女“政委”被降服后，有一个匪霸出现在周民霖的面前。

这个匪霸名叫肖士荣，他听说来了一名“娃娃乡长”，没有多大能耐，便觉得安东乡东圩镇就是自己的天下。于是他暗中勾结邻乡的土匪头子，图谋叛乱，公然叫嚣要取下周民霖的脑袋示众。

有一天，肖士荣在东圩集市叫嚣：“这个‘娃娃乡长’算什么东西，小不点，我用两个指头就可把他捻死。”

之后，肖士荣趁着周民霖下乡之时，在途中布置了两次伏击：第一次事先被农民举报，周民霖布置武装民兵将土匪包围，打得这几个散匪抱头鼠窜；第二次是傍晚，土匪心虚，远远就开枪，没有命中，周民霖带着两个武装民兵沉着还击，打得土匪落荒而逃。

肖士荣一心想整垮周民霖，到处造谣，说蒋介石的飞机空投了大量武器在泗顶山区，过几天反共救国军就要进军长安镇，“娃娃乡长”也活不长了。后来他又连续几天派几个狗腿子在乡政府周围打黑枪，弄得人心惶惶。

但经历过考验的周民霖并未被吓倒，他组织工作组深入各村各户发动群众，摸清了肖士荣以及潜伏的散匪特务和他们的狗腿子的行踪，然后，晚上组织民兵将其一网打尽，安东乡局势平稳下来。

当时，广西各地土匪暴乱越演越烈。安东乡邻近的几个区、乡相继被土匪攻占，东青区委书记雷彬、鼎安区区长黄略、德里乡乡长龙义被土匪杀害。他们牺牲得太惨烈了，大家义愤填膺。周民霖义不容辞地担当起支援邻近区乡剿匪的任务。

有一次，邻乡的一股土匪窜到安东乡附近，周民霖奉命组织武装民兵配合磐安区武装中队前去进剿，共有40多人参与行动。在一个山坳下，武装民兵突然遭到土匪伏击。当时土匪居高临下，占据有利地形。磐安区副区长黄庆元和周民霖立即命令战士散开隐蔽，然后再狠狠还击。

周民霖找到一棵大树做掩护，用美式卡宾枪频频射击。山上的土匪都隐蔽在草丛之中，偶尔看见几个人影在晃动。周民霖对着那些模糊的人影，一口气连发15枪，打得敌人四处逃窜。由于卡宾枪快速击发，引起了土匪的注意，他们迅速组织了几个人拿着几支步枪集中对周民霖的方向射击。“啪——啪——啪”，子弹从周民霖的头上嗖嗖地飞过，树叶和树枝纷纷落地。

突然，“砰——砰——砰——”声响起，周民霖听出这是土匪用砂枪射击。砂枪虽然打不远，但它一枪就有几十颗铁砂，命中率极高。如果有人中了一枪，几十颗铁砂打到脸上，要从脸上把细小的铁砂一颗颗挖出来，那不痛苦极了？他顿时感到头皮发麻，后背发凉，瞬间，一种恐惧感笼罩在心头。

但他再进一步想：革命战士连死都不怕，还怕伤痛吗？何况我手上的卡宾枪是世界名枪，能够连续击发，而且打得很准，怎么会怕几条中世纪的砂枪？于是，周民霖向前冲出十多米，趴在一块大石头后面，用卡宾枪对准使用砂枪的火力点，频频进行还击，直到砂枪不再发出声响。

经过几十分钟的激战，武装民兵凭着高昂的士气，开始向山顶冲锋。土匪当时有30多人，但武器低劣，又是乌合之众，很快就向后撤退。在追击中，武装民兵打死了1名土匪，缴获了3支土造步枪、1支砂枪，还捕获了2名土匪。

这一仗打得漂亮，战士们个个喜笑颜开，在凯旋的路上，歌声此起彼伏。周民霖身背卡宾枪，挺起胸膛，与黄庆元齐声高唱昔日当游击战士时唱的柳北战歌：

嘿，机关枪，嘿，机关枪，嘿，机关枪，把反动派齐打翻！

三

1950年元宵节，家家户户围着火炉煮汤圆，突然来了紧急命令，要求安东乡武装民兵配合驻扎在本乡的解放军铁道兵，火速赶到东青区救援。前几日，东青区土匪暴乱，区委书记与10多名区、乡干部惨遭匪徒残忍杀害。现土匪正在围攻区政府，情况非常紧急。

当时，解放大军铁道部队正好有两个排驻扎在东圩，砍伐并收购枕木，用来抢修湘桂铁路。晚上周民霖找到了铁道兵的连长，向他报告了匪情。这位连长是东北人，办事干脆利索，他说团长也接到县长马振东求援的电话，现决定由他率领一个加强排，配备2门迫击炮、3挺轻机枪去东青区解围。周民霖说，他也带20多名武装民兵配合作战。

这支60多人的队伍，到了东圩客运站，征用了两辆客运汽车，星夜奔驰在柳长公路上。当汽车开到浮石乡东江村后，他们下车疾步行军，直奔东青区政府所在地的沙子乡，迅速占领了村边的四盘岭。

此时，天已拂晓。只听到村内外枪声密集，不时还夹杂轻机枪的扫射声，这表明区政府干部还在顽强抵抗。铁道兵连长立即命令战士们找好隐蔽位置，然后他下令攻击。

顿时，枪炮声响彻云霄，几发迫击炮打到土匪群中，把一群土匪打得东倒西歪。有些土匪察觉到解放大军已到，无心恋战，开始四处逃窜。

战士们乘胜进击，村边有两个顽匪隐蔽在泥墙后向他们疯狂扫射，封锁了进村道路。

拿着美式卡宾枪的周民霖和一名拿着美式冲锋枪的铁道兵战士悄悄迂回到顽匪侧面，在和顽匪相隔80多米时，他们用枪向顽匪连发扫射，顽匪应声倒地。

铁道兵和武装民兵突破封锁线，冲进村，被围困的区、乡干部也都冲出来与他们会合。副区长覃绍彰和区委委员莫玉都是周民霖在柳北总队时的战友，能与周民霖在此见面，分外高兴。莫玉从未见过美式卡宾枪，好奇地看了又看，摸了又摸。参加这次解围战斗的县公安局科长王喜臣兴奋地说：“这次战斗如果不是周乡长与解放军将两个顽匪击倒，我们的同志伤亡就多了。这支卡宾枪立了大功啊。”

周民霖听后，心里满满的成就感。连他自己也觉得，握着抢，比握住任何东西更能唤起他的革命激情。一些新战士练了许久瞄射的动作都得不到要领，而他无论长枪还是手枪，都能用得灵动自如。

这时，莫玉拿出几个红薯慰劳战士们，周民霖这才感到饥肠辘辘，拿到一个红薯后用手拍拍外皮的泥沙，就大口啃起来，感觉今天啃的这个红薯特别爽脆、特别清甜。

此时，东青区的20多名干部，凭着2座炮楼坚持激战一天一夜，已很疲劳，但仍然很高兴。他们杀了猪，煮了饭，正准备庆祝剿匪胜利之时，村外“梆梆梆梆”的竹梆声震人心弦，接着密集的枪声突然响起，四面山上人头攒动，数百名土匪呐喊着扑向村子。

铁道兵连长看见土匪约有300人，敌我力量悬殊，于是一面组织还击，一面带队开始向四盘岭撤退，以冲破土匪的包围圈。当时，周民霖正在炮楼上用卡宾枪向土匪射击，王喜臣急忙上楼，拉住周民霖的手就往楼下跑，说："连长说，土匪要包围我们，他们人数众多，我们要立即撤回四盘岭。"

王喜臣拿着驳壳枪和周民霖一前一后冲出了村子，当冲到一片开阔的田地时，前面有两个东青区政府的干部突然被枪弹击倒。原来土匪在此设有埋伏。于是他们立即跳到田基和水沟边，向敌人还击。

这时铁道连的几位战士已冲上半山腰，他们在山上用轻机枪掩护着大家撤退。当周民霖、王喜臣冲到那两位负伤的同志面前时，看见他们腿上的伤口流血不止。王喜臣急忙撕破自己的衣服，给他俩临时包扎止血，并让几个民兵架着他俩往山上跑，到了半山腰民兵才从铁道兵手上拿来绷带替他俩重新包扎伤口。

周民霖和王喜臣以及铁道兵连长是最后撤到山上的。他们爬到山顶后，才舒了一口气。东青区政府的24名工作人员，在副区长覃绍彰带领下全部安全撤出，只有2名干部负了伤。大家正准备休息时，周民霖突然感到两脚发软，两眼昏花，一阵饥饿感袭来，几个体弱的同志都已瘫倒在地上。他们一天一夜都在行军打仗，一粒米未进。这种饥渴难耐的滋味，久久无法从他们的记忆中抹去。但是，解围激战取得胜利，帮助东青区政府24位同志安全撤出，他们心中仍然感到无比欣慰。

这次解围之战取得成功，马振东县长在大会上作了表彰。

县公安局局长莫可量亲自到安东乡开会表扬此次参战同志。他面带笑容地说："这次解围战斗取得了胜利，安东乡的武装民兵表现很勇敢，民霖同志也表现不错，能带头冲锋，还能吃苦。别看我们的乡长是个娃娃头，但早已长大了，值得庆贺！"听了这一番话，乡干部和民兵同志都笑了起来。

四

在东青区解围之战后不久，1950年农历二月中旬，周民霖从长安镇码头乘了一艘客运木船，到融县县城参加全县区、乡长会议。

那天，天色阴暗，北风呼呼，天空还飘洒着蒙蒙细雨，气温骤然下降。周民霖在船上背着带木壳套的驳壳枪。这枪，昨晚已经被周民霖用茶籽油擦得锃亮，随时准备射向土匪。

当船经过浮石乡不远处时，周民霖看到两岸山岩陡峭，地形复杂。据说前几天土匪在此抢劫了一艘客运木船，还枪杀了一名税务局干部，这里是土匪经常出没的地方。

周民霖警惕地走到船头，细心地观察两岸情况。突然，左边岸上响起几声清脆的枪声，子弹呼啸着打在船头边的水面上，接着岸上传来呼叫声：“把船靠左岸检查。”

这时船上十几个客人吓得面如土色，伏卧在船舱不敢吱声。船老板认识周民霖，他跑到船头问周民霖：“周乡长，怎么办？”

周民霖说：“别怕，快往右岸靠。”随后周民霖沉着地伏卧在船头甲板上静观土匪动向。

“你们是什么人？有检查证吗？”船老板反问。

“别啰唆，老子有枪就有权检查。”土匪强硬地回答。接着，第二轮清脆的枪声响起，船边水面上激起了朵朵浪花。

这时，周民霖看见半山腰上几个衣着破烂的土匪，拿着枪从树林中窜出来往岸边跑。于是，他用套着木壳的驳壳枪开始回击。

土匪见船上有人回击，顿时慌乱，几个土匪又跑回到山上。

在他们互相对射了20多分钟后，船上两名水手勇敢地把船划向右岸，当船距右岸不到100米时，周民霖的驳壳枪筒因发热而卡壳，他想用竹筷把枪筒中的空壳捅出来，但无效，子弹也只剩下两发。

这时土匪不知从哪儿找来一只小船，一面射击一面朝客运木船驶来，他们猖狂地叫嚷：“‘共匪’没子弹啰，抓活的。”两名水手见势不妙，赶紧跳水而逃。船老板对周民霖说：“周乡长，我们也跳水吧！要快些啊！”

此时周民霖已无还手之力，不得不脱掉棉衣棉裤跟着船老板跳入水中。天寒地冻，江水刺骨，土匪驾着小船追击他，密集的子弹又打在他身边，激起朵朵浪花。他一边游，一边喃喃地说：“你们这伙残渣余孽，到时会收拾你们，一个也不放过。”

周民霖小时候就喜欢游泳。龙城中学旁的柳江像一条碧绿的玉带，把柳州市区环绕成一个“U”字形半岛，两岸树木葱茏，奇峰怪石秀美。在龙城中学读书时，周民霖常到柳江畅游。从狗爬式到蛙泳，再到自由泳，都是那段时期在柳江里学会的，他还时常潜入江里捉鱼呢。不曾想，这个爱好，关键时刻却成了自救的法宝。

此时，周民霖在冰冷的河中奋力划水，从容镇定，时而潜入水下，时而浮出水面，不断向岸边靠。

但土匪的小船也在加速，子弹仍嗖嗖地越打越近，激起星星点点的水花，有颗子弹从他的头皮擦过。他一个猛子，潜入水中躲过子弹，然后露出半个脑袋吸气，再潜入水中。游了没多久，他总算摆脱了土匪的追击，游到了对岸。

周民霖爬上岸，沿着山脚下的一条小道往前跑，一口气跑了十几里才到达融县县城。

当周民霖出现在县长马振东的面前时，马县长先是一惊，接着心疼地将这个“娃娃乡长”拥入怀中，立即脱下棉衣给他穿上，并给他倒了一杯热水。马县长随后听取了周民霖的汇报，并亲切地安慰他。

当晚马县长请他同几个县领导一起吃饭以示慰问。在餐桌上，马县长频频给周民霖夹红烧肉，当时，周民霖实在饿得发慌，就大口吃肉、大口啃馒头，碗大的馒头一口气吃了四个。马县长亲切地说：“‘娃娃乡长’还在长身体的时期，要吃饱些，才能快长快大!”

县委书记王业淳也开玩笑说：“‘娃娃乡长’不光人小胆大，有勇有谋，胃口也挺大哩!”

饭后，马县长还告诉周民霖，刚刚有人汇报，当小艇追击他时，县工商联组织的护航队在巡逻路上闻枪声立即跑到事发地，并与土匪交了火，打跑了土匪，解救了他乘的那艘木船上的客人。那些客人说，首先要感谢周乡长的勇敢，是他的驳壳枪抵挡了一阵，让他们逃过了一劫。

第二天的大会上，马振东县长表扬周民霖只身抗击土匪的勇敢精神。周民霖想不到儿时学的游泳，竟能够让自己逃出险境。

从此，周民霖更加亲水爱水，与水终身结缘。

第二十一章

剿匪歼灭战

一

解放军挺进广西后，以秋风扫落叶之势解放广西。白崇禧率领的残部溃逃至越南及我国云南边境。潜伏的特务和众多的残兵败将，加上当地的土匪和地主武装，共同组建了所谓的“反共救国军”，形成遍布广西各地的土匪武装，在广西攻击各地新政权，残酷杀害我军和地方政府人员及广大仁人志士。

那个时候，周民震是中国人民解放军融县大队第二连政治指导员，领导100多名从游击队出来的战士，在柳北几个县进行剿匪。

周民震在参加剿匪的一年多时间里，跑遍了柳北一带的山区乡村，与土匪交战10余次。土匪假扮当地农民，给战士剿匪制造了许多困难。特别是土匪猖狂时，突然袭击区、乡政权，杀害干部，部队经常闻讯前去救援，有时赶到时，土匪已逃跑。战士们恨得咬牙切齿，火冒三丈。

1950年夏季，一天晚上，周民震所在的第二连追击一股土匪时路过罗城县内一座很大的庙宇，群众称之为“保安寺”，据说此地是当时三县联防司令吴渭滨的地盘，他是当地大地主、大恶霸，也是那一带的匪头。当部队离保安寺5公里左右时，当地一个农民向部队报告，说保安寺内刚进驻了一股土匪，可能打算天亮攻击附近的乡政府。张连长和政治指导员周民震商议，决定连夜包围保安寺，待天明再突击围剿。于是，部队马上隐蔽在寺庙附近。天亮前，连队派两个排埋伏在保安寺外的两条对外通道，一是阻挡土匪外援，二是防止他们逃走；连队派另两个排包围了寺庙。

天刚蒙蒙亮，游击战士紧盯了一夜的庙门在晨雾中徐徐打开，一匪徒鬼鬼祟祟地探出头来查看情况。

“砰——”埋伏在周围的一名战士心急，当即朝那个匪徒开了一枪，结果打偏了，只打中小腿。

匪徒冷不防挨这一枪后，立即边关紧大门边喊：“不好，有埋伏！”里屋的匪徒有的还在梦中，听到枪声和喊声，一个个骨碌爬起来。为首的土匪爬上高处向外望，发现已经被包围了，于是立即下令，组织火力，向庙外的战士开枪。

寺庙的外围没有掩体，战事非常不利。但战士们动作迅速，不到20秒钟全都隐藏好了。土匪的枪声密集起来，但墙上的枪眼毕竟太小，无法瞄准射击。有的战士便猫腰行进，冲向庙墙边，有的战士伏在田埂和土堆上为他们打掩护。张连长扫视周围一圈，贴着高墙，朝里面喊话：“里面的人听着，我们是解放军，你们已经被包围了，赶快缴械投降，顽固抵抗只有死路一条。”

匪徒死不投降，僵持了半天。大家心急，决定冒险靠近墙体，用石头来砸墙，砸出洞口，强行进攻，但效果很差。张连长立即派通讯员带一个班去附近村里借锄头、钢钎和铁铲，准备破墙而入。

周民震心急，带头猫腰靠近墙上的枪眼。他正要喊话，敌人嚣张地说：“我们是吴渭滨的救国军，你们想死就等着吧。吴司令马上就会来救我们的。”这时，一支枪从枪眼伸出来，子弹从周民震身边穿过。

两个多小时后，去借破墙工具的战士回来了，张连长急忙带领战士开始挖墙，准备挖开两个能钻进去的洞，然后冲进去。墙终于被挖开一个口子，战士们开始扔手榴弹进去，但一部分匪徒早就从挖好的地洞逃了出去，一部分则躲进庙的深处，没炸到他们。

张连长说：“一线战士继续挖洞，二线战士在外围埋伏，以防匪徒冒死突围。”这时，天快黑了，有一个洞还挖得不够大，要等两个洞都挖好了，才能同时从两个洞口冲进去。

张连长和周民震召集各排长开会，为了防止天黑进庙后看不到人，匪徒会躲藏或逃跑，他们又派战士到村子里挑来几捆茅草，准备在进洞时将其点燃。

终于，洞口挖好了，战士们冲进庙中。早已躲进庙内各房间和掩体的匪徒拼命顽抗，胡乱开枪。有个匪徒爬到屋梁上，被战士发现，战士的冲锋枪射出3发子弹，匪徒应声倒下。战士们为了将匪徒一网打尽，把在洞口处燃烧的茅草引进室内，土匪无处躲藏，一阵密集射击，对方死伤10多人。张连长对周民震说，要活捉土匪头子。周民震说，好啊，让吴渭滨知道解放军的厉害。

整个战斗，按理说应有一个完美的结局，可就在战士迎面冲锋时，一颗子弹打中冲在最前面的一名战士的左臂，他顿时血流如注。

清点战绩时，发现共击毙击伤土匪19名，后来才知道，这股土匪如此顽强，原来头头是匪首吴渭滨的儿子，但他已从地洞逃走了。

这场干净利索的剿匪战，在柳北一带很快便传开了，人们奔走相告，满脸欢欣。

二

有一天，融县县长马振东决定亲自带领周民震所在的融县县大队第二连进行一次远距离奔袭。因为土匪有耳目隐藏在群众中，部队去剿匪常常扑空，所以军区提出一个新战术，即“远距离奔袭”，奔上几十里后，拐弯突袭敌人，使他们来不及躲藏和逃跑。

早上吃了饭，战士们立即前往融县和睦镇。走了几十里，到达目的地后，正要做饭，上级突然命令他们立刻前往永乐区，大家来不及吃饭，就马上出发。到了永乐区时天已黑，上级又命令他们拂晓前赶到罗城县龙岸镇，他们又忙向龙岸进军。

天黑了，伸手不见五指，大家拿出白毛巾绕在脖子上，小路难走，还要过沟穿林、爬山越岭，大家已饥肠辘辘了。大家想到这一仗出手，土匪毫无防备，肯定大胜在望，又打起精神。

上山要爬4公里的山路，每一步都要使出一定的力气才上得去。战士们争分夺秒，马不停蹄。周民震是连队的政治指导员，也是个战斗经验不足的学生哥。他不怕枪林弹雨，就怕那超体力极限的强行军。此时，他跟着队伍上山下坡，两条腿早已成了机械腿，渐渐麻木了，脚板起泡了，关节疼痛，脚步不稳。坚持到天快亮时，他身体摇晃起来，趔趄向前走。忽然，他一脚踏空，在窄窄的山路上滑了一脚，翻下路边的深沟里。通讯员急忙跑过来搭救他。好在沟不深，草很密，虽有伤却无大碍，但他的双脚已不能活动自如了。

这时，走在队伍后面的马振东县长骑着一匹马过来，见状，立即下马说："小周受伤了吗？"

周民震说："马县长放心，你从东北打到广西都没事，我这点伤算什么？"

卫生员提着药箱奔了过来，很快便替他把左膝盖伤口包扎好。马县长执意要把自己的马让给周民震骑。

周民震向后退了几步，不肯上去，说："我才18岁，我骑马，你走路，这哪行呀？"

马县长和通讯员一起，不由分说地把周民震强行扶上马背。坐在马背上的周民震看见马县长在前面艰难地走着，感动得泪如泉涌。

前往龙岸的路上有一座很高大的山——鹅颈坳，队伍艰难地爬过了这座山，下了山，离龙岸还有十几里路，天尚未亮。一行人马隐蔽在树林里，等待天亮突袭。战士们走了一整天路，没有食物补给，肚子饿极了，要想打赢这场仗，还真有点悬。如何解决吃饭问题，让马县长和周民震十分焦虑。

这时，一排的排长像发现新大陆似的，兴奋地跑过来对周民震说："前面有几块红薯地，红薯已长成，可否挖来充饥？"

"不行，那是老百姓的，怎么可以随便吃。"周民震表情严肃地说道。

张连长听到后却说："肚子空空怎能打胜仗，为了战斗的胜利，先填饱肚子再说吧。"

周民震想到三大纪律八项注意，不急于表态。

张连长说："现在是什么时候了，我的指导员同志，灵活性与原则性要相结合嘛。"随后，他扬起手，朝一排排长说："告诉事务长，打下龙岸后去找农会付账，算一下，这红薯的钱扣我的津贴好了。"

其实周民震的肚子也在叫，他也很想吃红薯，于是他说："我们去请示一下马县长。"

马县长一听，高兴得跳起来说："我正为饿肚子发愁呢，先吃农民的红薯，打下龙岸后，找到农会会长，赔钱给物主就是了。"

马县长发话后，战士们连忙扑过去用手挖红薯吃。有了几个生冷的红薯垫肚子，战士们的元气又恢复了。

进攻龙岸，因是远距离奔袭，敌人毫无准备，个个都睡得迷迷糊糊的。我方战士们对敌方展开一阵密集射击，打死了几个顽匪，其余60多人哭叫着"投降、投降"，全部跪地缴枪，束手就擒。

清点战绩时，战士们发现匪首韦家恩不在其中。后来听说他赌钱到天快亮时，听到风声就跑了。他对地形十分熟悉，战士们想追，也不知朝哪儿追，让他得以逃脱。

事后，马县长又着重交代周民震，务必要找到红薯的主人，把钱给结了，要让老百姓知道，我们是支穷人的队伍，也是仁义之师。

第二十二章

跨过鸭绿江

一

1950年6月25日，朝鲜内战爆发。美国政府立即作出武装干涉朝鲜内战的决定。10月初，美军无视中国政府的一再警告，悍然越过三八线，把战火烧到中朝边境，直接威胁新中国的国家安全。危急关头，朝鲜劳动党和政府请求中国出兵支援。中央政治局多次召开会议，作出了派遣中国人民志愿军入朝作战，抗美援朝、保家卫国的历史性决策。1950年10月，中国人民志愿军雄赳赳、气昂昂跨过鸭绿江。1950年冬，经过第一和第二次战役，中国人民志愿军取得了辉煌胜利，收复了平壤、元山等重镇。但我方部队损失也较大，需补充兵员。

誉称为王牌军的三十八军，参加解放广西战役时曾与广西地方游击队并肩作战，知道广西子弟兵很能打仗，于是，他们指定要补充广西子弟兵。遵照中央军委命令，广西军区从各地方部队调集了3000多人编入三十八军，参加抗美援朝。

周民震所在的柳北总队十二中队，解放后被编为融县县大队二连。这支战斗在大苗山一带、战绩卓著的连队，被广西军区从剿匪前线调集而来，全建制加入抗美援朝、保家卫国的行列。

1951年，农历正月刚过，春节的气息尚未完全消散，在柳州郊区的洛埠乡，召开了声势浩大的中南军区补训二十八团动员誓师大会。19岁的周民震，是该团第十六连的政治指导员。他代表从广西各地方部队调集来3000多名子弟兵，在动员会上表决心："我们广西各族人民的子弟兵，坚决听党的号令，将奔赴朝鲜战场，保家卫国……"

动员会结束后，他们怀着对美帝侵略者的仇恨，开拔朝鲜战场。经过长途跋涉，3000多名子弟兵终于来到了抗美援朝的前沿地安东市。

到安东的第二天，部队召开了排以上的干部大会，由前线来的三十八军政治部主任做动员，他如实地介绍了前线艰苦残酷的战斗情况，号召大家要充分做好战胜困难甚至流血牺牲的思想准备。

当天深夜，部队悄无声息地出发了。由于鸭绿江上的大铁桥早已被敌机炸毁，战士们只能从上游的一座临时搭起的浮桥过江。

春寒料峭，来自西伯利亚的朔风呼啸怒号，刮得沿路老树、枯藤沙沙作响，寒气逼人。但大家今晚就要过江，进入抗美援朝前线，每个人心里就像燃烧着一团火。

这时，通讯员小程一边走一边没完没了地问身为政治指导员的周民震："朝鲜人长什么样子？朝鲜妹子会唱山歌吗？朝鲜人吃大米吗？"

周民震说："明天早上你就会看见了。"其实他也是一问三不知，他同样也没有到过朝鲜呀！

3000多名战士摸黑行军10公里，来到了浮桥头，这时传来了就地休息的命令。原来浮桥在白天被敌机炸毁了一大截，工兵正在紧急抢修。

夜越深，风越肆虐，还夹着一些冻雨。战士们坐在地上休息，时间久了，个个冷得瑟瑟发抖。二十八团副团长宋瀛洲巡视各连，走到周民震身边，关切地问："小周，冷不冷？"

周民震实话实说："这风像刀子割肉一样，哪有不冷的。"

宋瀛洲笑了笑，说："告诉你一个好办法，站起来，原地跑步。"

战士们原地跑了10分钟，个个热气腾腾，额上渗出了微微的汗。部队又活跃起来了。

东方出现了些许曙色，敌机的马达声开始在空中嗡嗡作响了。连长悄声对周民震说："糟了！天亮才过江，就会把目标暴露给敌机。"

周民震说："团部会考虑的，也许要等到今晚才过江吧？"话音还未落，团部通讯员传来了命令：“桥已修好，部队立即过江，赢得时间就是赢得胜利!”

迎着朦胧的晨雾，3000多名战士依次踏上浮桥。宋瀛洲焦急地站在桥头指挥，口里不断地喊：“快！快!”敌机在高空中盘旋，大家不顾它们的威慑，趁着弥漫的雾气未散去，秩序井然地快速过江。

一个小时过去了，天已大亮，云开雾散。正轮到周民震所在的十六连过桥，这时一架敌机突然破云而出，俯冲下来，发出震耳欲聋的呼啸声。正走在桥上的战士一时不知所措，有的战士伏在桥上不敢乱动，怕暴露目标。这时首长传来命令：“不管敌机，只管前进!”

敌机飞过战士们的头顶后，绕了一圈又调头回来，开始向桥上的部队扫射。子弹扫在桥上桥下，把水花激得老高。连长大声说，这是一架火力侦察机，不必害怕。于是部队加快了脚步，继续勇往直前。

敌机盘旋一周后，渐渐远去。战士们见敌机离去，兴奋难抑，有一个战士不禁唱起了刚学会的《中国人民志愿军战歌》：

雄赳赳，气昂昂，跨过鸭绿江……

歌声可以壮胆，歌声可以扬威，一时间，整座浮桥上的战士都唱了起来：

雄赳赳，气昂昂，跨过鸭绿江！
保和平，卫祖国，就是保家乡。
中国好儿女，齐心团结紧。
抗美援朝，打败美帝野心狼！

这时，团部传令：“跑步前进！敌人的火力侦察机发现了目标后，只需15分钟，大批轰炸机就会赶到。”

啊！15分钟！时间就是生命！

当周民震率领着十六连的战士们顺利跑过江，再回头眺望时，最后一个连队的战士还在飞快地过江，像一条矫健的苍龙，呼啸着向江这边飞腾而来。他们昂起头，唱着战歌，甩开膀子，与时间赛跑。已渡江的战士们望着桥上的战友，泪眼模糊，暗暗祈愿：快呀！

15分钟快到了，每一秒钟都关系着亲爱的兄弟们的生命啊！这些来自广西的各族同胞，肩负着重托，要以自己的血肉之躯来捍卫神圣祖国的尊严。

15分钟刚过，敌军的轰炸机果然轰隆隆地飞来了。所幸的是，3000多名战士已全部安全过了江，隐蔽到森林里了。敌机扑了空，只好向一座空桥胡乱投掷炸弹就飞走了。

太阳升了起来，阳光明媚，战士们在朝鲜土地上向着前沿阵地日夜兼程地行进。

二

抢渡鸭绿江之后，部队急着奔赴三十八军休整驻地——以君子里为中心的一带山区农村。这一段路约有几百里，由于当时制空权基本还在敌军手里，我方行军面临很多困难。白天只能走山间小路，夜里就摸黑走公路。公路也不好走，一路上尘埃扑面，常有各种汽车、马车、牛车、人力车，战士不小心就会掉队或出车祸，所以行进速度上不去。一路上，每十几米外就有一名哨兵。一听到敌机声，哨兵就鸣枪示警，公路上的车立即熄灯，人立即停止行走，匍匐于路旁沟渠中。

路上所经的小城镇和村庄几乎都是一片灰烬，有些还冒着烟，惨不忍睹。战士们遇到可以隐蔽的树林才可休息，吃了干粮后，大家和衣而睡。冷、饿、累，但是战士们没有气馁，没有怨言，只想着早日赶到三十八军驻地。许多战士第一次见到雪，休息时兴奋地互相抛洒，在玩闹中疲劳顿消。

敌机常在白天突然出现，见有可疑之处，就扫射一轮，但很少扔炸弹。一开始战士们有点惊恐，后来习惯了，还幽默地说是美军放鞭炮欢迎他们呢。

就这样在路上行军了7天，到了君子里一带，3000多名战士就分赴各自已经分配好的部队中去了。周民震和一部分战士被分配到军后勤部警卫连。三十八军被彭德怀称为“万岁军”，刚刚在汉江南北岸打完了志愿军出国后的第三次战役。虽然三十八军打了胜仗，但人员损耗也不小，急需补充人员、进行休整，以便投入下一次战役。

这里离前线有多远、安不安全，新战士并不知道，但从三十八军老战士们的言谈表现来看，这里是比较安全的。白天人员活动较少，一到夜里可热闹了，开会、学习、聊天，有的还唱歌。君子里附近有许多禁区，大概是指挥机关或物资仓库吧。那些地方都是警卫连保卫的重点目标。

新老战士会餐，以表示欢迎新战士的到来。罐头猪肉熬豆腐和祖国送来的各种蔬菜，这可是老战士用来招待广西新战士的美味大餐。

接着就是换装、学习，以政治学习为主，然后进行军训，还有纪律教育。朝鲜人民中的中青年男子都去打仗了，家里只剩下老人、小孩和部分妇女，广西子弟兵来到这里，就是要好好保护他们和照顾他们、帮助他们。周民震作为政治指导员，一路上，他都不忘对战士们进行纪律教育。

周民震到了警卫连，一些老战士见他如此年轻，就当连级干部了，都很羡慕。

有一次，连长的通讯员问周民震："指导员，莫非你是个大学生？"当时，部队里大学生少之又少，有些师团连一个大学生也没有，战士们对大学生很敬仰，觉得他们有点神秘。

周民震笑了笑，说："小鬼，我不是大学生，但大学生打起仗来，有可能还不如你这小鬼呢。"

通讯员笑了笑，说："那倒是，我这小学还未毕业的小兵，在上次战役中面对三个冲上来的大个子美国兵，我扔了一个手榴弹，他们就全倒下了。"

"好呀，记功了吗？"周民震问道。

通讯员有些害羞地说："这不算什么，只记了个三等功而已。"

"祝贺你，将来争取再立一等功。"周民震说道。

新战士与三十八军的老战士很快就相处融洽了，一起学习、练兵，讲战斗故事。

战士们在训练时，传来了中央军委的急令，集中原补训二十八团排长以上近百名干部，组成二线兵团暂编入第三十六军团，再次返回广西招募新兵。这意味着，从广西调集来的补训二十八团加入三十八军是成功之举。

回到广西后，一行人在柳江县附近的农村驻下，向广西各地招募新兵，然后进行形势教育、军事训练，再奔赴朝鲜。

第二次赴朝鲜，战争形势已大不同，中国人民志愿军空军在苏联空军的支援和帮助下已初步控制了朝鲜的制空权，公路、铁路基本都畅通，战场已移过了三八线，敌方不得不坐下来与我方进行和平谈判。中国人民赴朝慰问团正在各地慰问演出，人们的脸上露出笑容。

1953年7月27日，抗美援朝取得胜利。经此一战，中国人民打败了侵略者，震动了全世界，奠定了新中国在亚洲和国际事务中的重要地位，彰显了新中国的大国担当。

1954年，周民震从朝鲜战场回来后，转业到广西省文化部门工作。

第二十三章

香江眺望

一

1949年4月23日，中国人民解放军成功跨过被称作“天堑”的长江，一举突破了国民党苦心经营的“长江防线”。蒋介石的老巢——南京解放了。中国人民解放军乘胜追击，直扑江南。国民党在江南的“半壁江山”已支离破碎。

国民党军溃败广州时，周公谋仍在广州国民政府任职。他周围的幕僚们个个都急忙做迁逃的准备，计划或逃往台湾，或逃往香港。周公谋也为自己出走香港做准备。以他当时的声望及地位，如果儿子们愿意跟随他一起到香港，都可以进入好的中学和大学继续完成学业，重新安排日后生活，也不至于天各一方，从此相见亦难。然而，孩子们说“我们已长大，道路可以自己选择”，他也是万般无奈。

当汽车越过罗湖桥进入香港新界时，道路两旁的英军哨兵手提冲锋枪默默注视着。汽车内有人向英军哨兵挥手，但英军哨兵目不斜视。此情此景，令周公谋突然陷入一种悲苦之中。

其实，周公谋的内心深处，极不愿意看到国民党的急剧溃败和共产党新政权的迅速诞生。他作为国民党的元老，与国民党的渊源实在太深，他总认为是国民党推翻了清王朝，是国民党结束了军阀割据，是国民党给了他高官厚禄，让他得以长期享受富足和安逸的生活。尽管他也不满国民党的腐败没落、蒋介石的专制独裁，但他对国民党仍然有感情。

对孩子们的“叛逆”行为他也很反感，总认为共产党并不会给他们什么好处，而他们却一心去追随共产党。因此，他即便不跟蒋介石去台湾，也决不能留在大陆。

他已连续给在柳州的妻子发了四封急函了，希望在柳州的四个儿子们能尽快与他一同迁去香港，但得到的都是否定的答复。他不甘心，仍对儿子们抱有一丝亲情濡染的幻想，又发出了第五封加急信，试图再次说服儿子们改变决定，结果还是失望。无论怎样苦口婆心，还在读书的儿子不仅决意留在广西，迎接全国解放，还动员他弃暗投明，留在内地。

此时，孑然一身的周公谋坐在开往香港九龙的公交车上，眯着眼胡思乱想之时，车子开上了繁华的九龙街头。这时，一个急刹车，他的身子剧烈地向前倾了一下，额头砸向了前座的靠背。司机骂骂咧咧地下车查看情况，只见他在下面指手画脚地与人吵了一阵。原来，有个国民党小士兵驾车，撞倒两名行人后打算扬长而去，警察跑来与他们理论，导致交通拥堵。一车人的目光齐刷刷地盯着窗外的街道。路的另一侧，有美国小吉普、中吉普、四轮卡车疾驰而过。这时，一辆中吉普突然停下，阻塞了交通，车上下来两名军官进入商店购物，许久才出来将车开走，站在路旁的警察不敢干涉。

周公谋就是带着散乱的思绪和忐忑不安的心情，孑然一身步入了香港这个陌生的社会。在经历了困惑、焦虑、摇摆，甚至痛苦之后，心高气傲的他已失去往日的开朗，变得谨小慎微。与其说这是对新环境的不适应，不如说是持着一种消极的心态罢了。在历史的剧变中，他像一艘失去了舵又失去了桨的船，在大海上漂流。他的心情糟糕到了极点。

好在，周公谋到香港九龙青山道一座楼房里安顿下来一段时日后，妻子胡君品和大女儿周素梅一家也从广西来到他身边。

到香港后，他没有像其他高官一样，四处做投机买卖。他安静地领着国民党给他发的薪酬，和妻子的衣食还是可以保障的。他开始忆旧，对政治无多少热情了。

平日里，周公谋和妻子深居简出，观望风色，很少露面，因此知道他的人不多。偶尔，他也会找几个部属和几个一起迁到香港的高官老乡，写写诗、喝喝茶。老友相聚，自然会聊到香港、台湾当下的政局和日新月异的内地（大陆）。

国共两党，简直一个天、一个地。这一结论是周公谋与曾经的国民党幕僚们闲聊时得出的。他们看到，共产党在解放全中国后，以极大的热情投入到经济建设中，经济发展很快。中国和苏联合作，开始实施著名的“156计划”。该计划的156个工业项目中，有生产汽车和拖拉机的，有炼铁、炼钢的，还有制造飞机的。这些工业项目以重工业为主，让中国工业从无到有。

类似的闲聊讨论越多，周公谋思乡的情绪就越浓。很多时候，他喜欢在家读书看报，赋诗抒怀。独处时，他想得最多的是儿子们，虽然他们都表示与他这个父亲决裂，但是他们身上流着他的血，打断骨头还连着筋呐。唉！他重重地叹了一口气，真是“无限江山，别时容易见时难”。他心潮澎湃，铺好一张纸，蘸饱墨汁，将这种心情化成文字——

寄内

凭窗对月立多时，频频更愁已不支。
悱恻辛酸心自觉，凄凉滋味夜蹬知。
嶙峋瘦骨非关病，惘惘情怀祇为痴。
无限羁愁无限恨，西风吹散泪如丝。

这首诗，道尽了周公谋复杂的心绪，他对自己的未来感到迷茫。

后来，他从报纸上得知内地全部解放了，匪患也平息了。此时的香港也不是安居之所，台湾仍在动荡之中。好在国民党当局每月的薪金仍能按时发放，对他的生活倒没有多大影响。

这样的日子他过了几年。

二

一天，国民党当局不知怎的想起了在香港还有周公谋这么一个国民党元老，于是下了一纸通知，要他到台湾，否则停发薪俸。

周公谋对此十分反感，他约了几个一同迁逃至香港的同僚喝茶，分析了当前的形势和处境。有的认为：他应该接受蒋介石的安排，去台湾履职。有的则认为，他都60岁了，还到台湾去，能有什么未来呢？不如继续留在香港。几个人的意见，他都觉得不是最佳的。

这天晚上，周公谋在床上辗转反侧，睡不着觉。夜已经很深了，他反而越来越清醒，索性披衣起床，来到海边。

月光如水，波浪有气无力地拍打着岸边的礁石。站在海边，周公谋向西边眺望，海的那边是广东，与之唇齿相连的，就是广西老家了。

40年来，戎马倥偬。“家乡”二字，对于曾经的他来说并不重要，似乎也没有什么特殊的意义。而今天，家乡近在咫尺，却又远隔万里，他才感觉到“家乡”二字有沉甸甸的分量。家乡的山水草木，家乡的父老乡亲，所有这些都变成了美好的回忆。他还能回去吗？

“唉……”周公谋望着大海，长长叹了一口气。隔海望家，别有一番滋味在心头。家乡的青山石头没有变，村前的那条洛清江仍在静静地流淌，而他却早已满头华发。

眼下，他还是要应对蒋介石这一纸调令。

这时一个名字闪过周公谋的脑海——卫立煌，这位曾经与他一起伴随孙中山先生左右的同事，后来飞黄腾达，官至国民党东北剿匪总司令，之后，国民党军溃败，他上了共产党战犯名单。他在战乱恐惧之中，不跟蒋介石逃窜到台湾，却乘乱跑来香港，前不久愤然与国民党一刀两断，回到了内地，成为从境外归来的国民党高级将领中官职最高的一个，并受到毛主席和周总理的亲切接见。

周公谋很佩服卫立煌的勇气，卫立煌的道路也就是他未来的道路，他心想绝不能为了一点薪俸而跑去台湾，于是他坚决向国民党表示了拒绝。

国民党当局知道后很恼火，一怒之下，下令断了他的薪俸。

断就断吧，有什么了不起的。他小时候常听到母亲周黄氏说：人不死，粮不断。

此时，毛泽东提出“爱国一家”“爱国不分先后”等政策主张，希望流落海外的华人回国参加新中国的建设。

胡君品看到周公谋迟迟下不了决心回内地，便收拾行囊，独自去位于沈阳东北工学院（现东北大学）的二儿子周民云家中。

周公谋在无奈和孤苦之中，到香港的佛寺竹林禅院做起了居士。他想，人总还是要活下去，走一步算一步，日后看形势再作打算。

竹林禅院是香港最大佛寺，位于荃湾区。山上风光明媚，从上面可以尽览荃湾新市镇，远望蓝巴勒海峡及青衣岛。院内有天王殿、大雄宝殿、东林念佛堂等建筑物，装修古朴雅致，亦供奉了全港最大的三宝佛像，庄严肃穆。

周公谋在这里过上了居士生活。每天清晨，从云雾缭绕的大山深处醒来，伴着鸟鸣及山下的潺潺流水声，闭上眼，就能感觉这地方简直是世外桃源般的存在。清晨同大自然一起苏醒，半夜可伴着星空入眠。他忘情于这荒山野郊，用读书、写诗打发剩余的岁月。

一同在竹林禅院做居士的还有几个命运与他相仿的国民党高官，闲时他们常常聚在一起，品茶吟诗，抒发内心的苦恼和郁闷。他们发牢骚，谈时局变化，臭骂蒋介石，以此释放满腹怨气。有时，他们也感叹因为命运的捉弄，自己孤苦伶仃，流落在外。

就在这复杂而又悲伤的情绪中，周公谋孤独地过了几年。

三

春去秋来，随着年岁增高，周公谋思乡、怀旧之情与日俱增。在竹林禅院，他常与人谈起故乡，谈起他崇敬的抗金英雄岳飞，还有五个儿子。尽管儿子们都不和他联系，但他无时无刻不在思念内地的亲人们。特别是夜深人静之时，他的思念之情与孤独感越发强烈。他常常夜不能寐，半夜披衣起床，漫步庭院，遥望远方，泪湿衣衫。

这天，周公谋又接到妻子从沈阳寄出的信函，信中无不流露出对他的思念，还告诉他共产党的政策“爱国不分先后”，共产党真心实意为老百姓过好日子着想，中国已发生了很大变化，几个儿女在共产党这边都干得不错……

周公谋这天晚上梦到他跨过千山万水，回到故乡鹿寨，回到自己从前的家。他推开门，看见母亲周黄氏还是原来的样子，蹲在厨房的土灶旁，将一把黄荆柴塞进灶膛，然后起身拿着锅铲炒菜……母亲还那么年轻，一双大脚板还那么有力，然而他已老去，满脸皱纹了。倘若母子再相见，她还能认出自己这个儿子吗？从梦中醒来，他泪流满面。

周公谋下定决心，他要回内地，要回家！这时，早已定居美国的大女儿周素梅和女婿何应佳来信真诚地邀请他到美国，说他们负责养他到终老，但周公谋毫不犹豫地拒绝了。他开始认真做回家的准备，但国民党特务是不允许像他这样的国民党高官回内地的，认为这是投共。但周公谋顾不了那么多，他心想投共就投共，反正他要与国民党决裂。于是他多次跑到新华社驻香港的分社，申请填表，办理手续。当然他对国民党特务的残酷手段还是知道的，因此，他回内地是悄悄进行的，连广西老乡也不告诉，有时进出新华社还特意乔装打扮一番，以免被国民党特务发现并跟踪。当所有的手续办理妥当，时间已来到了1964年春。于是，便出现了本书引言所叙述的情景。

第二十四章

建设新中国

一

就在周公谋在香港郁郁寡欢、患得患失的时候，他的大儿子周一峰从火热的革命斗争转到新中国的经济建设中。

1949年4月，随着毛主席、朱总司令发布向全国进军的命令，人民解放军百万大军在西起江西九江、东至江苏江阴的长江北岸，以排山倒海之势横渡长江，直捣国民党统治中心南京市。

渡江战役前夕，周一峰担任华中警备第八旅政委。渡江南下后组织原决定让他去无锡任市委书记，后又变动，调他去松江地委工作。

松江地委由苏中地区渡江干部和山东南下干部组成，华东局原先准备任命周一峰为书记，但周一峰想：自己在解放战争时期已任地委书记，而现在把正职位子让给山东南下同志，对协调工作会更有利。于是，他向华东局提议由山东过来的张彦任书记，他当副手，配合张彦同志工作。他再三谦让，华东局同意了他的请求。周一峰不仅让贤，还做好八旅干部工作，说“我们一切是为了革命，不计较个人得失。要多照顾和考虑到山东和当地地下党的同志”。

但在工作上，周一峰积极主动，毫不“谦让”。

松江地区原是国民党统治的中心地区，靠近上海，历来工商业比较发达，民众对共产党的了解和认识不多。

周一峰带头深入基层，走访市民，到工农群众中了解情况，和当地的工商业主广泛接触。很快，松江一带城乡生产、生活状况，老百姓的疾苦，他都了如指掌。

用什么办法把各阶层人民团结起来，发展生产，建设家园呢？周一峰决定组织召开各界群众代表会议，让群众从切身利益和愿望出发，提出想法，相互协商；再由政府协调研究，形成解决问题的方案。

1949年9月30日，在周一峰等同志的精心组织下，松江县各界群众代表会议召开，会上民主气氛相当浓烈，各界人士对共产党真正实行人民当家做主的做法心悦诚服，试点效果很好。松江地委将这一经验推广到全地区，解放不到一年，新政权的工作局面迅速打开。

周一峰等同志推行的这一让人民当家做主的试点工作，在当时影响很大。10月13日，毛泽东主席向中共中央各分局发电，要求各地领导"仿照办理，抓紧去做。并请你们选择一个县，亲自出席，取得经验，指导所属"。之后，《人民日报》、新华社向全国推荐介绍了松江经验。

之后，周一峰先后担任中共苏州地委书记兼中共苏州市委书记、苏南人民行政公署副主任。他在苏州和苏南地区工作期间逐步摸索经济工作规律，展示出具备从事经济工作的能力。

1953年1月始，苏南、苏北两个行政公署合并为江苏省。周一峰相继出任江苏省财经委员会主任、江苏省计划委员会主任，主持财政经济工作，并负责编制江苏省第一个五年计划。他还组织一支精干的规划团队，走遍江苏的山山水水，反复实地调研，对工、农、林、水利、城乡建设都作了细致深入的探讨研究，形成了一份具有前瞻性、全面细致的方案。

周一峰在经济工作中善于抓主要矛盾，他强烈地意识到，解决吃饭问题是新中国成立初期紧迫而突出的任务，而大力兴修水利是增产的关键。

周一峰以满腔热忱支持电力灌溉项目建设。1953年，他到北京参加全国财经工作会议，专门拜访了时任国家计委副主任柴树藩，汇报《关于丹阳珥陵电灌站的建设方案》。柴树藩对周一峰细致而具有前瞻性的工作思路大为赞赏，很快批准立项。丹阳珥陵电灌站建成后，立即发挥了重要作用，望天田变成了旱涝保收田。周一峰又支持第二个、第三个电灌站建设。不出几年，电灌站在江苏全省遍地开花，江苏的机灌、电灌在全国一直处于领先地位，为农业稳产高产发挥了重要作用。

江苏的梅雨季节如期而至，河边的柳树枝已经变得郁郁葱葱，田间的秧苗也长势喜人，新修的水渠流淌着清流。周一峰觉得，这才是农村应有的欣欣向荣的样子。

1956年，周一峰当选为江苏省副省长、中共江苏省委常委，领导全省经济工作。他组织制定并实施了江苏省第二个五年计划，并精心组织重大工程建设。对于建设南京钢铁厂、南京炼油厂、南京长江大桥等重点项目，他都满腔热忱、日夜苦干，倾注了辛勤的汗水，付出了最大的努力！

周一峰是个既懂行又务实的经济工作领导人。他从不高高在上地发号施令，而是深入各地调查研究，抓细抓实抓好。

周一峰身处高位，却始终情系百姓。三年困难时期，机关食堂为照顾省级领导的身体，每月提供限量的市场紧缺副食品。当时，周一峰全家老小九口人，夫妇俩没日没夜工作，孩子们都在长身体，这点“照顾菜”，也只能偶尔改善伙食。他说服老岳母以后不再去买“照顾菜”。

“娘，以后不要到食堂买这些菜了，跟老百姓一样，凭卡到菜市场买吧！”

“一峰啊，你看孩子们正在长身子，你整天操劳，又黑又瘦，谁要有个好歹，我怎么交代？再说，这是按规定的，又不是我们一家在那里买菜。”

“娘，你不知道，下面的老百姓生活多难啊！我们这些人有责任啊！越是困难，我们就越是要和群众同甘共苦。”

在周一峰的劝说下，老太太再也不去买“照顾菜”了，每天饭桌上只有南瓜、萝卜干之类的菜了。

老人既要照顾终日在外忙工作的女儿和女婿，又要照顾孙子们，以致老人自己因营养不良得了浮肿病。

一天，周一峰用自行车推着老太太去看病，老人说话吃力，身上肿得一按一个坑，眼睛都睁不开了。

“周省长，这是你什么人?”

“孩子的外婆。”

医生愣愣地看着他，感动得什么话也说不出来。

二

此前经受了三年困难时期的考验，1963年，为了尽快恢复农业生产，中央要求加强农业第一线领导。周一峰受江苏省委的委派，从江苏省委常委、江苏省副省长岗位上回到南通地区出任地委书记。

江苏省委第一书记江渭清找周一峰谈话。他想：论资历，周一峰在解放战争时期就是华中九分区（包括南通）地委书记兼政委；论地位，周一峰担任省委常委、副省长已有七八年之久。目前南通地区正流行黄疸型肝炎，书记谢克东也病倒了，社会、经济工作的难度都很大。这时，下派周一峰到他16年前曾任职的岗位上，他会有什么想法吗?

两个相识在烽火连天的苏中战场上的老战友，难得坐到一起谈话，江渭清书记首先开腔，直奔主题：“一峰啊，南通是省里主要粮棉及经济作物基地，人多地少。南通经济如不能尽快恢复发展，不仅影响南通地区人民的生活，对全省经济影响也很大。你对南通比较熟悉，又是经济行家，所以……”

“请江政委放心，我去了，水利南北河，粮棉一担挑，土壤、种子要改良，轻重工业稳步上，这些都会尽快组织实施……”周一峰还是习惯称江渭清为江政委，十分爽快地说。

整个谈话转向讨论如何开展好南通工作，甚至具体到海启地区农田要洗碱，因地制宜种植薄荷，水稻品种要更新，工业要吸收上海的先进技术，等等。30年后，江渭清回忆起这次谈话，仍记忆犹新。他说：“一峰同志是位党性极强的优秀领导干部。他一心考虑人民的利益，对个人的名利、地位从不计较。”他从心底里佩服这位壮族兄弟。

周一峰对南通太熟悉了，从上海地下党奔赴抗日战争第一线，就是到通如海启（即现在的南通地区）开辟抗日根据地。他10年多的青春年华是在这里度过的。在南通，他迎接新四军东进，将中国共产党领导抗战的红旗插在了长江入海口东岸；在南通，他和根据地广大军民参加了打败日本侵略者、推翻蒋家王朝的激烈斗争；在南通，他和战友们不畏牺牲、艰苦奋战，多少烈士的鲜血浸染了这片土地。南通，倾注了他太多的情感，他熟悉这里的一草一木、一沟一坎。

周一峰重回南通后，就任伊始，他便带着一个秘书下了基层。从一个县到另一个县，从一个乡村到另一个乡村。他骑着自行车深入生产队调查研究，到田间地头、农舍人家实地察看，召开座谈会，还尽量抽出时间参加生产劳动。一次，他在南通县金西公社担粪施肥，穿梭在社员中。当大家得知这位50岁左右的中年汉子竟是省长，惊喜地说道：“省长和我们一起挑大粪，我们更应该出把力啊！”他没有官架子，吃农家饭，住农民屋。

在他以身作则的带领下，南通全区上下形成了调查研究之风、联系群众之风、现场解决实际问题之风，地区经济迅速恢复，连续4年农业大丰收。当地棉花产量率先实现亩产超百斤，粮食首次由调进转为调出，棉粮总产均超历史最好水平，人民生活水平有了很大提高。

周一峰在工作中始终坚持实事求是的思想路线。到南通地区后，他掌握了干部、群众迫切需要解决的实际问题，包括一些历史遗留问题。他力戒“左”的做法。对历次政治运动中被错误批判和处理的干部群众予以纠正；对被错划成分的农户恢复原来成分；对“一平二调”拆迁的民房，下决心退赔。政策落实了，干群满意了，精神振奋了，生产来劲了。

在调整社会关系的同时，周一峰从实际出发，积极调整经济结构关系。周一峰提出“粮棉并举、突出棉花，带动多种经济全面发展”的生产方针，扩大棉花种植面积18万亩，适当减少粮食征购任务，起到了以棉促粮、以粮保棉的全面发展作用。1963年，南通地区棉花总产量比1962年增长126%，粮食总产量也上升了16%，一举成为全国的高产棉区之一。

1964年刚开春，江海平原的原野上到处都有了深深浅浅的绿色。时任农业部部长廖鲁言专程来南通视察，并向南通地委传达中央书记处领导同志意见，要求南通地区实行单一性经济，秋熟作物全部种植棉花，以解决全国工业急需用棉的问题，并答应由国家负责供应米、蔬菜和肉类。廖部长说：“这种耕作制度的改变，可以发挥南通地区棉花高产的优势，既解决国家工业用棉的困难，又能增加你们地方的经济收益，这可是一件大好事啊。”

周一峰对中央领导同志的关怀、对中央领导同志给予南通地区工作的肯定表示感谢，但对领导提出的要求，没有盲从，而是作了严谨、求实的思考。

他考虑到，南通地区有600万人口，如果实行单一性棉花生产，粮油都要靠国家调进，这个压力是很大的。粮棉面积只有在相对稳定基础上，通过科学种田，提高单产量，才是正确途径。这样既可以减少对南通地区的粮食调进，减轻国家负担；又能增加棉花产量，支持国家建设。

第二天早上，周一峰将经过地委研究的建议反馈给廖鲁言部长。他引用数据分析说明，提出“粮棉并举、提高单产、多种经营、全面发展，支援国家建设”的工作思路。这些十分诚恳、切实的建议得到廖部长的赞同。廖部长回北京汇报后，中央领导采纳了这一建议。

两年后，南通地区用生动的实践证明了当时周一峰的意见是非常科学的。1966年与1963年相比，南通地区粮食总产量由136万吨增长到173万吨，棉花产量由9万吨增长到17万吨，实现了历史最高水平。南通地区也成为全国第一个粮棉双超“纲要”的地区。

在南通任地委书记的4年时间里，广大干部、群众中流传着周一峰密切联系群众、关心群众疾苦的故事。例如，他下乡蹲点，从不住招待所，都是和农民同吃、同住、同劳动。有一次，他住在海安角西村农民李国生家，吃玉米糁粥、籼子饭，睡在一张窄窄的床上。住户过意不去，悄悄买点米，想给他改善生活。他劝阻说：“能吃饱，就蛮好的嘛。你们能吃，我为什么不能吃？”

在角斜蹲点时，听说社员高广明患肺结核，因无钱医治，拖了近10年。他是家里的主要劳动力，父亲年迈，老婆生病，还有3个小孩尚年幼。当地医生见他大吐血，要他家人准备后事。周一峰得知后，立即叫秘书打电话给南通医院安排病床，交代医院尽力把高广明的病治好。经医生细心检查诊断，高广明患的是肺脓疡，手术做了6个小时，非常成功。周一峰高兴地掏出自己的工资，几次派人去医院探望，并帮助高广明解决一些实际问题。困扰了高广明近10年的病治好了，他逢人便说：“是周书记救了我的命，救了我全家，还是共产党的干部好，社会主义制度好！”

三

“文革”期间，周一峰被扣上“南通地区最大走资派”的帽子。他虽身陷囹圄、蒙冤委屈，但他忠于党的信念毫不动摇。然而，非人折磨，让他本已抱病的身体受到更大摧残。他白天挨批斗、参加劳动，晚上写“检查交代”，还要接受没完没了的“外调”，即调查其他老干部的历史问题，这关系着许多同志的政治生命。在那时，过去的战斗经历成了历史问题，过去的工作业绩成了罪行，真是黑白颠倒！但他不能为保自己，顺着“造反派”的意图把这些帽子戴到其他同志头上。周一峰坚持原则，绝不妥协，与倒行逆施的“四人帮”进行不屈不挠的斗争，并尽其所能保护其他同志，表现了一个共产党员的坚定立场和高尚品格。

“文革”结束后，周一峰恢复了工作。1978年初，他担任南京石油化工总厂代理党委书记。他白天下车间，晚上找干部、工人谈心，忙碌到深夜，累了就在简陋的办公室里搭个铺睡觉。东起栖霞山麓，西至燕子矶头，沿江6个工厂，每天都能见到他那高大的身影。他对燕子矶一带的硝酸烟雾、石灰水、煤烟污染一直忧心忡忡，“石油工业要发展，但如果不治理环境污染，子孙后代是要骂我们的”。他研究了多种环境治理方案，为南京石化总厂的健康发展打下了基础。

20世纪80年代初，周一峰回到省里工作，先后担任中共江苏省委常委、省委秘书长，江苏省政府常务副省长，中共十二大代表，全国政协委员。在他协助省长主持省政府日常工作期间，省内一些重大工程，如大运河整治拓宽、连云港港口建设、扬子乙烯和仪征大化纤建设等，都倾注了他的心血和汗水。以扬子乙烯建设为例，从项目论证、立项，到征地拆迁、安置劳力、组织大会战等，周一峰都是指挥者、组织者。

不论严寒酷暑，他经常亲临现场，协调调度，督促检查，全力推进工程建设。1982年，周一峰兼任京杭大运河扬州至徐州段400余公里河道整治拓宽工程的总指挥。他已年逾花甲，仍全身心扑在工程上。该工程验收时，被交通运输部誉为工期短、效益好、投资省的全国典范。

曾任江苏省委第一书记的江渭清说："周一峰同志对江苏经济发展是作了重大贡献的。"

第二十五章

老骥伏枥

一

1983年至1984年，周一峰虽年事渐高，但仍受党中央委派，赴广西、安徽工作。当时广西因十年动乱而遗留的问题很多，矛盾错综复杂。周一峰作为中央广西工作组组长，赴广西协助广西壮族自治区党委处理“文革”遗留问题（简称“处遗”）。

广西是周一峰的家乡。虽然他在上海出生，但少年时代大部分时间在广西度过。他参加革命后，长期在江苏工作，但广西从没有忘记他。20世纪50年代和70年代末，他曾有两次机会调回广西担当重任。但每次江苏省委都以江苏工作需要他为由挽留他。他尊重江苏省委的意见，多次放弃回家乡的机会。此次中央决定让他回广西协助的“处遗”工作，无疑是一项十分复杂而又繁重的任务。

妻子顾斌担心他年事渐高，不适合再担负这么繁重的任务。他看出妻子的不舍和顾虑，未等她开口，先安慰她道：“为党分忧，为民解难，再困难也要去。估计时间不会太长，也就是一年左右。”

作为妻子，还有什么可说的呢？她默默地为他收拾行李。她理解他牵挂着家乡那些在十年动乱中备受苦难的父老乡亲；她深知他具备高度的党性和全局观念，一定不会辜负中央的重托。临行前，不常写诗的她，为他写下一首七律诗：

结缡同心数十载，历经坎坷两无猜；
老来倍觉依恋重，为治疮痍再分开。

昔年转战不辞劳，风挫霜摧志未消；

离合甘苦何足论，千里负重见情操。

此行去广西的中央工作组成员有40多人，均是从中央有关部门抽调出来的得力干部。赴广西南宁之前，中组部在北京召开了工作组全体成员会议，大家深感责任重大。

周一峰率领工作组离京前，中共中央书记处的领导找他和两个副组长谈话，向他们传达了中共中央书记处对广西“处遗”工作的重要指示。中组部负责同志也在现场。会上介绍了从1981年起，中央连续派出调查组在广西深入了解到的情况。当时广西的主要问题是，粉碎“四人帮”后，冤假错案尚未得到彻底平反，“三种人”（指在“文革”中造反起家的人，帮派思想严重的人，打砸抢分子）和严重违法乱纪分子也未彻底清除，拨乱反正工作滞后，严重影响了广西安定团结的局面，制约了广西经济建设发展，现在到了非解决不可的地步。中央已经对广西壮族自治区党委班子作了调整，由乔晓光任党委书记，韦纯束任党委副书记、代理主席。最后，中共中央书记处的领导要求中央工作组此次赴广西，既要解决问题，又要稳定局势。

1983年4月2日，乍暖还寒。周一峰率领6名同志先期奔赴广西。

火车从北到南，穿越一个又一个隧道，向广西首府南宁奔去。当列车进入广西地界时，刚好是夜晚。周一峰想起母亲，美丽、刚烈，一直居住在家乡的老屋里，因忧愤而过早离开了人世。他想起孩提时，他随母亲回到家乡鹿寨县，在城关乡念小学，后来被父亲强行接到上海读书。那时，他满口壮话，热爱壮乡的山山水水，也忘不了壮乡的糯米糍粑和豆腐圆。每年寒暑假，他便迫不及待回到家乡。夏天，一头扎进洛清江畅游，顺带捉几条河鱼回来给母亲做菜，这是他最惬意的时光。他自参加一二·九运动后，便开启了他激越壮阔的革命人生，就没有回过家乡。

坐在火车上，周一峰一边盯着车窗外飞速后退的景物，一边回忆着有关家乡的往事。当然，一路上，他思考最多的还是到广西后如何迅速打开“处遗”工作局面。

二

中央工作组到达南宁后，每天上访的群众络绎不绝，经常是一个村或几个公社数十人集体上访。这样的情形，使周一峰和工作组同志深受震动。

周一峰清醒地意识到，要稳定住局势，首先必须稳定住受害干部和群众这一头。因此，他高度重视来访群众，详细了解来访情况，还经常亲自接待上访的群众。他每次接待群众，都耐心地倾听他们的诉求，理解体谅他们的痛苦，抚慰劝导他们。

周一峰在做好受害群众工作的同时，始终紧紧抓住“处遗”工作的关键，根据党的十一届三中全会精神和《关于建国以来党的若干历史问题的决议》精神，分清大是大非，正确总结吸取“文革”的教训，克服派性，增强党性，促进广西各级领导班子把思想认识统一到党中央的精神上来。

他坚定不移地贯彻“实事求是，有错必纠”和“宜粗不宜细”的方针，殚精竭虑地把握好既要“解决问题”又要“稳定局势”的关系，做了大量卓有成效的工作。他真诚地与广西壮族自治区党委领导进行交流，推动广西壮族自治区党委真正从思想上拨乱反正，加强对“处遗”工作的领导。他为平反冤假错案呕心沥血，在中央工作组入桂后的区、地、县三级干部千人大会上，促成广西壮族自治区党委宣布了对涉及全区的五个重大冤假错案和已查明的冤假错案彻底平反的决定。这些决定，引起广西全区人民的热烈反响，大大加快了“处遗”工作进程。

周一峰积极总结推广基层消除派性、弥合伤痕、消除仇恨的做法，引导群众团结一致向前看。他还协助广西壮族自治区党委稳妥地调整各级领导班子，把拥护党的十一届三中全会精神、公正清明的中青年干部充实进领导班子。他还认真地与广西壮族自治区党委领导交流和统一思想：严肃慎重地处理犯有错误的干部，鼓励他们认错改错，争取群众谅解，“能换思想不换人”；对极少数犯有严重错误又对抗“处遗”工作的人，坚决停、免、撤职。这些措施和做法得到了广大干部、群众的热烈拥护。

不到一年时间，中央工作组就协助广西壮族自治区党委稳妥地解决了“文革”遗留问题，调动了广大干群的积极性，优化健全了各级领导班子，促进了广西安定团结局面的形成和工农业生产的发展，为广西全面改革开放和经济建设创造了条件。中共中央对此作了充分评价和肯定。

中央工作组完成任务，集体回北京的那天，天上下着雨，送行的群众很早就挤满了站台。有的含着热泪与中央工作组的同志频频握手话别，中央工作组成员也热泪盈眶。

三

1984年，周一峰担任中央整党指导委员会驻安徽联络组组长。当时，那里的问题比较复杂，尤其是人事问题，可能会得罪一些人。一些老同志为他担忧，问他：“你准备怎么办？”他说：“实事求是，坚持原则，只要经过调查，证据确凿，照实向中央反映！”在安徽工作期间，他一如既往地不折不扣贯彻执行中央关于整党的方针政策，广泛联系干部和群众，听取各方面意见，深入调查、坚持原则、敢于碰硬、反映实情、顾全大局，圆满地完成了中央交给他的任务。江苏省委原副书记管文蔚感慨道："一峰同志从不参与'小圈子'，不拉拉扯扯；从不计较名利，不向党伸手。他无欲则刚，光明磊落，一身正气，才有胆量挑好这副担子。"

1985年以后，周一峰退出了一线领导岗位，任华东经济协作组组长。此时，他已是古稀之年，仍然十分关心改革开放和"四化"建设。他对长三角经济区发展战略的实施、经济结构调整、乡镇工业发展等方面进行了深入细致的调查研究。他大声疾呼克服重速度、轻效益的倾向，多次向中央、向江苏省委和华东局提出充满真知灼见的书面专题建议。为了扩展江苏经济发展的空间，他冒着严寒酷暑，实地调查了近1000公里的江苏海岸线，提出了发展滩涂和海洋经济的工作思路。在重病垂危时，他还坚持仔细研读了江苏省十年规划和"八五"计划纲要草案，提出了书面建议。

周一峰一切从人民的利益出发，以革命事业为重。在他的一生中，无论组织安排什么职务，他从不考虑个人得失。无论是地方工作还是军事斗争，无论是领导全局还是重大项目建设，他都能攻坚克难、勇于担当，表现了一个共产党人鞠躬尽瘁、死而后已的崇高精神。1991年4月30日凌晨，周一峰同志因病医治无效，在南京逝世，享年76岁。周一峰逝世后，中共江苏省委在南京先后召开了隆重的遗体告别仪式和追悼大会。

1992年3月14日，应南通地区广大人民要求，在亲属和一些老同志的护送下，周一峰的骨灰被送到南通，葬入南通革命公墓一棵巨大的罗汉松下。罗汉松侧边耸立着一块巨型花岗石，正面镌刻着由曾任国务院副总理姬鹏飞同志题写的"沃土埋铮骨，松柏慰忠魂"十个刚劲有力的大字，背面刻着周一峰长长的履历。花岗石旁是周一峰的夫人顾斌和儿女们亲手种植的两棵白玉兰树，体现了他一生洁身如玉、高风亮节。

周一峰逝世后，引起许多过去曾和他并肩战斗的战友的无限哀悼，他们写了不少让人动容的怀念文章在各种报刊发表。中共党史出版社2002年出版了《缅怀周一峰》文集，其中有中央书记处原书记、全国人大常委会原副委员长陈丕显写的序言，以及由江苏省委原第一书记江渭清、江苏省委原副书记管文蔚、上海市委原书记钟民、广东省原省长梁灵光、北京军区原副司令员康林、江苏省军区原副司令员谢中光、广西壮族自治区原主席韦纯束等撰写的长篇缅怀文章，上海市委原第一书记陈国栋、上海市委原书记兼上海市原市长汪道涵等人致周一峰的唁电也收录其中。

第二十六章

再创辉煌

一

就在周一峰为社会主义建设洒下一片赤诚的同时，周公谋的四儿子周民震，这位早年就具备作家气质的军人，在炮火轰鸣、硝烟弥漫的戎马生涯中，并没有忘记自己的梦想，手中那支笔在大大小小的毛边纸上写下了一些长诗以及短篇小说。可惜这些作品都在战斗中散失了。他的文学梦想自从融入了革命的因素后，不但没有改变，而且更坚定了革命与文学“联姻”。

1954年，周民震从部队转业到广西省文化部门工作时，他22岁。面对新中国文化艺术的重建与发展，他觉得迎来了广阔的空间，可以发挥自己的才智和实现自己的理想了。少年时，对革命和进步文学的追求，成了他奋斗的动力。在社会主义文学领域里，他选择了电影剧本这个可为千万人民服务的文学形式。

1956年春，万物复苏，新中国的文学艺术创作出现了崭新的局面。许多反映革命年代和现实生活、题材新颖、风格各异的作品，雨后春笋般地涌现。

也是在这个春天，时任文化部副部长、著名剧作家夏衍来到南宁。他为参加“广西青年作家创作会议”而来。在会上，他提到了年轻作家可以尝试写电影剧本，他还专门阐述了被称为“文学新生儿”的电影文学剧本的特点和创作方法。

24岁的周民震坐在台下，第一次听到电影文学剧本，为之怦然心动。

夏衍的一番话，让周民震更坚定成为一个剧作家的信心。而在柳北解放总队的经历，以及新中国成立后剿匪、参加抗美援朝的经历，则是他文学创作的富矿。

当晚，周民震敲开了夏衍下榻的饭店的房门，直率地表示自己想写一部电影剧本，却不知该如何下笔。夏衍热情地接待了周民震，并亲切地问：他为什么要写电影剧本？他写的题材是亲身经历还是单凭想象？最重要的是，他是否有毅力和恒心坚持下去？如果把创作比作登山，那么写电影剧本就犹如爬一座悬崖峭壁的山峰。

年轻的周民震向夏衍表达了自己的决心，并讲述了自己拟写的剧本故事梗概：新中国成立前夕，一个苗族青年和一个壮族青年受到山霸残酷迫害后走到一起，然后联合起来与敌人斗勇斗智，最后报仇雪恨。剧本取名《双仇记》。周民震还告诉夏衍，这个故事取材自他17岁在苗山打游击时，他所在部队里的战士的故事。他的这两位战友一起打仗、一同在草棚里煨山薯吃，成了生死之交。夏衍听了非常高兴，鼓励周民震好好把这部剧本写出来。

整个晚上，夏衍跟周民震讲了许多电影文学创作中的范例，给了周民震很多启迪。半个多世纪过去了，周民震仍清楚地记得夏老跟他说过的话：“创作没有定式，关键要去生活中体验，多读多写，走自己的路。”多年后，有评论家说，周民震那晚敲开的不是夏衍的房门，而是敲开一座电影殿堂的大门。

1957年，周民震的第一部电影文学剧本《双仇记》发表于《漓江》（今《广西文学》前身）上，分三期刊载在4月、5月、6月刊上。这是广西作家在广西文学刊物首次发表电影文学剧本。

人生中第一部电影剧本发表，即受到文艺界广泛好评。这对于一个写作者来说，是莫大的鼓舞。于是，周民震便一发不可收拾，利用工作之余的所有时间，刻苦钻研电影文学剧本的创作。

这一年，周民震25岁。他请了三个月的假，回到曾经战斗过的大苗山深入体验生活和采风。在如豆的油灯下，他创作了第二部电影剧本《苗家儿女》。1959年该电影由著名电影艺术家陶金导演、上海电影制片厂拍摄，在全国公映。这是广西本土作家用电影剧本形式反映广西少数民族现实生活的开篇之作，影响广大。

《苗家儿女》讲述了刚从抗美援朝前线复员回来的战斗英雄卡良进村时，便遇上了自己在参军前爱恋的姑娘迈香正与同自己一起长大的朋友春亮举行婚礼，这一打击使他陷入了极度的痛苦之中，他想再次离开家乡重返部队。然而，家乡热火朝天的建设场景，使他从个人感情中挣脱出来，毅然投身家乡的社会主义建设，并最终收获了属于自己的甜蜜爱情。

影片故事情节生动，人物性格鲜明，生活气息浓郁，民族特色突出。影片中那些婉转迷人的芦笙曲和美丽动听的苗歌给观众留下了难忘的印象，电影主题曲《满山葡萄红艳艳》更是久唱不衰，成了当时十分流行的爱情歌曲。到了21世纪，在南宁市举办的南宁国际民歌艺术节上，还有歌星演唱了《满山葡萄红艳艳》。

《苗家儿女》作为广西第一部根据本土作家创作的电影剧本拍摄的电影，公映之前，专场放映给时任广西壮族自治区党委书记韦国清及自治区党委常委班子观看，获得一致好评。后来，该电影成为庆祝广西壮族自治区成立一周年纪念的献礼片。周民震因创作成果显著，成为中国作家协会会员，是广西屈指可数的青年作家。

此后，周民震开始从事戏剧剧本创作。由他创作的京剧《苗山颂》和彩调剧《三朵小红花》在广州中南区现代戏汇演中获得优秀剧目奖，并被文化部选去北京汇报演出。1965年国庆节，周民震因创作了《三朵小红花》剧本而来到北京，与来自全国各地的优秀文艺工作者代表在人民大会堂受到毛泽东、周恩来、邓小平等中央领导同志的接见。这应该是周民震文学创作生涯中最幸福的时刻。

1979年，由周民震担任编剧的《甜蜜的事业》横空出世。这部由谢添导演、北京电影制片厂摄制的电影在全国隆重放映，这是“文革”后第一部轰动全国、拥有亿万观众的轻喜剧影片。当时的中国，刚改革开放不久，文艺园地仍然一片荒芜，“四人帮”禁锢的一些领域尚未完全打开。《甜蜜的事业》的公映，成为文化艺术创作的一个突破口。

该影片以轻松欢快的情节、巧妙的构思和幽默诙谐的语言，把当时我国严峻的人口问题戏剧化、漫画化，将人们困惑的难题当作“甜蜜的事业”，在阵阵的欢笑声中化解难题。影片中还穿插了女主人公招弟的曲折爱情故事。

此片中，由著名青年演员李秀明饰演的招弟，扎着两条羊角辫，形象清新活泼，标志性的装束是那件红衣裳，再加上李秀明朴素自然的表演，唤醒了那个年代人们沉睡的心房，让人感受到了一股十分强烈的春天气息，激发了人们对甜蜜生活的憧憬。此片插曲《我们的明天比蜜甜》和《我们的生活充满阳光》，脍炙人口，成为那个年代的流行曲，为广大群众所传唱。

当时，该电影仅在南宁市就上演了416场，观众达40多万人次，盛况空前。

后来，这部影片荣获文化部优秀影片奖，编剧周民震荣获全国少数民族文学创作“骏马奖”，导演谢添荣获中国电影百花奖最佳导演奖。

中共广西壮族自治区党委为了表彰《甜蜜的事业》编剧周民震，举行了千人专场表彰大会，时任广西壮族自治区党委书记乔晓光作了热情洋溢的讲话，并给周民震颁发了奖状。

在《甜蜜的事业》创作成功后，周民震连续创作了反映学生学习生活的三部曲《春晖》《心泉》《远方》。其中，《春晖》1982年由广西电影制片厂拍摄成电影。作为首部正面反映中学生学习和生活以及讲述如何处理好学校、家庭和社会关系的电影，《春晖》受到社会关注和广大观众赞赏。当年《春晖》荣获文化部优秀影片奖。《心泉》是一部主题深刻、令人反思的影片，剧本荣获广西文艺创作最高奖“铜鼓奖”等。

二

1982年9月，中国共产党第十二次全国代表大会在北京隆重举行，周民震作为广西的党代表，参加了这次具有重大历史意义的会议。当时，参加党的十二大的文艺界代表寥寥可数，只有周民震和著名作家王蒙两人作为代表参加。

党的十二大之后，1983年，广西壮族自治区党委选送周民震去中央党校学习一年。这一年他读了许多马列主义著作和毛泽东著作，并写了许多读书笔记。他的毕业论文《登泰山而小天下》，用马克思主义的哲学观点，剖视了当前文学创作思想中的种种问题，探讨了形象思维与逻辑思维的关系、生活的真实与艺术真实的关系、人物刻画中个性与共性的关系等，此论文受到学校领导赞赏，在中央党校著名的校刊《理论动态》上发表，并被评选为全校的范文。随后，《人民日报》和《红旗》杂志先后全文转载该论文，此文在文艺界引起了很好的反响。

1984年，从中央党校学习回来后，周民震的人生迎来一次重要转折——担任广西文化厅厅长。

自治区领导在他上任后不久找他谈话：“你现在已经是广西文化厅厅长。今后你要两手抓：一是抓好文化厅的工作，为广西文化事业的繁荣尽最大努力，特别要抓好广西电影制片厂的工作，多拍摄些在全国有影响力的好电影。二是自己的创作也不要中断，要抽空创作一些好作品。这是区党委对你的信任和要求。”

周民震沉思了一会儿，谦虚地说：“感谢党对我的培养和信任，现在我正值中年，我想请组织上再给我几年时间，让我再写几个好的电影剧本，行政工作可否少管？”

自治区领导严肃地说：“那不行，你首先是共产党员，其次才是作家，你不能先顾自己创作，还应尽力帮助和扶持其他作家拍出几部大片、好片。”

周民震听后脸上一阵发热，意识到自己说话欠考虑，马上纠正说：“我一定按照党的要求，把繁荣广西文化事业放在首位，同时尽力帮助广西电影制片厂拍几部人民喜爱的好电影。”

自治区领导听后满意地点头，说：“到底是中央党校出来的学生哦！在任何时候都要增强党的观念，增强党性！”

在周民震担任广西文化厅厅长的10年间，由广西文化厅主管的广西电影制片厂接连出品了《周恩来》《血战台儿庄》《共和国不会忘记》《百色起义》等史诗级大作。这些电影得到了社会的肯定，为广西争得了荣誉，也印证了周民震写电影剧本的初心——担当起社会责任，始终在文学创作实践中体现时代的先进思想和人道主义精神，彰显真善美，给人以艺术享受和健康娱乐。

《血战台儿庄》讲述的是1938年春，国民党政府军队在台儿庄与日军正面作战，最终告捷的光辉历史。该电影反映了国民党正面战场上抗日的真实情况，以及国共统一战线精神和国共合作取得抗战成功的事实。编剧田军利、费林军，导演杨光远、翟俊杰。但在拍摄该片之前，社会上对剧本有很多争议。周民震在认真阅读完剧本后，认为这是一部推动海峡两岸和平统一的不可多得的优秀剧作，于是，他大力支持，力主拍摄。他忙向韦纯束主席作了汇报，深谈了两个多小时，获得韦主席的积极支持。于是，周民震顶住各方压力，奋笔疾书，一封《致〈血战台儿庄〉导演的公开信》在报刊发表，公开对此电影作了高度肯定和热情赞扬，这体现了他作为广西文化厅厅长的勇气和担当。

有了广西文化厅的支持，广西电影制片厂在拍摄时甩掉了包袱，轻装上阵。此片在海内外公映时引起了很大轰动，最终获得成功。更为意外的是，《血战台儿庄》也引起了台湾当局领导人的重视，他们买走了电影拷贝版权，在台湾国民党领导层中放映，从而推动了海峡两岸关系的发展，促进了海峡两岸同胞的交往和沟通。

后来，《血战台儿庄》获得“金鸡奖”“百花奖”等全国大奖，还获得文化部授予的特别奖——“抗战奖”，并被评为新中国“百部爱国主义教育片”之一。

周民震任广西文化厅厅长的10年间，努力与时间赛跑：一方面，努力团结和扶植作家不断创作，多拍好的电影，多演好的戏剧；另一方面，为广西的民族文化开创广阔天地。特别是他主抓的“广西边境民族文化长廊”建设和“三月三壮族原生态民歌节”活动，成绩斐然，受到广大群众欢迎。建设“广西边境民族文化长廊”是全国创举，受到文化部特别表彰。

后来，周民震获全国民族团结先进个人奖。2008年广西壮族自治区成立40周年时，他又获广西壮族自治区党委、政府颁发的勋章、奖杯及证书。2018年广西壮族自治区成立60周年时，周民震被评为“八桂先进人物”。

三

周民震作为一名作家，一边工作，一边创作。他始终用心灵酿蜜，用心血创作。他的作品，像桂花香飘四野，反映人民心声，谱写时代乐章，在中国电影史上留下了不可磨灭的印记。50多年的创作生涯中，周民震可谓著作等身，创作发表了19部电影剧本，其中有《苗家儿女》《瑶山春》《甜蜜的事业》《春晖》《心泉》《三朵小红花》《彩桥》等13部被搬上了银幕，在海内外公映，周民震成为蜚声国内影坛和戏剧界的著名剧作家。

2017年5月24日，在北京举行的第三届中国电影编剧终身成就奖颁奖典礼上，周民震获奖。一起获此殊荣的还有玛拉沁夫、白桦、王迪3位著名剧作家。他们不仅是中国电影编剧领域的前辈，还是新中国电影编剧的杰出代表。

全国人大常委会委员、中国作家协会副主席张平，在奖颁奖典礼上为周民震致颁奖词时说：

生活是无字的剧本，他敏锐地发现生活甜蜜的幽默；剧本是有字的生活，他心怀激情提炼喜人的内核；他是壮族儿女的骄傲，用剧作把广西勤劳善良的民族介绍给世界；他是时代记忆的构筑者，用工匠精神织就了中华民族壮美乐章。特别是他作为文化厅厅长，力主拍摄《血战台儿庄》，作出一个有文化领导的担当……

周民震无论是作为一名作家，还是一名行政领导，始终不忘初心。他50多年的创作生涯，交出了300多万字的文学作品，出版了各种书籍

17册，其中有《周民震文集》(5卷)、《周民震电影剧本选》、《周民震戏剧剧本选》、《周民震散文选》、《周民震作品自选集》等。读者们从这些文字中感悟到了一个时代的变迁。

周民震曾任中国作家协会少数民族文学委员会委员、中国电影家协会理事、中国少数民族作家学会首届副会长、中国电影文学学会首届副会长、中国少数民族戏剧学会副会长等。

第二十七章

不忘使命

一

广西土匪基本剿灭之后，全省开展了清匪反霸斗争，为下一步的土地改革打基础。1951年初，周民霖被融县县委调到融县团委工作，并被派到南宁参加广西省委党校第一期“团干训练班”（简称“团干班”）学习。

在团干班学习3个月后，周民霖加入了由广西省团委副书记田心率领的中共广西省委第三工作队，去南宁市郊沙井乡开展清匪反霸斗争。周民霖担任沙井片区工作组组长。工作结束后，田心副书记要调周民霖到省团委工作，但周民霖谢绝了，他要求在基层多锻炼一个时期。

回到融县后，周民霖担任县团委组织部部长。当时县委书记王业淳决定在长安镇大巷乡开展土地改革试点，周民霖担任工作组副组长，并负责建立青年团。经过约半年的工作，土地改革胜利完成，周民霖将在工作中的体会写成3000多字的《融县大巷乡土地改革中的青年工作》，文章被登载在《广西日报》1952年2月17日第2版头条。这是全省第一篇报道土地改革青年工作的文章，经验介绍得很全面，省团委副书记田心看了很高兴，于是他作了批示，在《广西团讯》刊载此文。

融县土地改革全面铺开，重点设在大将区，周民霖被派往大将区任区委委员兼大将乡重点工作组组长。

土地改革工作要消灭几千年留下的封建剥削制度，斗争很尖锐，也很复杂。地主恶霸不愿意交出土地和财产。有些人步步为营，节节抵抗。而群众中不少苦大仇深的人，不敢撕破情面，怕被报复，因而发动群众工作十分艰难。

周民霖白天与农民同吃、同住、同劳动，晚上到贫雇农家拉家常，启发他们倒苦水，算地主剥削账。回到住地，他则挑灯夜战，写总结报告。因为县委对重点乡工作要求很高，每个阶段都要先走一步，打造样板，总结经验，指导面上工作。

当时尽管工作很累，但周民霖仍然感到很兴奋。毛主席号召共产党员要过好两个关：一是战争关，二是土地改革关。周民霖认为土地改革既要教育农民，也要改造自己，是一次难得的机会。

周民霖在融县搞土地改革时，家乡鹿寨县的土地改革也在进行。这时期，他的父母都去了香港，大哥周一峰远在江苏工作，二哥周民云在沈阳东北工学院当老师，四哥周民震在抗美援朝前线，只有三哥周民雷在柳州龙城中学任教导主任。

周民霖写信给三哥，要求把一贯由黄舅公在家乡鹿寨托管的土地、山林和一切财产全部交给当地农会，同时，由三哥负责把柳州市的一栋楼房及家具、衣服、金银首饰和书画古董等都统统交给农会，三哥可搬到龙城中学住宿。

本来，城市的一些房屋财产，并不属土地改革没收范围，但周民霖兄弟仍然坚持上交。这个举动，受到了组织和社会的称赞，当地农会给周民霖及周民雷的单位写了表扬信，这在当时是一种殊荣。

1952年，由于周民霖在土地改革中阶级立场坚定，工作很有成绩，被评为融县土地改革三等功臣，获广西省政府颁发的“土地改革奖章”。

土地改革后农村疾风暴雨般的阶级斗争宣告结束，县里一些优秀干部陆续被省委、地委、市委调到机关、学校和工业战线工作。本来中共柳州地委要调周民霖到团地委负责宣传工作，但省团委田心副书记执意调他去南宁，并下发了调令。

二

1952年冬，周民霖与县委书记王业淳夫妇同乘汽车到南宁。王业淳这次是到省委工交政治部任副部长。

汽车缓慢地颠簸在凹凸不平的公路上，天空中飘洒着淅沥的雨点，雨点轻轻地敲打在车窗上。周民霖睁开睡意蒙眬的双眼，遥望着远去的山林，尘封在记忆中的往事一幕幕浮现在眼前。过去三年，他接受了血与火的考验，接受了暴风骤雨般的阶级斗争洗礼。如今，他马上要迎接新的生活、新的斗争。

到了广西省团委，时任省团委书记李殷丹和副书记田心很高兴，分别找周民霖谈了话。之后，他被任命为组织科副科长。

从基层到机关，无论是工作方式还是生活方式都有极大改变，但周民霖毕竟年轻，很快就适应了。他每天都严格按照自己的作息时间生活，早上6点起床，先做体操，然后练单杠、双杠，再洗个冷水澡，最后才上班工作。

晚饭后，他常常到邕江游泳。在泛起碧波的江面上，周民霖舒展四肢，时而蛙泳，时而仰泳，尽享江水的抚慰。

晚上，他按照自己的读书计划，认真自学政治经济学和哲学，阅读了列宁的《国家与革命》《帝国主义是资本主义发展的最高阶段》等著作，他也喜欢读各种文学作品，如《卓娅和舒拉的故事》《远离莫斯科的地方》等。

当时，很流行跳交谊舞和集体舞。周民霖的宿舍楼下就是省团委露天舞场，每隔一天就有舞会。但他很少参加，精力都集中在读书上面。尽管楼下播放着欢快的乐曲，但他却不为所动，而是把读书当作人生乐趣。依靠顽强的毅力，他啃下了不少深奥难懂的马列著作和毛泽东的著作。20世纪70年代末，他在南宁担任理论教员，给基层干部讲解列宁的《唯物主义与经验批判主义》和恩格斯的《反杜林论》，就得益于那个时期伏案苦读打下的基础。

1953年夏，周民霖被中共广西省委调去邕宁县参加农业合作化试点工作，担任重点工作组组长。当时，合作化运动中有一股急于求成的思想，而周民霖在乔板坡时，则强调建立农业合作社必须做好思想发动，坚持从初级社发展到高级社，以示范促发展，决不能一哄而起。

当时，他撰写的题为《建立农业生产合作社必须坚持思想发动》的文章，受到中共广西省委农村部的重视，农村部很快作了批示，转发各地、市、县委学习和参考。《广西日报》在1954年1月24日第二版头条发表此文。这篇约4000字的文章，后来被收入中共中央农村工作部主编的《农业合作社经验汇编》一书。

周民霖在《广西日报》《柳州农民报》以及省委、地委的内部刊物发表了20多篇关于剿匪、土地改革、农业合作化运动的新闻报道和经验的文章，锋芒初露。

三

1955年春，周民霖被提拔为省团委组织科科长，定为副县级干部，时年21岁。

然而，好景不长，在不久的一次审干和政治运动中，单位的“专案组”对周民霖的家庭关系表示怀疑。他们颠倒黑白，提出了一些令人啼笑皆非的问题。比如：新中国成立前周民霖不随父母去香港，有何政治意图；周民霖要二哥写信动员父亲回广西弃暗投明，是不是企图拉拢反动的父亲混入革命队伍；周民霖给二哥、三哥看了许多革命书刊和毛泽东的著作，是否属泄露党的机密；等等。但单位审查了一段时间，除了怀疑还是怀疑，没有任何证据。

遗憾的是，一向看好周民霖的李殷丹和田心这两位老领导都已调走了，周民霖不知向谁申诉。

周民震起初不知道弟弟会受审查。抗美援朝结束后周民震转业到省直文化部门工作，他们单位根本不认为周民霖有所谓的“问题”，因而对周民震未作任何政治审查，相反还让他当了审干办公室秘书。父母出走香港后，兄弟俩在革命道路上相互鼓励、相互帮助，他们之间的感情，已非一般手足之情。知道弟弟的遭遇后，周民震感到十分惊讶，他说：从我们参加共产党起，就决心背叛剥削阶级家庭，并和反动的父亲决裂，这些都以行动作了证明，哪来的“包庇”？给二哥、三哥看进步书刊，要他们拒绝去香港，留下为新中国服务，怎么叫泄密？但他又说：像我们这样的家庭，审查一下也不要抵触，要相信党组织。

他们的大哥周一峰更不知道周民霖被审查。周一峰在江苏省工作，整天忙得脚不沾地。新中国成立后，周民霖和大哥联系过几次，每次大哥的来信都给他极大鼓舞。这样的冤情，他也不好向大哥倾诉。

一天黄昏，周民霖又一次站在江边，尽管已经过了吃饭时间，但他一点也不觉得饿。他出神地望着似乎不再流动的江水，脑子里不断闪现着自己曾经坚定立场与父母决裂的过往，以及自己在柳北打游击、剿匪的过往。那是他人生中的一个火山活跃期，熔岩喷发，炽流横溢。枪林弹雨都挺过来了，眼下的这个坎，还得靠他自己跨过去。

1957年，单位对他的政治审查终于结束，上级有关部门也给他作了结论，认为他的政治历史是清白的。接着，周民霖被任命为广西团校校委委员、教研室第一副主任。

1959年，全国开展反右倾机会主义运动，单位“专案组”又重提周民霖所谓的“问题”，硬是给他扣上了包庇反动家庭和泄露党的机密的大帽子，要给予他党内和行政处分。当时，周民霖不服，多次据理力争，也多次向党组织上诉，均无结果。

有一次，周民霖申诉时得到了中共广西直属机关党委书记阎志超的接待，阎志超是1938年参加革命的老革命家，德高望重。前几天他曾看了下面单位党组织上报的周民霖的处分材料，当时他就认为下面单位给周民霖作出的结论过于严重，证据不足，因此他与领导班子研究时，作了一个果断的决定：保留周民霖的党籍。这次，他听了周民霖的申诉后，更是表示了同情。

阎志超对周民霖说：“现在全国正在开展反右倾机会主义运动，有的干部难免会有‘宁左勿右’的思想，所以，你要经受住挫折甚至是委屈的考验。何况，中共广西直属机关党委决定保留你的党籍，今后有机会，你还可以向上级党委申诉。现在，你要好好工作，不消极，不悲观，经受考验。”一名老共产党员的贴心话，让周民霖心间涌动着一股暖流，燃起了信念之火，随即泪水夺眶而出。周民霖当场表示：“今后我将勤奋工作，接受党的考验。”

后来，周民霖转到工业战线工作，先任国营青年糖厂筹备处副主任，后任屯里炼油化工厂厂长。这个炼油化工厂是用广西丰富的褐煤提炼轻柴油和重柴油，但还处于摸索和试验中。周民霖和两名从北京石油化工学院毕业的大学生做了多次试验，终于取得成功。广西煤炭石油局的领导亲自到厂里送来了祝贺信。用煤炭炼油成本很高，屯里炼油化工厂后来不得不终止此项业务。

1960年，周民霖先后被调到平垌煤矿和茅桥煤矿，分别任副矿长、矿长。

那时煤矿生产条件极差，但周民霖坦然面对，不怕劳累，不畏艰险，很快就做出了成绩。

当时他管理的煤矿有800多名工人，责任重大。他几乎天天都下矿井，常与矿工同吃、同劳动，有时遇上冒顶或透水事故，他带头下井处理，昼夜奋战20多个小时不下火线。因而，他年年被评为先进工作者、“五好干部”、优秀共产党员等。

后来，周民霖所在煤矿体制改变，他调到总矿负责生产技术科，还负责两个新矿井的设计和建设工作。

1979年12月，广西直属机关对周民霖所谓的“问题”最早给予了平反，撤销了过去对他的处分，推翻了一切污蔑之词，恢复了他的名誉。周民霖之前背负的种种包袱终于通通卸下了，他的精神也被一缕强烈的阳光照亮了。他觉得自己的精力似乎比原来更充沛了。

他更努力工作，先后担任南宁市一轻局副局长，中共南宁市委调研室主任，南宁市委宣传部主持工作的副部长，南宁市委常委、秘书长，南宁市委副书记兼政法委书记，广西壮族自治区总工会主席、党组书记，广西区党委委员，广西区人大常委会委员，中华全国总工会执行委员。

四

1998年10月离休之后，周民霖出于对党、对祖国的热爱，对下一代青少年的教育倾尽心力。他写作、编书、编报，到机关和大学讲课。他被广西共青团、广西青年联合会、广西学生联合会聘为“广西青少年成长成才导师”，并被广西民族大学聘为“社会导师”。

他创作了两本散文集《飘逸的脚印》《春去春又回》，主编了散文集《神州遥望》、《环球遥望》、《弹雨硝烟的黎明——广西柳北地区游击战争实录》（与柳州市党史办合作），主编了两本画册《苗山上的红色火焰》《缅怀伟人冬泳情》，并主编《广西游泳报》20年。他在全国各地报刊发表了近200篇散文和理论文章，有些获全国和自治区大奖，如他写的《理想就是力量》和《在战斗中迎接新中国的诞生》两篇散文，分别在中共广西区党委宣传部等单位庆祝中国共产党成立90周年和100周年征文比赛中获一等奖；有些被收入散文精品集，如《在乌克兰辽阔的原野上》收入《广西散文百年》。他是广西作家协会会员、广西老作家学会会员。

周民霖还走进大学作讲座，热情地与莘莘学子恳切交流，用亲身经历启迪青年人面对多元的价值观时要选择正确的方向。他在开心地接受学子们给予的鲜花和掌声的同时，被中共广西民族大学党委授予“关心下一代突出贡献奖”。

周民霖的生活充满阳光，充满朝气。他担任全国冬泳委员会委员、广西游泳协会主席20多年。在古稀之年，他仍率领全国游泳健儿在桂林漓江劈波斩浪，挑战自我，长游12公里。还率领“两广纵队”（广东、广西游泳健儿）1000多人，从广西梧州市游到广东封开县境内，共游了11公里。他还率领580多名广西游泳健儿到台湾，在日月潭横渡3.3公里。2012年他被评为“广西体育之星”，接受了时任自治区政府副主席李康授予的奖牌、奖状。《南国早报》为此对他作了专访，登载了他的突出事迹。

岁月的磨砺，使周民霖对人生有了深刻的认识，使得他在漫长的人生道路上，不管是顺境还是逆境，都能坚持不忘初心、牢记使命。

尾声

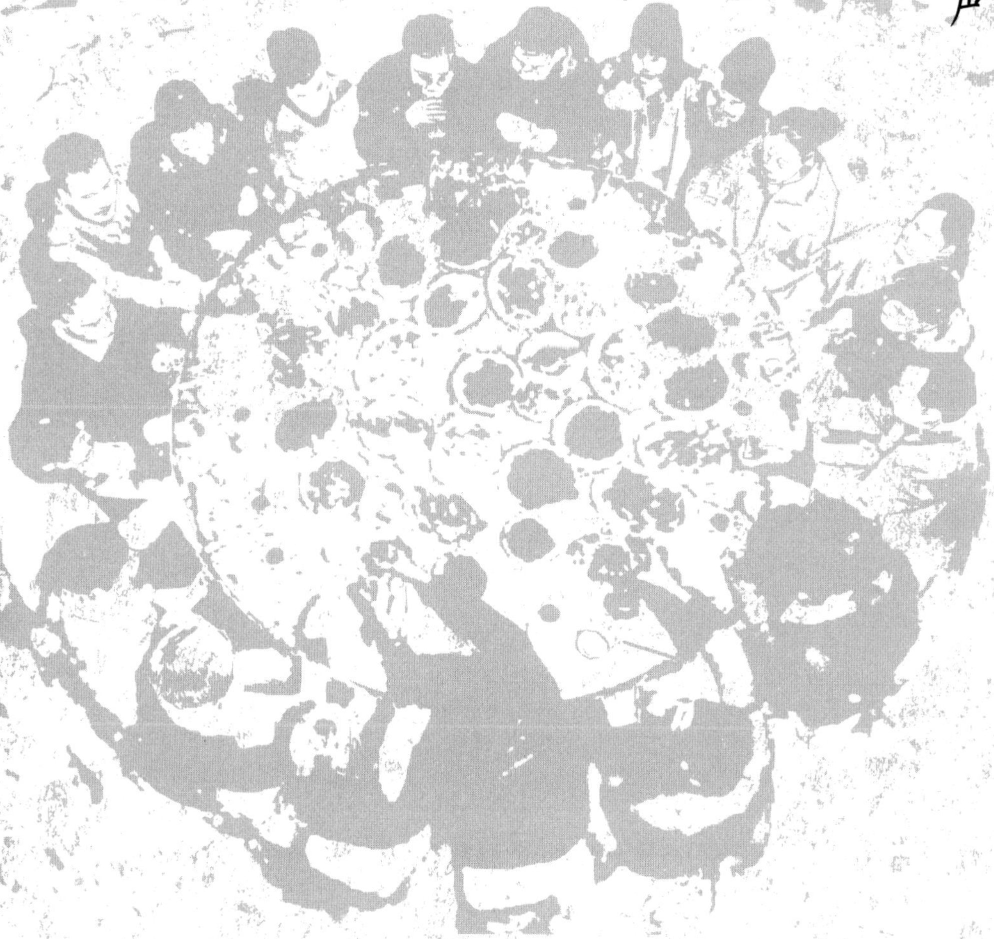

1964年春天的某一天，周公谋黯然走下了深圳的罗湖桥，从香港回到内地，政治上的纷扰已彻底离他而去。但儿女们是否还认他这个父亲，他心里没有底。

周公谋回到内地后，先到住在武汉的二女儿周素新的家。周素新从上海同济大学医学院毕业后，一直从事医学研究工作，后与一起在上海弄堂里长大的王桂林结了婚。王桂林为新中国建设挥洒着自己的才情，事业很有建树，已升为长江航运管理局总工程师。夫妇俩曾参加毛主席在武汉主持召开的高级知识分子座谈会，得到毛主席亲切接见，并合影留念。

女儿和女婿对父亲彻底脱离国民党阵营，回到内地，感到满心欢喜，在生活上给予他无微不至的照顾，一家人其乐融融。周公谋回内地前内心深处飘着的阴影被吹拂一空。

在沈阳居住的二儿子周民云就父亲的回归情况，早已向东北工学院党委写了报告，得到了学院与有关上级部门的批准，因此，周公谋很快办好定居沈阳等一切手续，学院有关领导还专门到周民云家看望了周公谋，欢迎他从香港归来。

周民云毕业于著名的南京金陵大学化工系，毕业后被分配到沈阳东北工学院工作，教学和科研工作都很出色，但因有个在国民党当官的父亲，一直未受重用。“文革”之后，知识分子重新受到重视，他很快被提升为副教授，并荣获国家冶金部科技成果奖。后来他被调到广西大学化工系，不久晋升教授，成为硕士生导师，是广西大学学术委员会委员、广西高校高级职称评审委员会委员。他著译出版了《有色金属矿石分析》等9部教材和科技类图书。

周公谋回内地后还想见见三儿子周民雷，这位毕业于南京金陵大学农学院的高材生。新中国成立前，周民雷和周民云一直跟随周公谋在南京读书，颇受周公谋宠爱。后来，周公谋动员民雷和民云全家去香港，他们坚决拒绝。新中国成立后，周民雷先后在柳州龙城中学和玉林农校任教，但他因中学时期的一般历史问题，在事业上走得并不顺。因此，周公谋回内地后想见见他，这在当时是不合适的。“文革”后，拨乱反正，周民雷的问题得到了纠正，恢复了正常工作，并调到广西农业职业技术学院任教，先后任高级讲师、教授，曾获广西农业系统先进工作者、优秀教师称号。

周一峰、周民震、周民霖这三名共产党员，新中国成立前就与周公谋决裂，从此断绝了任何联系。此次，周公谋回到内地，是国家有关部门批准的，因此在周公谋回到沈阳后，他们仨也以不同方式表示了欢迎。

周公谋回到内地安定后，感到自己一生愧对祖国、愧对家乡、愧对儿女，因此认真作了一番反思，想留下一些资料，但刚刚清理出一点头绪的时候，“文革”开始了，这一风浪也波及了像他这样与国民党有关系的人。好在公安部门早早就把他监管起来，避免了“文革”的冲击。1969年底，周公谋接到通知，可以回家了。他兴奋过度，突发脑出血，在76岁时溘然长逝。

在社会大变动时期，各个阶层的人会选择不同的道路，有不同的命运。周一峰、周民震、周民霖虽然出身封建官僚家庭，但从入党那天起，就把自己投身在血与火的革命斗争中，把自己的前途和命运定格在为共产主义奋斗终身的誓言上。尽管在前进的道路上，有曲折、有伤痛、有困难，但他们坚守革命的理想和信念，坚持信仰高于一切，做到初心不变，牢记使命，坚定地跟着中国共产党走，在生命中构筑了一座挺拔的精神高地。

附录　人物事迹的主要参考资料

一、周一峰

1.《缅怀周一峰》，中共江苏省委党史工作办公室编，中共党史出版社，2002年版。

2.《周一峰文集》，《周一峰文集》编辑组编，江苏人民出版社，1993年版。

3.《周一峰纪念集》，中共南通市委党史工作委员会编，中共党史出版社，1993年版。

4.《江海奔腾——中共江北特委史料专辑》（四），中共南通市委党史工作委员会编，1988年版。

5.《清名永留　德在人心——缅怀大哥周一峰》，《广西文史》2014年第1期。

6.《军政兼备　革命一生——周一峰传略》，《铁军风采》总第16期。

7.《群山万古一青峰——纪念周一峰同志诞辰100周年》，《新华日报》2015年1月26日。

二、周民震

1.《广西革命斗争回忆录》（第二辑），中共广西壮族自治区委员会党史研究委员会编，广西人民出版社，1984年版。

2.《中国共产党柳州历史》（第一卷），中共柳州市委党史研究室著，中共党史出版社，2009年版。

3.《红日照柳州——纪念柳州解放五十周年》，中共柳州市委党史研究室编，广西人民出版社，1999年版。

4.《新民主主义革命时期柳州市党史专题研究集》，中共柳州市委党史研究室编，中共党史出版社，2001年版。

5.《弹雨硝烟的黎明——广西柳北地区游击战争实录》，周民霖、邹继业主编，广西人民出版社，2016年版。

6《周民震文集》（第三卷），周民震著，广西民族出版社，2013年版。

7.《广西奔流社：进步青少年觉醒的沃土》，杜沂蒙、谢洋，《中国青年报》2021年8月26日。

三、周民霖

1.《广西革命斗争回忆录》（第二辑），中共广西壮族自治区委员会党史研究委员会编，广西人民出版社，1984年版。

2.《中国共产党柳州历史》（第一卷），中共柳州市委党史研究室著，中共党史出版社，2009年版。

3.《红日照柳州——纪念柳州解放五十周年》，中共柳州市委党史研究室编，广西人民出版社，1999年版。

4.《新民主主义革命时期柳州市党史专题研究集》，中共柳州市委党史研究室编，中共党史出版社，2001年版。

5.《弹雨硝烟的黎明——广西柳北地区游击战争实录》，周民霖、邹继业主编，广西人民出版社，2016年版。

6.《飘逸的脚印》，周民霖著，广西人民出版社，2004年版。

7.《春去春又回》，周民霖著，广西民族出版社，2014年版。

8.《广西奔流社：进步青少年觉醒的沃土》，杜沂蒙、谢洋，《中国青年报》2021年8月26日。

四、周公谋

1.《中共广西地方史稿（1919—1949）》，黄茂田编著，中共广西壮族自治区委员会党校教材编审委员会出版，1986年版。

2.《中国共产党柳州历史》（第一卷），中共柳州市委党史研究室著，中共党史出版社，2009年版。

3.《中国共产党鹿寨历史》（第一卷），鹿寨县史志办公室编著，广西人民出版社，2014年版。

4.《鹿寨县志》，鹿寨地方志编纂委员会编，广西人民出版社，1996年版。

5.《广州文史资料（选辑）》（第十九辑），中国人民政治协商会议广东省广州市委员会文史资料研究委员会编，广东人民出版社，1980年版。

6.《周民震文集》（第三卷），周民震著，广西民族出版社，2013年版。

后记 发掘散落人间的红色传奇

在我印象中，认识周一峰，是从看到他的讣告开始的。

那是1991年5月初的某一天。我16岁，刚初中毕业，缩在祖辈都是农民的父母身边，每天的任务是将全家的衣服背到洛清江边浣洗。这天中午，我挑着洗净的衣服回到家门口时，送报纸的邮差骑着绿单车，打着清脆的铃声刚好到，将我们家订的《广西日报》《鹿寨报》交给我。我一手扶着扁担，一手拿着报纸，一边走一边瞧上面的字。两份报纸的头版赫然刊登"周一峰同志逝世"的消息，引起我的好奇。

放下扁担，先不晾衣服，我迫不及待地读完关于周一峰的报道，知道他去世前是江苏省委常委、江苏省常务副省长，曾受中央派遣回广西工作。他的家乡，就在距我洗衣服的码头不远的下游——广西鹿寨县城关乡新村。这个村子，我是熟悉的。我有两个堂嫂，就是从新村嫁过来的。在洗衣码头，我听堂嫂多次讲过周一峰的家族，她的言辞中充满着钦羡。多好的一个人啊！当看到报纸上的讣告，我立即对远在江苏因病去世的周一峰产生亲近感，并深深惋惜。

参加工作后，我隐约知道时任广西文化厅厅长周民震写过很多电影剧本，鹿寨县在1991年结集出版了一本本土作家小说集《风景这边独好》，是周民震作的序，我读过。我还得知，他是周一峰的弟弟。我对周氏家族的了解，仅限于此。

再后来，我在县志、文史资料和县博物馆看到周氏五兄弟——周一峰、周民云、周民雷、周民震、周民霖的介绍，他们的父亲叫周公谋。互联网普及后，我在网上看到周氏父子的履历。从履历上可以看出，他们的一生大都与中国的革命和建设连在一起。当时，我没有过多关注。直到有一天，因偶然的机会，我走近了这个家族，才发现，周氏父子那一段不曾被书写过的革命传奇。

2019年8月，太阳刚掉下山头，晚霞满天，我走出办公楼，手机响了，一个陌生号码出现在手机屏幕上，手机传来一个浑厚的声音："你好，是小廖吗？我是周民霖……"他自报家门，惊得我立即停住脚步，身体不自觉地挺直。想想啊，之前只是在文字上认识他，现在他的声音通过电波，就在我的耳畔啊！更重要的是，他在电话里说要给文化局捐赠一批藏书，他捐赠的这批图书对县图书馆来说无疑是一笔宝贵的精神财富。

几次电话沟通，我终于有机会到南宁出差，借机约见他。这是我第一次见到周氏父子履历背后的真人。

有了之前隔空交流的铺垫，此时在一个餐厅见到他，我感觉很亲切。80多岁高龄的他，腰板笔直，举止谈吐儒雅，昭示着他身体康健、身心愉悦。因为文学，因为赠献图书，我们有了许多可谈的话题。他跟我回忆青年时期参加血与火的革命斗争，感叹家乡柳州的变化，回忆游泳生涯的"水上长征"。用餐两个多小时，他给我展示的无不是阳光的心理、年轻的心态以及达观洒脱的人生态度。餐毕，他抢先走到前台结账，用手机扫了二维码，完成支付。我惊讶于他的敏捷、他的与时俱进，他的浓浓乡情，不由得对这位长者更肃然起敬了。

临别，我们加了微信。于是，我的微信通讯录里，便有了一位昵称为"江中龙"的好友。他成了我的微信里年岁最长的朋友。

我从他的微信朋友圈知道，他常常下河游泳。照片中，是他在阳光下、在清澈的水里潇洒的泳姿。运动之美好，赋予一位年过八旬的老人旺盛的生命力。我还看到他在朋友圈分享的读书写作的感受，以及参加各种社会活动的照片，或到大学、到机关给年轻人讲革命历程的照片。他每天都是那么充满激情地拥抱生活，叫人觉得他一生的经历就像一座丰饶的花园！作为写作者，我很想把这座花园的丰饶展示出来。

每次凝视这些照片，我都感到惭愧。这是多么强烈的比照。40来岁的我，时常“妄自菲薄”地进行自我画像：“外表风光，内心彷徨，成就难有，郁闷经常，比骡子累，比蚂蚁忙。”工作稍有不顺心，我就有强烈的失落感和挫败感。相比穿过枪林弹雨、几乎走过一个世纪风霜的周老，当下尚且衣食无忧、在有中央空调的写字楼上班的我，是不是太矫情了？

他一生所经历的场景，或寂寥，或热闹，他都安然自若。透过他鼻梁上的镜片，他的目光温和而又坚定，抚慰着时常焦躁不安的我。这样一位健朗的老人，给了诸如我这样胆怯的中年人以特别的信心，让我觉得年老是一件非常有尊严的事情。即便年迈，仍有余力吮吸生活的浆汁。

机会终于来了。2020年，为展示从鹿寨这片热土走出的文化名家，县里决定编辑一本反映周民霖的四哥周民震艺术人生的画册。2018年，周民震先生获得“中国电影编剧终身成就奖”。这位在艺术上获得众多荣誉的人民艺术家，理应是晚辈学习的标杆。于是，我欣然领受任务。

在收集整理周民震革命生涯及艺术人生的资料过程中，我有机会梳理了周民震成长为作家的经历，以及周氏兄弟献身中国革命事业的感人故事。真正打动我的是周氏三兄弟忠诚的信仰和感人的红色传奇故事。于是，我尽最大的努力，做好这本画册，以这样一种方式，忠诚地向从家乡走出的文艺大家致敬。

后一个机缘，就这样紧跟着前一个机缘来到眼前。

2020年的一天，我接到时任广西人民出版社社长温六零先生的电话，他告诉我，他正在看《周民震》画册，他很感动，他想让我用文字记叙周氏三兄弟的红色传奇故事。

此前，我和温社长有过一面之缘，进行过文学创作的交谈。他能找到我，我感到很荣幸。由于是第一次接到出版社的约稿，我心里一阵激荡。细想，作为一名基层写作者，有机会从故乡出发，为脚下这片土地挥洒才情、叙述故事的机会并不多。可是，我能行吗？我愣怔了一下，在电话里支支吾吾了一番。温社长的鼓励和信任，让忐忑的我最终接下这个写作任务。

待手头的工作告一段落时，我想应该启动这部作品的写作了。

2020年最后一个周末，我又一次走进周民震老厅长的家。刚坐下来寒暄不到几句，周民震老厅长便给我浇了一盆凉水："我们家族的故事很多且复杂，特别是纪实文学，是很难写的，你能行吗？"

周老厅长这番话，让我一时不知所措。好在多年来在职场摸爬滚打，无论是喜是忧，我的心里都变得既谦卑又坦然。心想，眼前这位中国文学界的元老级人物，用挑剔和质疑的眼光看待一个文学小辈，是再正常不过了。我不能胆怯，也不能急躁。于是，我清了清嗓子，挺了挺腰板，微笑着说："周厅长，我会尽自己最大的能力来写，写到什么程度，我不知道，但我会努力，还需您的大力指导和帮助。"

不管周老厅长是不是有意激我，眼下的我，没有退路了，哪怕眼前的"山"再高、"水"再长，我也要硬着头皮迎上去。

压力也是动力。

2021年元旦，放假三天，我动笔了。

我再一次认真查阅周氏父子的履历，把他们的出生年月、参加革命时间、上学时间、入党时间一一厘清，依照他们参与的重要事件和年份，分类标注。这时，我感觉到好像有一只无形的手在推着我，走进旧中国、走进革命战争、走进那血火沸腾的岁月，让我看到了不曾认知的境况和其中的不平凡。

在写作推进期间，始终有一个东西牵引着我，那就是关于人性、亲情、民族、家庭与国家关系的思考。于是，我运用所习得的理论和技艺，搭好框架，起草提纲。在浩瀚的史料中，我努力按照“史传运事，依年布事，事系于人”的传统叙事手法，以翔实、准确的史料为基础，叙述故事的来龙去脉。

一路梳理下来，我对中国革命有了更深刻的认识。我看到了一代人的理想信念，看到了早期革命者的初心。有时候，一个人或一家人的一生，可以清楚而有力地说明一个时代。事实证明，周氏兄弟的革命生涯，恰恰是这个时代最宝贵和永不过时的精神财富。

周公谋，青年时代追随孙中山推行三民主义，中年时期在抗日民族统一战线的感召下，回到家乡广西组织抗日，中年时仕途不顺，但一直站在国民党阵营里，后迁居香港。他的大儿子周一峰，毅然离开他，最先与家庭决裂，秘密参加了苏中的新四军。新中国成立后，周一峰由革命转入经济建设，为江苏省的经济发展作出贡献。他的四儿子周民震、五儿子周民霖，受大哥的影响，在柳州市龙城中学读书时，加入共产党，后也与家庭决裂。他们不仅是革命者，还是文化人。他们一手拿枪，一手握笔，让自己的人生飘着浓浓的诗意。越过他们，我又看到了许多因为信仰，奋斗乃至牺牲在征途上的年轻革命者。

写作过程中，各种难题和困惑接踵而至，我便在微信上给周民霖老先生留言提问，或去电与周民震老厅长交流，或在双休日奔赴他们位于南宁的家。我一次次走进周民震、周民霖兄弟俩整洁、充满书香气息的家，他们热情地接待了我，耐心细致地与我一起回忆当年的烽火岁月。他们语速缓慢，说到动情处，仍充满激情。有时，他们说完一段话后，便抿嘴不语，让自己因重提往事而激动的情绪平静下来。

他们的身上有着丰沛的文学素材。如何将散落在漫长岁月中那些人、那些事一一打捞并呈现？如何将人和事勾连交织成一部完整的作品？于我，确实是一个巨大的挑战。

好在，无论是在周民震的家，还是在周民霖的家，他们总是带着温和的微笑看着我这个小同乡。他们除了耐心细致地向我讲述当年的战斗历程外，还给了我诸多写作指导。同时，我也看到了他们跌宕起伏、铁血人生的另一面——作为普通人平凡、真诚的一面。当他们还是青少年的时候，就决定把一生奉献给中国共产党的革命事业。如今他们已经步入老年，他们典雅整洁的衣着，乐观爽朗的谈吐，一丝不苟的敬业态度，无不让我肃然起敬。

一年来，我与时间赛跑，一边工作，一边创作。周氏父子的不平凡人生，是整整两代人的一个丰富的横断面。许多革命者的人生轨迹浩浩荡荡地涌进我的脑海，我时常置身于某种幻境：一会儿是硝烟弥漫的上海街头，一会儿是战火纷飞的苏中地区，一会儿是险象环生的龙城中学八角楼，一会儿是位于崇山峻岭的柳北游击区。无数的人们，这时候，都与我息息相关。他们让我浮想联翩，让我夜不能寐。当战争的风暴席卷了每一寸山河、战斗的激情灼烫了中国人的每一根神经时，周家的孩子们放弃优渥的物质生活，与众多革命者在处于中国政治风云中心的大上海，在高高的山岗上、深深的密林里，冒着敌人的炮火前进，前进……

作品中涉及的重要地方，只要能去的，我都想方设法到实地去走一走。比如洛清江畔的周家老屋旧址，比如龙城中学，比如柳北的融水、融安。我在当年的故事发生地游走，每到一个地方，我都会异常兴奋。

我觉得我是来见一个个熟人的，姓周的、姓覃的、姓路的、姓莫的、姓粟的、姓竺的、姓谢的、姓江的……我一厢情愿地把他们视为好友，尽管我在他们眼里默默无闻。

我努力从历史唯物主义和辩证唯物主义出发，认真阅读了《中共广西地方史稿（1919—1949）》、《广西革命斗争回忆录》（第二辑）、《广州文史资料（选辑）》（第十九辑）、《江海奔腾——江北特委史料专辑》（四）、《周一峰文集》、《缅怀周一峰》、《中国共产党柳州历史》（第一卷）、《中国共产党鹿寨历史》（第一卷）、《鹿寨县志》、《龙城中学革命斗争史话》，还有周民震著的《周民震文集》（第三卷）、周民霖著的《春去春又回》等等，并尽力收集整理本书所需要的真实素材。

我在这些史料中跋涉，去发现和捕捉尘封在岁月中的情感，去发掘和串起散落在时光中的记忆和碎片，客观分析其产生的历史原因，试图带领读者重返当年的弄潮儿的精神世界。他们的人生，从一个侧面，折射了中国时代的变革。很多重大事件、时间节点，他们都经历了：五四运动、一二·九运动、抗日战争、解放战争、抗美援朝以及新中国成立后的经济建设、改革开放、社会主义现代化建设……他们就这样一步步走来。

作为纪实文学，我在尊重史料的基础上，通过采访健在的当事人，对这些散落在人世间的“原生态故事”进行了一定的文学创作，让他们原本就具有的非凡格局、非凡境界和非凡魅力得以更好地呈现。

文学导师曾告诉我：非虚构文学展示手法是多样的，不可能框在某一个范式里，否则，文学就死板了，不活泛了。只要人物是真实的，事件是真实的，就够了。一棵大树立在那里，枝枝叶叶需要文学去铺排，铺排得越具体越好，才能显出大树的美，才能有丰茂感、摇曳感、景象感。

我知道，好的纪实文学作品，往往调动各种文学手法对人物和事件作异常生动的描写，才能达到一定的高度。我朝着这样的高度努力。

历史的车轮滚滚向前。那些散落在人世间的红色传奇，渐渐被海量的信息湮没。写作者有责任发掘这样的传说和故事，让一个个行将“入睡”的它们，跳跃在白纸黑字之中。

从字面上看，这本书是我写的。但从另一角度看，这是周氏三兄弟与许多革命青年所创造、书写的。父辈们的所作所为，让这本书中所描写的故事活了起来。用心用情地书写他们，继承发扬革命精神，让红色基因代代相传，这是我对家乡走出去的革命者、共产主义忠诚战士最大的回馈和致敬。

感谢远在南京的周一峰夫人——98岁高龄的顾斌同志，她作为抗战时期的老战士，给予了我真诚鼓励和前进的动力。其女儿周苏明、儿子周晓地，以及周民震、周民霖，他们以严谨、审慎、一丝不苟的工作态度，对文稿进行了重要的补充订正，并在写作上给予我诸多指导，使得书中的事迹客观真实，这本书才得以顺利完成。

还要感谢温六零先生及广西人民出版社这个优秀的团队。他们的认真和耐心，他们的专业精神，他们对文字的敏感和精细，让我窥见广西人民出版社作风严谨这一优秀传统正在年轻编辑身上得以传承。

所有这些，都让我心生感动。

是为记。

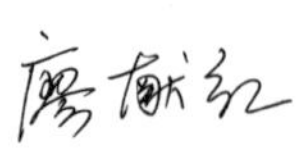

2021年11月16日

于鹿寨水榭华庭红枫阁